亮神

oon Goddess

何静恒 著

时代出版传媒股份有限公司
北京时代华文书局

图书在版编目（CIP）数据

月亮神 / 何静恒著 . -- 北京 : 北京时代华文书局 , 2014.6
ISBN 978-7-80769-517-2

Ⅰ . ①月… Ⅱ . ①何… Ⅲ . ①散文集－中国－当代
Ⅳ . ① I267

中国版本图书馆 CIP 数据核字 (2014) 第 098674 号

月亮神

著　　者 | 何静恒

出 版 人 | 田海明　朱智润
选题策划 | 余　玲
责任编辑 | 余　玲　智王晴
装帧设计 | 柴　小
版式设计 | 赵芝英
责任印制 | 刘　银
营销推广 | 赵秀彦

出版发行 | 时代出版传媒股份有限公司 http://www.press-mart.com
北京时代华文书局 http://www.bjsdsj.com.cn
北京市东城区安定门外大街 136 号皇城国际大厦 A 座 8 楼
邮编：100011　电话：010-64267120　64267397
印　　刷 | 北京中印联印务有限公司　010-87331056
（如发现印装质量问题，请与印刷厂联系调换）
开　　本 | 880×1230mm　1/32
印　　张 | 9.5
字　　数 | 220 千字
版　　次 | 2014 年 8 月第 1 版　2014 年 8 月第 1 次印刷
书　　号 | ISBN 978-7-80769-517-2

定　　价 | 30. 00 元

何静恒夫妇应邀出席 1993 年 12 月 10 日诺贝尔颁奖仪式，摄于斯德哥尔摩市音乐厅。

文学的美的极致在语言。

静恒的散文，语出天然，纯净典雅，充满生命的灵动，如同一泓清泉，从心底潺潺流出。

心底流出的清泉

——静恒散文读后

30多年前考入安徽大学中文系，静恒和我是同班同小组的同学。在众人的眼中，她是个典型的淑女，其实她亦是才女，是那种才华内敛、蕴藉深厚的才女。她当教师，讲授《大学语文》，美术专业的学生下课后还围着她问长问短；她长年从事地方志编辑工作，编辑的省志分获全国一、二等奖。作为访问学者，她曾在斯德哥尔摩大学举办有关地方志编纂的讲座，亦把瑞典收藏的中国地方志情况介绍到国内。她写的《童话王国的小留学生》一书，出版社一版再版，被图书馆和读者评选为“伴随我一起长大”的优秀儿童读物。

静恒小时候生活坎坷，《右派家庭杂记》、《男孩》等作品显示，“右派”加“敌特”的家庭出身，使静恒少年时代遭受过极深重的苦难，但她没有把文字当作叙写灾难、宣泄痛苦的媒介，而是致力于为读者创造一个美的精神世界。她回顾苦难的经历，重点不在苦难本身，而是在信心、亲情、书籍和那些支撑她走过苦难的日子的东西。当母亲遭受迫害时，是农村的孩子“用本真淳朴的心，去纠正社会的荒诞”，让母亲有了活下去的勇气。她用对夜气的神秘体验表达人生感受，“夜色像一件披风，一件斗篷，在月光中我披上薄如蝉翼的那一件，在星辉中我披上闪闪发光的那一件，从小到大，我常常裹着夜的斗篷，温暖而又安全，悲凉而又伤感”（《夜气》）。诗一般凝练与深刻的文字，为苦难的时代覆盖了一层暖色，却生发出隽永的艺术感染力。

静恒的写作才情，得力于她的古典文学修养。她的少年时代，是书籍少得可怜的时代，她藏在图书馆的角落里，逮住什么读什么，一读就是大半天。母亲为她借来一部《红楼梦》，读了两年，把破旧卷边的书还回去时，主人不由地感慨，“还好，魂儿还在。”当大学的同班才女们热烈地拥抱朦胧诗、当代小说与“三个斯基”的文学理论时，她却“成天抱着古典文学、古代汉语，像个古董”（《流星因燃烧而美丽》）。近几年寓居新西兰，她在新西兰文化“人是自然之子”与中国哲学“天人合一”的主题之间，找到了共同点，回归自然与“追寻心灵走向”，成为她的散文叙写的一个基本内容；阅历和修养的积淀，尤其让她在语言运用方面充满自信。

文学的美的极致在语言。

静恒的散文，语出天然，纯净典雅，充满生命的灵动，如同一泓清泉，从心底潺潺流出。她观察窗外的大雨，“天河的水从裂缝中倾泻而下，天狗逃离，草场一片汪洋。我透过玻璃望着马路边的下水道盖子被汹涌的地下水冲开，浑浊的水喷泉似地涌上来，打着旋找出路。天上的水流与地下的水流汇合，天地苍茫一片”（《天堂的雨》）。大雨从天而降，她从地上的视角看雨，极平易的一段白描，把大雨的气势、天地的苍茫和热爱自然的情感写得干净而鲜活。

静恒的语言，惜墨如金，却是“言有尽而意无穷”。她为樱花的凋零而伤感，却从伤感中体悟到生命更为本质的东西，“此时的樱花便美到了极致，哀伤到了极致，痛楚到了极致。又从这极致中返回来，从美中感受凄凉，于哀伤中发现快乐，在痛楚中寻找愉悦。这凄与美，本来就是两面一体，美极了是凄，凄尽了是美”（《樱花雨》）。通过对樱花绚极而凄、凄极而美的感受，把老庄关于生命本质的辩证性思考，从审美角度作了进一步的阐发。

静恒的文字含有内在的音乐性，声调的抑扬顿挫，总是恰到好处地与作者情绪起伏相合拍。《金蛇狂舞》记述的是蛇年除夕夜做麻花的小事，作者的感觉是那样精彩，“把‘醒了’的面团揉成长条，这‘活物’扭动着，如玉龙翻滚。此时手起刀落，一个一个的小面剂子脱离了‘母体’，齐刷刷地摆满了半张桌子。看着这阵势，我突然有了女娲抟土做人的感觉，混沌之初，人的生命的胚胎就是这样从女娲的手中欢畅的涌出来的么？一种伟大的母爱的气场包围着我，我有些迷惑，又有些自豪，做面食的女人，真正是母性十足的女人！”一篇短文，神驰天地，出神入化，思绪时而故乡时而他乡，时空交替神思飞扬，小小麻花抖动腾挪，与龙舟竞赛的画面交相迭印，伴随着“金蛇狂舞”的思绪音乐，酣畅淋漓，音响、画面、强烈的意识流，浸润着浓厚的生活气息，浓缩成一首令人迷醉的交响乐短章。

静恒的散文多是短章，短文其实不好写，方寸尺幅，难绘天地。静恒的散文却相当耐读，如同佳酿，久而弥醇。从她笔下流出的一篇篇平白如话的文字，纯净、优雅、大气、风骨内蕴，包含着“淡泊而浓郁的情感，无欲而自信的人生，”以及为生活和文学所守持的执着信念。

很长一段时期，工作、家务、带孩子，生活长期处在波动当中，使她不能静心创作，真正可惜了她的才情。近两年来，她神痴志凝，笔耕不辍，不断尝试新的叙写风格，用一个个方块字，构筑起一片闪烁着善良与智慧光彩的精神家园。

张静河

2014年4月20日

目 录
CONTENST

漫步天地之间

最贵人间真情

世态风情漫笔

人生感悟点滴

读书的痴与悟

漫步天地之间

你是从王尔德的诗歌中飞来的吗？你飞过葱绿的春天，开满白花和红花的夏天，橙黄的火焰一样的秋天，忧伤的飘雪的冬天，请你告诉我快乐王子脚下的那只小燕子他还好吗？

树洞里的鸽子

星期天的傍晚，在湖边的树上，我惊讶地看到了你，树洞里的鸽子。

你刚刚用优美的舞蹈讲述了一个爱情故事，湖边匍匐着的鸭子是你的观众，花园里的红玫瑰看到了，我看到她们涨红的脸；湖风低声地吟唱着，想跟上你舞者的节拍；树叶为你鼓掌，兴奋地从树枝上飘下来，落在树下的石头旁边……

我是多么爱你啊，树洞里的鸽子！

你是从王尔德的诗歌中飞来的吗？你飞过葱绿的春天，开满白花和红花的夏天，橙黄的火焰一样的秋天，忧伤的飘雪的冬天，请你告诉我快乐王子脚下的那只小燕子他还好吗？我曾经织过一件彩虹一样的毛衣，想裹住他冰冷的身体，就像他用翅膀扇着那个正在发烧的孩子的前额，整个童年我都在用我的忧伤为他垒一座小小的坟茔。那只在月光下唱歌的夜莺，她的歌声多么动人！为了一朵红玫瑰，她用胸膛顶在玫瑰的刺上唱了整整一夜，只要想一想，那根刺就会刺痛我的心！不过躲在山谷里的风铃草唱过她的歌，开在山顶上的石楠花也唱过她的歌，快乐的星星都感动得流泪了……

我是多么爱你啊，树洞里的鸽子！

你更像是刚刚从黑麦田上空深蓝色的乌云中飞来，从屠格列夫惶恐不安的大雷雨的前奏中飞来！艾蒿不满意牛蒡叶的低语，暴风雨的气味弥漫在大地上空，你在哪里，我的爱人？我飞过乌云翻滚的天空寻找你，我掠过波浪起伏的麦田呼唤你，在闪电撕裂天空，暴雨摇撼大地的时候，我一定要和你在一起！我看到了，我能肯定，你们就是那两只回家的鸽子，一只飞出去领回另一只的依然蓬着羽毛的鸽子，像两块白手绢系在一起，像两只小雪球靠在一起，翅膀挨着翅膀……

我是多么爱你啊，树洞里的鸽子！

你是从一个诗人的窗口飞来的吗？他是那样为你担心。他的小女儿，那是个非常美丽的女孩子，她的眼睛朗若晨星，嘴唇像红玫瑰花瓣，她的黑头发瀑布一样的环绕着可爱的脸颊，她可真是个小公主！这个可爱的小女孩为你哭了整整一夜！你曾经站在她的肩头，对着镜子整理你洁白的羽毛；你喜欢用鸽子的语言温柔地响应她讲述的小人鱼的故事，多么安宁的夜晚啊！可是你飞走了，在一场暴风雨的前夕……

我是多么爱你啊，树洞里的鸽子！

你是从我心中的花园里飞来的吗？那里绿草如茵，广袤无垠，藏着连我自己都说不清的快乐与忧伤。我不停地叩问自己，为什么我欣喜若狂地喜欢你，像回到童年一样高兴？只为了你在天空中一万次的自由飞翔？只为了你在树洞里筑巢，在晚风中吟唱？我看到了你，树洞里的鸽子，这真是一个奇迹，你让我想起了人类的童年，宇宙洪荒，绿色的橄榄枝，孩子的愿望……

微风中飘散着薰衣草的香味，天空蓝得透明，夕阳在树干和树叶上徜徉。两只灰色的，平凡的鸽子，像宝石一样在枫树的阴影中闪烁的鸽子，照亮了我的心。顷刻之间，世界变得如此宁静，如此光明！

早春的樱花

天灰苍苍的。人冷得伸不出手来，只缩在袖筒里。远处，云彩一层一层地堆起来，有些像农妇从裂开的棉荚上摘下来的棉花，一朵一朵的，挂在天上。

门前的樱花树恍惚罩着红晕。我跑到树下，见深褐色的枝丫冷得动不得，却于严寒中沁出一颗颗深红的珍珠。这早春的花蕾，是樱花树蓄了一冬的眼泪么？

去年秋天，我见过一棵樱花树的死亡。电闪雷鸣的大雷雨之夜，什么都看不见，什么都听不清，可我还是听到了樱花树断裂倒下的声音。我知道是那棵爬满了青苔的樱花树，我担心那棵树已经多时了，我说那棵树病了，听到的人都笑我。一夜忐忑，第二天早晨起来，工人已经在锯那棵树了。树干锯成小段，又在机器中变成粉末。我远远地站着，想起春天的一树繁花。

门前的树应是她的挚友。如今满树绛珠，点点猩红，在苍凉的枝条上、绿色的寄生草中间闪闪发亮。我见过蓄满花蕾的树，没见过捧出眼泪的树。心里想，到底哭出来了，哭出来就好了。

接下来的日子就过得快了。樱花树上的颜色一天一个样，先是影影绰绰的红，均匀地胭脂一样晕染开来，大约六、七天就已经繁花满枝。樱花的生命真是烂漫若处子，只浅浅一笑，空气中全是颤动的花影！

樱花诗有白居易的“樱花烂漫几多时，柳绿桃红两未知。”总觉得未尽兴。晚清词人况周颐的《沁园春·绿樱花第三咏》读来有些意思，我喜欢“算何必成荫，总然葱茜，忍教结子，如此娉婷”一句，惜花到了极致。

樱花雨

樱花是花期极短的花，盛开也才七、八天，就纷纷扬扬，飘起了樱花雨。

你可曾见过樱花的灵魂？潇潇春雨中，樱花一瓣一瓣飘下来，飘下来。那是白色的雨，从粉红色的花瓣中抽离的洁白，是樱花的精魂。

阳光下的樱花雨飘逸灵动。风吹过来，地上的花瓣旋起，与空中飘下来的合为一体，扶摇而上，凌空飞舞。樱花是灵魂的舞者。

从盛开到凋零，樱花无时无刻不美。看樱花雨，能把你带到目力所不能及之处，虚无缥缈之地。那是天地的尽头，思绪的尽头。此时的樱花便美到了极致，哀伤到了极致，痛楚到了极致。又从这极致中返回来，从美中感受凄凉，于哀伤中发现快乐，在痛楚中寻找愉悦。这凄与美，本来就是两面一体，美极了是凄，凄尽了是美。

灵魂的旋舞之后是生命的陨落，樱花最后是一朵一朵落下来的。

早春的花，除了樱花还有玉兰花，通常有深紫色和白色两种。半开的时候最美，袅袅婷婷，有说不出的韵致。盛开的玉兰花极艳丽，把房前屋后、山坡路边装点成无边无际的春之歌舞场。开败了也毫不在乎，曾经冰雕玉琢的花瓣一片片垂下来，疲惫而又沧桑。

墙角的小蓝花最是平常，郁郁的蓝色，星星点点地开着。

终于，草地上黄花开了，白花开了。万紫千红，溪水也做着春天的梦了。

天地大舞台

小的时候我学着唱戏。化了装，站在聚光灯下，那个在台下不爱说话的怯生生的小女孩就变了一个人，说着戏中的话，唱着剧中的歌。唱着唱着我会走神，我怎么就变了一个人呢。有这种清醒的意识，戏虽然唱得极认真，毕竟还是在演戏。那时候打动我的是亦真亦幻的舞台，总之离现实远一点就很吸引我。也有找到感觉的时候。有一次，我觉得有戏中人物的灵魂附体，我不是我了。迷茫之中，另外一个人推着我动。那天，指导老师说我演得特别好。

昨天一个在瑞典时的朋友来访，我问她你还记得我？她说“二十年前斯德哥尔摩的那个留学生联欢会，你和国内来的歌唱家同台演出，唱《小背篓》啊。”我笑了，说，“我本来想唱《我爱你中国》，因为跳舞的留学生是个湖南妹子，喜欢辣妹子的《小背篓》，就唱这首不容易唱的甜歌了。”她说，“那是个很活泼的人，叫卫红吧。”我说，“不是卫红拉着，我也不会上台，那是我最后一次上台了。”

化妆室里的声音，叽叽喳喳的。门开着，演员们一边化妆一边说话。有些夸张的彩妆，在灯光下才能看清楚鼻子眼睛。语言是断断续续地说出来的，出国邀请一类的后台的私房话。舞台上的“腕”，在上妆卸妆的时候表演得更为真实。

那年我还喜欢唱什么歌？是那首“长亭外，古道边”吧。李叔同的

《送别》歌。歌词长长短短，曲调反反复复，简单，就格外忧伤，送别很合适。“一觚浊酒尽余欢，今宵别梦寒。”人生原本聚少离多，不知道出家后的弘一大师会有些什么新的想法。

旅行归来，箱子还放在地上，敞着口。刚买的一件缀着大花朵的风衣放在最上边，青花瓷的风格。时尚界很深情地演绎着复古。渔网衫、乞丐装过后又重回优雅，人毕竟还要穿衣服。除了人，昨天在奥克兰机场，拖着箱子，我留意了那条穿着坎肩竖着耳朵的小狗。

你闻到了没有，空气中甜甜的香味？是家乡的桂花香。我是奔着香味去的。上飞机前，我有些惶惑，游子莫名的惶惑。

在空中看到的云彩和地上看的不太相同，层层叠叠，橙黄套着浅灰。忽然，云彩的层次全乱了，风吹帘幕无重数。重重帘幕之间，阳光倾泻而下，从厚重的云层中直射大地。我惊呆了，这才是真正的天地大舞台，天作背景，云是帷幕，太阳是聚光灯，灯光所指之处，是流淌着金子的河流湖泊，场景无比瑰丽。

我不知道上帝在向我昭示什么，我感觉到自己的渺小，忍不住去叩问谁是天地大舞台的主角。水袖翻飞，咿咿呀呀的声音响起来了。这是戏魂，是积攒了千年的人间的欢笑和眼泪。它明确地告诉我，天地大舞台的主角是人。

后 院

我家有个后院。说是后院，就是一块空地，原先是沙石铺的停车场，因为很少使用，长满了杂草。

一年四季，花朵跟着季节，开了谢了，那杂草却没个草枯草黄的时候，只要得点雨水，就是一片葱绿，叫得出名字的草，叫不出名字的草，撒着欢长。晴天，鸟儿在沙土里扑腾，雨来了，就在储着水的坑里抖着羽毛洗澡。那草种子是鸟衔来的，风吹来的，什么品种都有。

太阳升起来，又落下去；月亮升起来，又落下去。天黑了又亮，亮了又黑，白天黑夜生生不息。这世上能跟它们相对应的，就是这园子里的杂草。春天是青的，秋天是绿的。夏天旱不死，冬天冻不枯。就这样勾着连着，春夏秋冬，绵延不绝。

我曾想，草总是要死的，这世上哪里有不死的灵魂？

在奥克兰住过的那座屋子的后园子里，有一棵遮天蔽日的大树，还有满园子青草。老树干上有一架木梯，歪歪斜斜地钉在树干上，底部已经和老树长在一起。攀上去，坐在树杈子上，透过树叶子，看蝴蝶落在绣球花上，扇着翅膀，还没停稳，蜻蜓飞过来，老虎蜻蜓，鬼蜻蜓。燕子掠过剑麻叶子飞上天，蝉叫起来。空气在震颤，一圈一圈荡开，忽然又上下抖动，一层蓝一层白。太阳白亮亮的，远处，海风鼓动船帆，连带着晾在钢丝绳上的衣裳噼啪作响！

草地一片碧绿，一汪水似的绕过小桔子树，绕过罗汉松树，绕过淡绿色的花，绕过银白色的花，扔一颗石子，水珠儿就会溅起来。

马上就要去买割草机？刚到这里，有住处已经少了很多凄惶，就任草这样长吧。何况有荣就有枯，我喜欢坐在屋后的木头平台上看花开花落。

草地得了特赦令，一夏一秋，长了半人深。这草丛成了我的庄稼地，剑麻镶边，中间摇着满园子草籽。秋天过去了，冬天过去了，草竟然是不会死的，倒一寸长一寸，密密实实在地上织了一层厚厚的草垫子，可那高度总也不变，颜色总也不变，俨然一座草的城堡。邻居的猫钻进去不想出来，追过来的小女孩钻进去也不见了。一个年轻女人隔着篱笆叫她，半天，小姑娘抱着猫从草丛中冒出来，脸红红的，头发上身上粘着草籽。

再长下去，这园子里的草就要成精了，我必须收拾这些精灵。一连两三个月，我挥舞一把大剪刀，螳螂似的，贴着地皮剪过去，终不似螳螂那般灵巧。累了，坐在地上，伸手扑一只蚂蚱，是个尖头的，不喜欢，就扔了。那蚂蚱飞起来，翅膀是个小小的彩虹。

“原来草是可以长成这样子的。”过路的人走到这里，一定要停下来，隔着篱笆议论几句。我有些不自在，仿佛我也和这草地一样奇怪。但这些不自在是短暂的，比草尖上的风过得还要快。我开始和围观的人讨论那些古老的割草方法，在发明割草机之前，除了用剪刀，人们割草还用镰刀，最省力的办法是买几只羊放在草地上。

人不是羊，五、六岁的时候却无师自通地吃过草。记得是穿单衣服的季节，野地里花开了，我成半天地在草地上玩。路也不肯好好走，跑着跳着，跌倒爬起来，膝盖破了也不在意，好像膝盖就应该是破的。蹲在地上，把一种紫色的花连穗子掐下，再把小喇叭一样的花朵从穗子上摘下来，一朵一朵，放在嘴里吸，蜜一样甜。茅草的花苞非常好吃，从绿叶子里剥出来，又白又嫩，我们家乡叫它茅叶，吃多了会肚子疼。巴根草的根很霸气，在塘埂上纵横蔓延，扯一根，放在嘴里嚼，是甜的。还有一种三叶或是四叶的草是酸的，干脆就叫它酸溜溜。吃好了，玩够了，不怕太阳晃眼，没吃完的茅叶还拿在手上，就在草地上睡着了。

我和草的关系原来是这般亲密。跟人聊天，问，“干什么呢？”我回答，“剪草呢。”每天重复，每天傍晚剪两个小时的草，剪完了，手指伸不直了。

干草小山一样地堆着，干草堆里有太阳的味道。靠在干草堆上眼前会出现很多故事，过去的故事和未来的故事。可是大家都说干草堆在园子里不安全，于是草被拉走了，新的割草机买回来，草地恢复了常态。小桔子树努力结了十几个桔子，绣球花长得格外旺盛，甚至能在花丛中看到一个女孩子的脸，一边戴着一朵淡绿色的绣球花。当然，我用坏了三把剪刀的丰功伟绩也被淡忘了，尽管它见证了青草不死。

农艺师和他的妻子给我们送来他们刚从海里摸到的贻贝。他们把车停在杂草地上，提着水桶，捧着装满蔬菜水果的硬纸箱，刚要进门，却忍不住停下来，对我家后院扬花抽穗的杂草摇头：“这些草，我杀了七八次，在我们家的草坪上已经绝迹了。”怕我不明白，农艺师又补充：“它们的根非常强壮，会杀死其他的草的。”

农艺师家的草坪柔美如丝毯，漂亮得我都不敢踏上去，我家的后院相反，是野草的乐园。看到那些草鞭子草穗子，就想起手巧的人可以用它来编些什么，或是一只羊，或是一匹马。狗尾巴草毛茸茸的，跟旁边的蒲公英花是绝配。想知道生男生女么？扯开一支三棱草就知道了，井字生女孩，工字生男孩。肥大的牛蒡叶子旁边，一串清脆的鸟鸣，是扇尾鸟在笑。这鸟长着画眉一样的眼睛，尾巴像把扇子，每天无数次地从我的窗口飞过去，有时几乎是贴着玻璃飞，我能很清楚地分辨它的羽毛。信天翁、秧鸡、布谷鸟、麻雀，都没有它的声音好听。这鸟大名鼎鼎，当年毛利酋长的小儿子玛威挑战死神的时候，就带着这只扇尾鸟。它是玛威的玩伴，看到玛威变成很奇怪的样子，想从睡着的死神身体中穿过，扇尾鸟忍不住笑了，它的笑声吵醒了死神，玛威死了，挑战死神的人死了。如果扇尾鸟不笑，玛威就会成功，人就可以永生不死，像太阳和月亮，大海和草地。

篱笆外面是几排柏树。后院的麻雀特别多，一有风吹草动就飞到柏树上。不是几只，而是几十只、几百只。傍晚，树上密密匝匝的全是麻雀，一律头朝里，尾巴朝外，晃动着，唧唧喳喳的声音便有些倦意。

天黑了，麻雀的尾巴看不见了。

园子东边的墙

这里的屋子与绿树红花相互映衬，人们恨不得住在树林子里面。可是酒吧里人挤人，喝酒就要到那人挤人的地方去才有趣。也有异类。那棵被雷电劈去半边的柏树下面，就坐着一个人。每天他都要来这里坐几个小时，石头似的背影，一动不动。如果盯得久了，偶尔也会看到他伸出手去拿酒瓶子，仅此而已，再也不会转过脸来，因此不知与前一阵在这棵树下拿着探测仪寻找古钱币的是不是一个人，总之人和树都有些古怪。

这里的人谁都不肯落单，养鸟、养猫、养狗、养孩子。鸟是鹦鹉鸟，不用链条，站在主人的肩膀上，绝不会飞走。鸟的主人大多是女人，浅棕色的头发乱蓬蓬的，是个天然鸟巢。男人也有留长发的，更愿意拉着一条狗，满脸皱纹的、极丑的狗。那狗力道很大，铁链绷得笔直，拖得人踉踉跄跄。猫的嗅觉极灵敏，谁家新抱来一只，是公是母不论，并没有露面，屋子外面呼朋唤类的声音立即此起彼伏。小孩子是粗养，婴儿车里推一个，另一个腰间绑根带子，牵在妈妈手上。那只手的注意力也不肯全给那个绑带子的，仍然勇往直前地推车子，被绑着的那一个，大约三、四岁，通常是女孩，要小跑才能跟得上。

还是来看看园子东边的墙。

墙是裸露的，三、四十米长的砖墙，没有门没有窗，没有花没有叶子。隔着一条路，平行的篱笆上缀满花朵。太阳想把花的影子送过去，拉长的影子落在半道上，怎么也爬不上墙。能映在墙上的，只能是活物的影子，鸟的影子，人的影子。日子久了，影子一重一重摞上去，墙上影影绰绰的，似乎能够看到些什么，又看不真切，其实不过是太阳光晃花了眼。

园子的老主人不知去向，新主人换了一个又一个。住在对面帮老主人管过铺子的人还在，每当园子易主之际，必定要过来，用粗糙的，每一条皱纹中都蕴含着深情厚谊的手，去摩挲嵌在墙里头的两只粗大的铁环，讲述老主人喂养的两只威武雄壮的狼狗的故事。如果他知道中国的成语，一定会借用来打比方，比如一夫当关，万夫莫开之类。总之当年这墙是多么威风，两条狼狗的铁链子哗啦啦地响，不仅毛贼不敢靠近，甚至春风不度。直到如今，用手拍一拍，还能听到金属的声响。

后来这个唯一的墙的历史见证人搬走了，他说住在路口风大，冬天越来越冷。听的人知道冷的不是风，是他自己老了。从此，那两只狼狗的故事也就失传了。

没有狼狗的墙更有亲和力。墙是青灰色的，石头一样结实的砖块砌成。如果把这墙定为一个旅游点，聪明的导游一定会介绍，非但砌墙的砖金贵，连砌墙的灰浆也不寻常，必定是加进了什么神秘配方，所以非同凡响，才能够风吹不动，雨淋不倒，屹立于小区的入口处，长年累月，不收分文，照应着来来往往的行人。

还好因为这墙太普通，居民们只是用来贴些广告。比如星期六的车库销售，把家里用不着的东西拿出来便宜卖，就早早地贴个广告在墙上，标上门牌号码，还画个大大的箭头指示方向。买的人也要赶早，有时候5元能买到价值百元的东西，还是新的。有专门掏摸古董的人，跟着广告跑。一百年前的纺车，中国清代的瓷盘子，半透明的玛瑙杯子，买回去是个摆设，不为实用，图的是心里高兴。

周末，孩子们把家里桔子树上摘下的桔子榨汁，拿到墙下，2元一杯，也能卖掉。时间长了发现，每个孩子只限头一、两次，如若贪心，认真做起来，就没有人光顾了。

越过墙往东边走，小区的晚上，只有路灯是亮的。有些人家睡了，电视仍然开着，就有些亮光映在窗玻璃上。窗纱是薄薄的一层，几乎是无遮无拦，但树影婆娑，喜怒哀乐，都藏在昏暗之中。

墙护着无边的黑暗。所有的生命都在黑暗中悉索作响，发芽抽枝。天亮了，墙上涂鸦一片。仔细分辨，扭动腾挪的线条，仿佛刚刚成林的小树。不管那些树如何神奇，涂鸦是短命的。社区的警察是墙的第一个捍卫者。但是涂鸦者们无所畏惧，屡战屡败，屡败屡战，就像他们拿头颅去换毛瑟枪的先人，带着原始的刺青纹面，在大海边结队而行。这是最野蛮的T型台，挑中者死。那些曾经的武士，竟没有一个低下头。

墙西边有一栋老房子，一个人正在写故事，毛利会堂的故事。还记得楚辞《招魂》？毛利会堂前唱接引歌的女人，就是一个连接生与死的招魂人。她的头上戴着花冠，她的身上穿着剑麻和羽毛编织的斗篷，双臂颤抖，唱着悲怆的歌谣。与跳大神的女巫不同，唱引领歌的女人身份高贵，虽召唤亡灵，却从不装神弄鬼。听了招魂歌，原先有些胆怯的心镇定下来。与祖先的灵魂在会堂里相聚是一件神圣的事情，进门的时候要目不斜视。有不守禁忌的，抬眼看到屋脊上祖先的雕像，就有些害怕，立即垂下眼皮，紧盯着走在前面那个人的后背心。

赭色可以避邪。涂有赭色的会堂本身就是毛利祖先的身躯，屋檐是胳膊，屋脊是脊梁，进屋子就是进到祖先的肚子里。除了部落会议，毛利人婚丧嫁娶，都在会堂举行。如果婚礼遇到葬礼，那就连证婚人都省了，死者的灵魂就是现成的婚礼见证人。

接着是新嫁娘生孩子。眨眼的工夫，小孩子就能跟表兄表妹一起坐在墙下玩幸运骨头游戏了。

下面的事是孩子的小狗失踪。寻狗启示贴在墙上，有照片，有项圈上的号码，还特别声明，此狗犹如家庭成员，如若送回此狗，奖赏200元。大家忙着找狗，互相打听。其实如有消息，早领奖去了，哪里还会等着告诉别人？忙乱了好一阵子，又有寻人启事贴上墙，200元寻狗奖金的事被新的兴奋点取代了。

终于有一天，一幅完成度极高的涂鸦出现在墙面上，差不多就是一幅富丽堂皇的壁画。如何处理这画，市政府、警察、房主互相推诿。房主说需要市政府同意，市政府说画稿应该送审，警察说有这幅画其他人就不会再来涂。一来二去，大家对如何处置墙上的画失去了兴趣。

画留下来了。画的是什么，没人说得清楚。

无数的黄叶飘落在墙根下。一位卡车司机把车停下来，看了半天，感动地说，这画真好啊。

新西兰的圣诞树

不到新西兰，不知道有夏天的圣诞节，不知道有夏天的圣诞树。

对于圣诞节，无论是白雪皑皑的冬季圣诞，还是鲜花盛开的夏季圣诞，我都欣喜地参与其中，看圣诞游行，装饰圣诞树，为平安夜的歌曲感动。但是在心里我永远是一个旁观者，圣诞节是从闪烁着彩灯的窗户中看到的别人家的风景。

由于经济萧条，今年的圣诞节静悄悄，虽然广场上的圣诞树一如既往的闪烁。

那些喝得半醉的人走过我的身边，摆着手对我说，“别喝得太多。”我大声回答：“我从不喝酒。”

醉意弥漫在空气中，孤寂涌上心头。我想寻找些什么，我想到了这么多年被我有意忽略的新西兰圣诞树。

在新西兰的一个美丽的海边小镇，我曾经徜徉在一棵巨大的“圣诞树”下，这棵树的树干扭曲着、枝蔓互相拥抱着，藤缠着树，树缠着藤，像一片小丛林似的向天空延伸。在这片小丛林上方，树冠如华盖，枝连着枝，叶覆着叶，浓荫遮天蔽日。无数的气根从树冠上垂下来，在海风中舞动。

这树名叫浦胡（pohutukawa），是新西兰特有的常青树种，在新西兰“夏天的圣诞节”前后大约有5个月左右的漫长的花期。花开时节，深红色的绒花一簇簇妩媚地绽放于绿叶之间，渐渐地越开越多，终于红压着翠，翠映着红，如雪压松枝，流光溢彩，繁茂之极。

在异乡的孤寂中寻找一棵树，看到了生命力旺盛的“浦胡”并不是从我开始的。早在1833年，传教士亨利·威廉就详细记录了他在浦胡树下的传教活动。1867年，奥地利的地质学家费德兰第一个把浦胡（pohutukawa）树称为圣诞树，他注意到新西兰的移民们在提到这棵树时充满感情。在圣诞时节，它开满了迷人的，可爱的花，移民们用它的树枝装饰教堂和住房。另一个19世纪的文献直接描述这棵树为移民圣诞树和反季节的圣诞树，因为深红色的花和碧绿的叶正是这些欧裔移民家乡的圣诞节颜色。

1941年，军队牧师泰迪·福斯曼为这棵新西兰圣诞树谱写了一首歌曲：《你红色的一簇，我们的白雪》。当时泰迪正在利比亚的沙漠里服役，艰苦的生存环境让牧师想到火一样燃烧的红色的新西兰圣诞树，他用浦胡树顽强的生命力，用“你红色的一簇，我们的白雪”这种圣洁的联想，去鼓舞那些跟随他一起度过第二次世界大战最艰难时光的新西兰人，疲惫不堪的青年士兵立即认同了这个饱含思乡之情的形象的比喻。

寻找一棵树，赞美一棵树，人们寻找的是生命的张力和在艰难中存活下去的勇气。新西兰是个移民国度，就连原住民毛利人都是一千多年前乘着独木舟来到这片白云覆盖、绿草如茵的土地上的人。奇特的是，毛利人对他们概念中的神圣的故乡夏威基的思念，竟也与这棵新西兰圣诞树有关。

在新西兰北部的最北端的悬崖上，有一棵800年的浦胡（pohutukawa）树，这是一棵对毛利人有特殊意义的树。多瘤的树干苍劲扭曲，古老的树根从悬崖顶端蜿蜒而下，嵌入绝壁之中。这棵老树日复一日，年复一年，在海风中，在烈日下，眺望大海，守着毛利人现在的家乡，指引着通往毛利人真正故乡的路。毛利人认为，沿着800年的树根爬下去，就能开始他们的寻根之旅。这个根是毛利人传统的精神家园，通往神圣的夏威基，是每一个毛利人的灵魂必须回去的故乡。

我知道，在悬崖峭壁之下，在错节盘根到达的地方，是茫茫的大海。

眺望大海，我流泪了。为了毛利人的精神家园，为了“你红色的一簇，我们的白雪”，为了我的故乡，那凝聚日月光华，让我魂牵梦绕的地方。

这就是新西兰的圣诞树，出现在卡片上，出现在诗歌和歌曲中，已经成了新西兰的象征符号的夏天的圣诞树。

月亮神

前几天我就开始看天边的残月，明净的一弯，明净到我能看到那一弯残月托着的阴影。残月过后是新月，新月过后呢，是一轮明月！

我想起人在童年的时候，和月亮是朋友。李白说："小时不识月，呼作白玉盘。"我却把月亮当成玩伴，经常问月亮，你为什么老是跟着我？我走，你也走，我停，你也停？月亮总是看着我笑。

现在看月亮，天高月小，月亮离我远了，我把月亮当成女神。满月之夜的月华，就像月亮女神的裙裾，我伸出手来，轻轻地托着它。我已经没有了小时候的心，我不想去拽住月亮女神的衣襟。

最美丽的月亮女神是希腊神话中青春靓丽、神采飞扬的美少女阿尔忒弥斯，她是太阳神阿波罗的妹妹，是月亮女神，也是狩猎女神。这位头戴五彩花环的美少女，兼有月亮的纯洁美丽与猎手的野性活力，浑身闪耀着银白色的圣洁的光芒。她有一双月光般澄澈迷离的眼睛，她的微笑带着狩猎女神的威严和残忍。她同时也是接生之神，是古老的月亮崇拜与女性生殖崇拜的集合体。就是这样一位青春欢乐的女神，因为哥哥日神阿波罗不满意她与海神波塞冬的儿子奥利温相爱，施计让她亲手射死了情人奥利温。美丽的阿尔忒弥斯悲痛万分，从此无论阿波罗怎样追赶她想向她道歉，阿尔忒弥斯总是在阿波罗到达的前一刻离开，月亮和太阳再也不会见面。

最温柔的月亮女神当属新西兰原住民毛利人的月亮女神若娜。她住在绿草如茵的湖边，温柔得像深蓝的湖水。她的丈夫和两个孩子在一天晚上划着独木舟去海上捕鱼，她升上天空，用月光给他们照明。可是恶神来了，用他的斗篷遮住了光明，丈夫和孩子在漆黑的海上迷了路，再也没有回来。若娜日夜呼唤丈夫孩子，她悲哀的时候，就躲在云彩后面哭泣；她振作的时候，就把月光洒向大地，洒向大海，给别人照亮回家的路。

澳大利亚土著人的月亮神是个男人。在混沌之初，没有光，没有火。有两个人，用木头敲击取火。在终于有了火的那一天，一个人变成了太阳女神，一个人变成了月亮男神。成神后，他们肩负重任，太阳女神给世界输送光和热，太阳女神累了，由月亮男神接替女神，给大地送来光明和凉爽。太阳女神和月亮男神在肩负重任的同时失去了自由自在的生活。

中国的月亮女神应该是嫦娥。嫦娥和她的丈夫后羿本来就是天上的神，因为有十个太阳同时出现在天空，天帝就派善射的后羿带着美丽的妻子嫦娥到人间射日，帮助尧解除人民的苦难。没想到后羿射了九个太阳的功绩遭到了天神们的嫉妒，天帝听信谗言，把后羿和他的妻子嫦娥永远贬斥到人间。后羿觉得对不起妻子，就从西王母那里求来了长生不死之药，让他们夫妻可以永远生活在人间。但嫦娥过不惯人间的清苦生活，一个人偷吃了灵药，飞向月宫。

中国人中秋拜月，求好姻缘；吃月饼，寄寓美满、团圆。不过在现实生活中，人们向往完满，生活总是不能给你完满。人生永远不会满足，因为不满足，社会才会进步；也因为得不到满足，人才会痛苦。这是人生的一个两难之境。

中国的嫦娥奔月的故事说的就是这样一个悖论。嫦娥本来是天上的神，不满长留人间，才会偷吃灵药，回到她日夜思念的天宫。她飞到月宫后，凄清孤寂，失去了丈夫，也失去了人间的温暖。嫦娥因为对人间生活的不满想得到完满飞上月宫，却又因为在月宫里“起舞弄清影”的不满想得到完满思念人间，这是嫦娥奔月的故事告诉我们的人生困境。

月亮之神是美丽的，正如月亮的美丽；月亮之神的生活是不完满的，正如月亮的不完满。美少女阿尔忒弥斯在毫无知觉中亲手射死了情人，温柔的妇人若娜失去了丈夫和孩子，澳洲的太阳神、月亮神因为成了神而失去了自由自在的生活，中国的嫦娥在月宫中后悔偷吃灵药，碧海青天，再也不能和丈夫团聚。不同的故事，相同的美丽，相同的哀伤，相同的不完满。

大诗人苏东坡早就看明白了人生的这一困境，他在《水调歌头》中写道：“人有悲欢离合，月有阴晴圆缺，此事古难全。”所以，他退而求其次，“但愿人长久，千里共婵娟”。

复活节夜晚集市

复活节，城市空了，马路上没有车，街道上也没有人。我没有去海边寻找古老的酒庄，也没有去牧场观看霍比特人的小屋。我留在城里，这里除了我(当然还有其他的人)，还有阳光和阳光下的花花草草。我有些喜欢这种空寂，空得虚幻，静得不真实，我却能够从中找到喜悦：空气多么清新，阳光照耀着古老的银厥树叶，我拥抱这一切，疲惫的身心得到休息。

夜晚来临，暮色漫过了这座城市，如淡淡的水墨晕染开来，又慢慢地变得澄澈透明。路灯亮起来了，远处传来孩子们的欢笑声。

我聆听着，这魔幻的土地，寂静的夜，好像正在孕育着一个霍比特人的聚会。

火把点燃了，火光映在人们的脸上，如水波荡漾。追逐圣火，我来到了被火炬照亮的“中土”世界，进入了高过人头的火炬丛林。树干是铁一般的黝黑色，坚硬沉默；树冠是柔和的明黄，火焰欢快地舔着弥漫着牧草香味的夜空。今夜，普罗米修斯盗来的火，象征着生命复活的火，亘古至今人们迷恋的火啊，你的魅力不可抗拒！

火光中人们的表情愈发神秘。在火炬丛林的中心，大片人群聚集的地方，火焰摇曳，人们的身影水藻般地摇摆晃动，虔诚地缠绕着温暖明亮的舞台，仿佛无数摇动的手臂捧着一颗夜明珠。舞台上“玩火的人”

正口吐火焰，把个两端是火的棍棒舞得如影随形，风火轮一般。

风火轮一个接着一个滚过来，轮子的周围是火，火的中心是人。宙斯将盗火的普罗米修斯锁在高加索山的悬崖上，他的肝脏任鹫鹰啄食，他的痛苦持续万年，人类却因为有了火获得新生。这些心存感激的人，眼中含着眼泪的人，因为神圣的宗教情绪如痴如醉的人，他们的眼泪是为了耶稣复活而流的吗？他们的眼泪是为了万家灯火，袅袅炊烟而闪烁的吗？

滚动的火轮照亮了复活节的夜市。

画脸谱的艺人捧着调色板，把太阳月亮，花鸟蝴蝶描在孩子们的脸上，刚画完，这些小精灵就随着踩高跷的仙女飞了。

扑克牌中的小丑用长长的气球为孩子们编小动物，他动作纯熟，像个魔术师。我能够看到面具下那张年轻的脸，我猜想那颗善良的心，今晚一定非常快乐。

摆满工艺品和服装的摊位在火炬的光影中有些幽暗，工艺品都是手工制作的，古老的像是来自遥远的中世纪。做买卖的商人戴着尖顶帽子，旁边站着一个漂亮姑娘，她用两根细细的辫子把头发束在脑后。我不知道他们打算把货物卖给谁，是卖给今人还是卖给古人。就是有人买，那人也是中土世界的精灵。

陈旧的转动木马从巨大的圆环上吊下来，像夏天的树上吊下的虫的茧子，晃晃悠悠的。

在“古老的”城堡中探秘的勇者攀爬陡峭的城墙，又从绳索上溜下来，不时地发出尖叫。

卖热狗的摊主翻动烤肠，香气诱人。坐下吧，喝一杯用怀卡托的河水酿造的啤酒，这条清澈神圣的河流已经流淌了千万年！

真想伸出手来摸一摸眼前是不是有一面镜子，我看到的，是不是镜子中的幻象。复活节的夜市，混淆了古和今，模糊了幻想与现实。此时此刻，我不问今夕何年，也不去想宗教节日的意义，我只知道年年岁岁，人们的欢乐亦如今日。

就连今日的欢乐，也是童话故事中霍比特人的聚会，因此我小心翼翼，在整个过程中保持沉默，我怕我的语言惊扰了魔幻中人。

晚风吹拂，凉意袭人，为什么不去喝一杯香醇的葡萄酒呢。

汉密尔顿元宵节灯会

一

这几天用中文跟我打招呼的人多起来了，“你好！”就两个音节，声音是直的，说完了，咧着嘴笑。我听了一愣，回过神来，就赶快回应，“你好！”是回声，声音竟然也是直的，也忍不住笑。我们中国话的平上去入本来就很难分，这些说话快的新西兰人自然是拐不过弯来。

对中国话热络起来不是没有原因，电台、电视台已经播了好几天，汉密尔顿市中心广场要举办中国元宵节灯会了。这两年都是这样，提前几天反反复复的提醒，把喜欢热闹的心撩拨起来。热闹和我总是隔了一层，去年放烟花，我在家里就能看到，从二楼的窗户望出去，何其现成，用不着到广场去挤。前年放“灯”，远远地瞧着，彩纸糊的灯笼，上大下小，点上蜡烛，晃晃悠悠地飞起来。在中国人，是祈福；在外国人，是有趣。亲自去点火，看着它飞上天去，小孩子免不了欢呼雀跃，大人就好像做了一桩了不起的事情。

头天去图书馆借书，已经看到小广场上中国的大红灯笼高高挂。风有些冷清，灯有些寂寞，寂寞的灯有些像我小时候提的灯，就想到，明晚一定来看元宵灯会。

穿着花棉袄新棉鞋（这是想象中的，我们那时候的小孩子都有穿新衣戴新帽的想象，想着想着，真的假的就分不清了），手提一盏小小的红灯笼，红油纸亮堂堂的，映着小孩子的脸上也亮堂堂的。女孩子走路变得小心翼翼了，不跑不跳，细细的竹棍子，一头握在手里，一头挑着发光的宝物，一年里头只有几天能玩这么文雅的东西，挑着星星一样的，捧着月亮一样的。从灯笼上面的圆孔往里瞧，一会儿蜡烛流泪了，一会儿蜡烛芯开花了，小火苗晃晃悠悠的，小人儿的影子也是晃晃悠悠的。男孩子的灯笼就没有女孩手中的耐久。院子里雪没铲干净，不小心踩在冰凌子上或是枯树叶子上，一个跟头，那灯笼不是烧了就是灭了。这样更好，可以跟在女孩子后面起哄，本来提着灯笼走门串户就不是男孩子爱干的事。虽是如此说，女孩子的灯笼也没见留下来，第二年还是要买新的。

安徽的小孩子还有一个游戏可玩，就是模仿那个住在大桥头的王小六唱黄梅调《看灯》。唱也不是真唱，就是最精彩的那几句，没腔没调，喊出来叫出来的："长子来看灯，他挤得颈一伸；矮子来看灯，他挤得人网里蹲；胖子来看灯，他挤得汗淋淋；瘦子来看灯，他挤成一把筋。"一边喊一边做鬼脸装样子，长子、矮子、胖子、瘦子都被巴掌拍在身上或是用手指点明取笑，每个人都是取笑对象，还不过瘾，又一起取笑小孩子和老头子："小孩来看灯，他站也站不稳；老头来看灯，走不动路来戳拐棍。"这群小疯子必有一个领头人，大人看着闹到过路人身上，闹得不像话了，就往那个领头的头上拍一巴掌，说"回家！"于是，一群"闹花灯"的小猴子一哄而散，各自回家找吃的去了。

中国的元宵节是冬季，在新西兰却是夏天。白天的大太阳能晒脱皮，停在太阳底下的车窗户用遮阳板挡着，坐进去就像进了桑拿房。日头偏西开始凉快，麻雀不叫了，知了不叫了，蛐蛐接着叫。蛐蛐这类鸣虫是在晚上叫的。我养过纺织娘，喂南瓜花，它不叫；喂青辣椒，它不叫；笼子破了，躲到角落里它叫起来了，唧铃铃唧铃铃，天黑了。

听到蛐蛐在草丛里叫，天晚了，风凉了。我穿件薄外套，去小广场赴红灯笼之约。人急着赶路，车急着赶路，稍一疏忽，后车就超了前车，超过了，仍然在车队里堵着，被超的人就从窗户里伸出手来，做不雅的手势骂人。很奇怪的声音从空中传来，呀…奥…空旷辽远，骂人的手莫名其妙地张着。市中心小广场的锣鼓点敲响了，马路上的车动起来，一辆接着一辆，睁着眼睛，张着嘴巴，喷着热气。

二

汉密尔顿灯会，悬挂的灯只有两种，一种是大红宫灯，一串一串的挂在树上，悬在空中；另一种是小星星灯，镶嵌出火树银花，真花真叶子倒像是假的。

狮子灯和龙灯是灯会的开场戏。小广场上让开一块空地，踩着锣鼓点子，两只金毛狮子出场了。后面的人看不清，小孩子就被举起来，坐在大人的肩膀上。这两只狮子并没有什么特别的技艺，不会滚绣球，不会踩跷跷板，只一味地贪玩，撒欢打滚儿。偏偏就合了小孩子的意，两个小巴掌在父亲的头顶上使劲地拍。

狮子灯过了是龙灯。神龙见首不见尾，龙灯本来就无需看真切，挤到跟前去看反不得其精神。这话也就是老年华人能懂，问毛利人，他们会把“龙”和“功夫”连在一起看。

灯会的主办方是政府，赞助方是银行。主持人（从电视屏幕上下来的俊男靓女）一个用英文一个用中文介绍元宵节的来历，可是背景音乐太响，谁能听得清呢。不管怎么说，从热热闹闹的场面看，新西兰的五色人等很轻松地接受了诙谐的狮子舞，腾飞的中国龙。细看还不只这些，舞长枪的是个毛利姑娘，打拳的是个印度小伙子，还有耍刀、舞剑、打太极的，教练么，是中国人。

这些都不算好看。坐在前面的男孩女孩有些倦了。他们早早就来，围成一圈等着，等什么呢？场子里教堂唱诗班的中国孩子年龄跟他们差不多，站成前后两排，挥着手中的纸卷打节奏。还有个指挥，穿"唐装"，胸前一排梅花结子布纽扣。这也算不上好看。唱歌了，"去年元夜时，花市灯如昼，月上柳梢头，人约黄昏后"。一个穿旗袍的小姑娘，不紧不慢，弹着唱着，挤在人群中的父母激动得眼睛发亮。这当然不算好看，"月上柳梢头"关小孩子什么事？自然是不值得去等。

男女主持人重新上场，拎出一堆礼品袋来，倦了的孩子这才睁大了眼睛。也没有什么特别的，帅哥说，灯会猜灯谜活动现在开始。美女说，猜中有奖。帅哥又说，一个礼品袋。美女补充，外加50纽币的商场购物券。听起来像街头卖艺的，一唱一和，不同的是一遍英文一遍中文。

灯谜简单又不简单。英文灯谜是："父亲和母亲谁离我们近？"一个白人小男孩立即举手，说："父亲。"帅哥说，"你说对了，父亲离我们近，因为父亲是上帝。"这个谜语是否有双解呢，另一个答案是母亲离我们近，因为母亲是土地。无论如何，是孩子离上帝近吧。中文灯谜相比之下就很乏味，美女说："三八妇女节的前一天，打一中草药名。"举着小手，脆生生地说出"三七"两个字的是一个中国小女孩。小孩子怎么会知道新西兰不放假的妇女节，名叫三七的中草药？显然是聪明的母亲通的关节。过年过节，不就是哄小孩子开心么。

月亮升起来了，照见地上的广场，地上的人；照见西方人、东方人。他们笑语盈盈，他们一对一个的猜灯谜。这样的灯谜，就让他们猜着吧。

来一拨去一拨的人，卖小吃的摊主开始打哈欠，他的勤奋是显而易见的。广场垃圾桶平日漂亮得像个摆设，不锈钢的肚子上雕有怀卡托湖特有的水禽，觅食的，展翅欲飞的，今天都被憋在泡沫塑料中间了。这些鲁班的后人了不得，用一次性的筷子为梁柱，发泡塑料饭盒作屋顶，一层层盖上去，在垃圾桶顶端筑起了玉宇琼楼。

挂着的灯笼乏了，睡眼蒙眬，小孩子手里提的灯笼醒着。这里的孩子不知道元宵节的灯笼原是篾子编的，彩纸糊的；不知道还有兔子灯、西瓜灯、鱼灯、蛤蟆灯。只一盏小小的叠纸红灯笼提着，萤火虫一样地飞飞停停，就得了元宵节的全部快乐。男孩子的灯笼还是要落在地上，扁扁的薄薄的，小灯泡在中间一明一灭，一呼一吸。灯笼本来是纸叠的，没有篾子的骨架，没有烛火，抓起来挑着，又恢复了原来的形状。

看广告，奥克兰的元宵灯会不似这般简陋，日期是农历正月十四到十六三天，灯也好看，花鸟虫鱼，应有尽有。仅一组真人真物大小的清代市井灯，就美妙绝伦。房舍屋宇，画栋雕梁，卖大碗茶的，遛鸟的，聊天嗑瓜子的，透着悠闲、显着大气。

元宵节已经过了，有机会再去看吧。

伊莎贝拉小巷

想起伊莎贝拉小巷，总是记起这条巷子。巷子是有门的，“伊莎贝拉”，用鹅毛笔写成的黑色花体字，落在门楣上，便有些古意。巷子的两头都有门，开着，贴在墙上。门是些黑色的铸铁藤蔓，爬到顶上，弯成了圆弧，是个漂亮的拱形。门的上方镂空挂着一只铃铛，抬头望见小锤子在中间晃悠，可是总也碰不到边，想唱，发不出声音。门右边的墙很高，本白色的，没有窗户，竟给画五线谱的留出了地方。什么人画的，名字已经记不清了，只知道是个嗓子不好，五音不全的人，偏又开了一家乐器行，整个墙面便画满了高高低低的音符。现在乐器行早就换了老板，风气也变了，讲究健身，就开了一家健身器材商店，墙上的无线谱依然保留着，成了小巷门口的一道风景。

巷子很窄，只能步行，与公共汽车总站隔着一条马路。车站的候车大厅是个帆船一样的建筑，一条弯曲的走廊连着，把停下来还在喘气的车揽在怀里。这里的公共汽车空得很，人从车上下来，忘不了对司机说声谢谢。看到有些认不清路的游客，老司机还会教你怎么走，叮咛着，票不要丢掉，一个小时之内，还能乘这趟车回去。天气不错，从汽车上下来的人看到了无线谱墙，接着又看到了黑铁铸的铃铛。

有人过马路，站在路中间，退不是进不是。离路口的人行道有一段距离，红灯亮了，车接龙一样一辆接着一辆停下来，瞅个空想过去，车队又动起来了，冒险跑过马路，已经是一身冷汗。

到了小巷的门口，才看清楚门框是白色的，白得耀眼，为了衬着头顶上铃铛的黑。黑也黑得不纯粹，下午的太阳照着，又有些灰白色。进门的花坛，长着叶子细碎的灌木，开着颜色鲜艳的花。喷泉立在花坛中央，水是三叠，花瓣一样的托盘托着，又从边缘溢出来。喷泉的底座由四匹小马驮着，拜四方似的曲着前腿，头低下来，脖子的线条就活了，柔和有力，蓄势待发。

这是个市井小巷，却听不到市声。静静的，懒懒的。从遥远的空中传来铃铛的声音，若有若无，不甚分明。

巷子深处是个大肚子花瓶的形状。花坛周围，很精致的一个院子，方砖铺地，这是瓶底。一个绘画用品商店，从门口望进去，只看见画板画架子，瓶瓶罐罐的颜料。外行也就在外面瞅一眼罢了，生怕和店主深究起来，又不想买什么。

右边是个咖啡店，老板是亚洲面孔，哪国人看不出来。脸上的神情淡淡的，内里又是很勤谨的。匆匆走过院子，去对面库房拿点什么，见到注视他的人就点个头，脾气很随和的样子。

咖啡店的对面是饭店，中午是热闹的。下午两、三点钟，仍然有人坐在外面的椅子上。阳光透过藤萝叶子洒下来，几个男人，几个女人，喝下午茶，聊天，看风景。无意中，他们也就成了藤萝架下的风景。

再过去就是花瓶长长的瓶颈了。巷子很窄，两边的店对望着，寿司店、鞋店、古董店，温馨也就在这对望之中。

墙上，爬墙虎的绿阴中，隐隐地有一个吐水的兽头，是个狮子。一阵风吹过，叶子抖起来，很威风。

黑色的藤蔓，典雅地画了一个椭圆，圈起了商店的名字。红宝石是个首饰店，老牌子，有些人气。近年的生意靠打折，普通顾客与非常重要的顾客折扣就有些不同。晚上，古老的街灯，蒙蒙胧胧的光晕，影影绰绰的人，这是红宝石的VIP聚会。除了折扣，还用名贵的红葡萄酒来烘托气氛，这也是生意之道，无好无不好。

还有就是服装店。橱窗里卷起裤脚的牛仔裤，浅棕色的平底靴子，散落的稻草，一切都令人怦然心动。

女人的裤腿旁边有一块黑板，上面歪歪斜斜地用粉笔写着：非常高兴遇见你，伊莎贝拉!

伊莎贝拉的确与众不同。这条小巷是有顶的，名副其实的方格子玻璃天窗，并不全封，开一段合一段。阳光洒在巷子里的方砖地上，一截朦胧一截清晰。于是，人的思路也如梦幻一般，一会儿云天一会儿雾地。

梦似醒非醒，时间空间仿佛凝固。巷子到了头，一样的门框，一样的铃铛，一样的花体字。转过身来，才发觉尾是头，头是尾。

不知道是谁在说话：伊莎贝拉……拍卖……还说了些什么，被风卷去，听不真切。

天堂的雨

天上的白云，地上的羊群。这块绿洲就是这样质朴如信口吹奏的牧童短笛。“东边日出西边雨，道是无晴却有晴”是无数田园牧歌中的一曲。你看着天空，猜不透哪一块云彩会下雨。在阳光下飘洒的雨丝是透亮的，彩虹朦朦胧胧地落在对面的一湖烟雨之间，忙着赶过去，整个人置身于雨雾之中，却不见了七彩的颜色。再寻找，前面又见通天的彩虹，而且还是双层。

今年的夏天与往常不同，一连几个月没有下雨，牛羊卧在枯黄的草地之上。

屋子后面公园里的驯狗俱乐部活动照旧。狗的钻圈比赛，追逐飞盘比赛正在黄色的草场上进行。高大威猛的狗被铁链拴着，因为赛前的焦躁低声吼叫，身段灵巧的狗则叫声高亢嘹亮。几百条狗一起表达情感，加上此起彼伏哨子的声音，人呼喝命令的声音，鼎沸嘈杂。这个场面只能用“天狗吠日”四字可以形容。

也许是因为狗叫的缘故，太阳终于躲在乌云后面。狂风推波助澜，把灰黑色的云朵一层层推过来，越积越厚。忽然电闪雷鸣，天裂开了，伴随着无数的裂痕和天体断裂的声音。

牧场的马受惊了，马的主人试图拉住缰绳，却和马一起被击倒在雷电的金鞭之下。

天河的水从裂缝中倾泻而下，天狗逃离，草场一片汪洋。

我透过玻璃窗望着马路边的下水道盖子被汹涌的地下水冲开，浑浊的水喷泉似的涌上来，打着旋寻找出路。天上的水流与地下的水流汇合，天地苍茫一片。

我住的是四十多年的老房子，前面一层，后面两层。后面的雨水原是落在前一层屋顶的水槽里的，可是疯狂跌下的水柱无秩序可言，屋顶的雨水急不择路，从水槽边缘漫上来，竟然在屋子里形成一条蔚为壮观的“瀑布”。

漂亮的木地板上水流成河。

买房子的时候给我们做参谋的戴维斯说，四十年前的房子用的木材好，现在的房子差远了。我听了好笑，怎么外国人中国人一个样，都是九斤老太，都爱感叹一代不如一代。住进来后才知道其言不谬。

明知没有什么用处，我还是挪开了水帘子下面的摆设，放上一排盆盆罐罐，无可奈何地倾听狂风暴雨在屋里屋外同时奏起的交响乐。

很奇怪我还能够在天塌地陷的狂风暴雨中遐想，想起李商隐的诗：“君问归期未有期，巴山夜雨涨秋池。何当共剪西窗烛，却话巴山夜雨时。”

无可奈何也能引发乡愁。

风雨大作的夜晚，父亲和母亲总是用脸盆接屋漏水，有点像电影《桃李劫》中的片段。第二天早晨我对着半盆雨水发呆，不明白这微黄的雨水为什么会这样清澈。

家里那顶苎麻布做的帐子顶上，淡黄色的雨水留下的印迹一层套着一层，每天晚上躺在床上，第一件事就是看那些云雾一般的雨渍。

云雾幻化成人脸，我先跟那个人脸打招呼：

“风婆婆，放风来，给你麻线扎口袋，扎得松，一路风，扎得紧，一路滚。”

“我不是风婆婆。”

“你是谁？”

“你猜猜看？”

“我猜不着！”

那个人不见了。我继续看那些“云雾”，我看到山，看到树，看到鸡，看到狗，随心所欲，变化无穷。

后来，我睡着了。

今天，天地一片混沌。我看到屋子里的雨水，我知道你来了。多年不见，你挟着风雨雷电赶来了，你想给我一个惊喜。

我们的谈话继续：

“你猜猜，我在哪里？”

“你在水盆里。”

“不是。”

“你在水帘子后面。”

“不是。”

“你在风雨中，你在天地间，你无处不在！”

梦之系列

梦如影随形，无论我走到哪里，它们都跟着我，几分真实，几分诡异。我大大咧咧的，不太在意它们，忘记的多，记住的少。

但是有些梦我忘不掉，它们总是从记忆深处钻出来，也许，那是一些挥之不去的感觉，是我人生的印记。

梦之一

我迷路了，走到一座从未见过的大山里，一切都是灰蒙蒙的，没有色彩。一间高大的房子里，几个瘦瘦的，穿着灰黑色服装的人带着我去见一个坐在屋子中间的椅子上的人。我打量着四周，大家都没有表情，平平静静，于是，我也平平静静地看着坐在中间的人——那是个中年男子，很威严，样子却看不清。他看看我，很惊讶地说："你怎么到这里来了？你还有很多事要做。"他转身对带我来的人说："送她回去。"

我不知为什么来，也不知为什么走，沿着没有色彩却还算宽阔平坦的盘山道，我不知道走到哪里去。

梦之二

我被追赶，跑过青石板铺的街道，跑进一个狭小的作坊，作坊里的工人穿着旧衣裳，埋头做工。我从他们中间走过，发现他们全都背对着我，我不敢停留，只是低着头快走。

一个留长发的女人回过头来，那是一张可怕的脸，我只看到黑洞洞的眼睛和白森森的牙！

大家都回过头来，我才明白，这里原来是一屋子鬼魅。

我不要命的往外跑，本能的朝着有白光的方向跑，我知道，那里一定会有朗朗的天空。

还好，没有人（不知还能不能称为人）追过来，我庆幸我的好运。

梦之三

我在飞，但是飞得很吃力，我使劲扇动翅膀，那是我的两条手臂。我感觉到我飞得高一点了，越过了屋顶，我想，再使点力气，于是，我又飞得高了一点。

周围还有别人在飞，高高低低的，都飞得不太好。至少，像我一样吃力。

我顾不上看风景，加快煽动我的手臂去抵消地心引力，心里想，“高一点，再高一点，像鸟儿一样地飞”！

我惊讶地发现，我能够驾驭我的飞行，除了用手臂，还能够用心，甚至，心的力量大过手臂。

梦之四

我被束缚了，或者说我被废了武功。

我想动动不了，四肢无力，无论怎么努力，都不能挪动半分。

我想喊喊不出，胸口像压了磨盘。

我轻盈的脚步哪里去了？我柔和的声音哪里去了？我万般无赖，只有心里还是明白的：我要跑，我要跳，我要唱，我要叫！

如果是梦，那就快醒吧，一切都会过去；如果是恶魔，那就快走吧，也许我还能原谅你。

梦之五

考试了。考卷发下来，看不清上面写了什么，整个一张白卷。我急坏了，时间一分一秒的过去，我怎么也看不清考卷上的字。从未有过的焦虑蚕食着我的心，我知道，这是考试，没有人能帮助我，没有人会帮助我。

但我不愿放弃，拼命地在纸上寻找，我不相信，这是一个过不去的难关。白纸上终于出现字迹了，我仔细看过去，还是一片混乱。

我拿着笔，面对着无法克服的困难，我理解了自刎乌江的楚霸王。

梦之六

我从高高的山上向后仰体落下来，我的身体是悬着的，我的心是悬着的，充满了恐惧。长满了绿树和青草的山崖快速的从我的眼前滑过，可是我够不着，抓不住，身后是无底的深渊。

我是自由落体吗？为什么我感受到的是无依托后的极度的恐怖，而不是自由的快乐？

我是害怕这份没着没落的无法控制的自由？还是害怕那飘忽之后不成功的落地？答案是：我害怕无法控制的落体过程，更害怕过程之后的结果。

生命的过程，本来就没有自由。

梦之七

似曾相识的大宅院，雕梁画栋，又青砖灰瓦。我从没来过，心里却肯定，这是我熟悉的地方。推开厚重的门，一重重的院落，悄无人声。枯黄的藤蔓，色彩斑驳的回廊，映着遍地衰草。

置身其中，奇怪的是我心底的那份故地重游的感觉，我急切地想找到和我有关联的东西，可是有一种声音催促我，告诉我没有时间在这里流连，我只能离开，虽然是一步一回头。

我抗拒不了让我离开的力量，我常常不是“我”的主宰。

如果下次能再来，我一定要把这个地方好好看清楚，不过，下次，还有下次吗?

梦之八

太阳从我的眼前升起，非常大，大到能看清上面的纹理，美轮美奂，却并不耀眼，只是一轮辉煌。太阳的背后，是深邃的宇宙，没有了蓝天白云的衬托，我看到了浩瀚的星河，准确的说，是运行有序的天体。

我在哪里？我是谁?

我站在地球上，地球的边缘在我的眼前划了一条优美的弧线。我置身于宇宙中，无穷无尽的，运动的却又静谧的宇宙让我心生敬畏。我敬畏是因为我对宇宙的无知，我又怎么能够读懂你，浩瀚的，辉煌的天体！你要昭示我的，是微小与博大？是短暂与永恒？还是极大的包容与悲悯?

梦之九

陷在泥塘里的滋味不好受，黑色的污泥几乎淹没了我的膝盖，看看周围，离长着青草的岸不太远，所以不用太害怕。我试着挪动我的腿，还好，一步一步地，我能够在污泥中行走。

本能地，我用双手在泥水里搜寻，终于捞起了一个珍珠一样的宝物，仔细看去，却不是珍珠，是莲子，白白胖胖的，没有一点瑕疵，没有一星泥污。

我双手捧着它，捧着这颗出污泥而不染的莲花之子，一切艰难困苦都化为甘甜。

我怀着感恩的心，感谢天父地母赐予我的自然之精华。

梦之十

我的腿脚无比轻盈，轻轻一点，就飘出数丈远，接着，我的身体飘起来了，轻轻地，稳稳地，没有一点重量，没有一点负担。放下了，一切都放下了，我的愁绪，我的思恋，我的追求，我在意的和不在意的一切，刹那间，都离我很远很远。在柔和的光芒里，我微笑着，心里涌起了淡淡的喜悦。这是一种我从未体验过的喜悦，澄澈明净，大彻大悟。

这是一个我不敢随意点评的梦。我想了又想，不明白我怎么可以放下，我怎么能够放下我深深爱着的一切！哪怕这种感觉只是一瞬间，哪怕这种感觉只是在梦中！与我曾经拥有的精神诉求相比，精神的世界也是物质的。那种不着一物的空灵，毫无挂碍的彻底放下，不建立在任何物质和精神，亲情和友情之上的大喜悦，正在高高地俯视着现实世界。

生活在天地之间

曾经拍过一张几个小孩子坐在地上吃冰淇淋的照片，这几个孩子赤着脚，脸上嘴边粘着冰淇淋，有些脏兮兮的，笑容却极其天真。即便都是孩子，有礼仪、有学识、有教养的孩子也许不会有如此灿烂的笑容。这是极少受到限制、生活在自然之中的小孩子发自内心的快乐反应。我忍不住想说，这哪里是孩子，简直是一群小动物！

这里绝没有骂人的意思，这是真的喜欢。我把这张照片寄给好几个朋友，告诉他们这是新西兰的小孩子，可惜一点回馈都没有。我的这些每天在大机关、大公司上班的朋友，苦于和“人类文明”打交道，对天真天然的感觉已经有些迟钝了。

在新西兰，很难从外貌去分辨富人和穷人，拥有几千万财产的农场主和农场的工人看起来没有什么差别，我想这和人的崇尚自然的精神状态和生活方式有一定的关系。在新西兰生活了这么久，我体会到，不同文化和种族的人共同生活在天地之间，可以被称之为新西兰精神。

新西兰的这种精神起源于原住民毛利民族的创世纪神话。

在这个历史并不悠久的国家，她的创世纪神话最早见于1849年的一份名叫《天堂的歌谣》的毛利人手稿。在这个作品中，叙述者一开头即大声宣告：“朋友们，听我说，我们毛利民族只有一个发源地，那就是高高地悬挂在我们头顶上的天空以及我们的脚站立的大地。”

这个宣言有力而明确：天地是人的父亲、母亲。在这个故事中，天神伊奥代表自然进化的力量，生成了河流、大海、小草和森林，这是个毛利人称之为“无物”的世界，混沌一片，没有光也没有人。不知又过了多少万年，天父朗依和地母帕帕出现了，他们在无边无际的黑暗中紧紧地拥抱、纠结在一起，生下了70个儿子。儿子们只能匍匐在母亲的臂弯与胸脯之间，无法活动，渐渐地对狭小的生存空间不满足，于是，兄弟们一起合计去分开他们的父母。红薯神龙郭首先站出来，试图用双手把朗依举上高空但没有成功。海神、蕨根神和战神依次尝试，朗依还是纹丝不动。最后，森林神坦尼站出来，他采取倒立的方式，用双足使劲地蹬开朗依的身体，奋力分开朗依与帕帕。朗依被迫离开了帕帕向上升去，一直升到他现在所停留的位置。就在朗依被迫上升之际，大雨向地上倾泻，雾霭向天上蒸腾，这便是朗依与帕帕的泪水。天父地母被分开了，世界空旷辽阔，一片光明。在天地之间，人们得到了足够的生存空间。

这就是新西兰毛利人的起源。这个故事诠释了人与自然的关系，自然即人，人即自然。生活在天地之间的人与天地、大海、森林之间的关系是血缘关系。

新西兰人因此认为爱自然就是爱自己。

绝大部分新西兰人生活在城市，但乡村是城市人的根。拥抱自然是新西兰人自觉的“寻根”活动。

新西兰的气候得天独厚，四季如春，这使得新西兰人在户外活动的时间非常多，节假日几乎“倾巢而出”。一个孩子画了一张画：人字拖、沙滩椅、遮阳伞，海滩，被认为代表了新西兰的生活方式获了奖，并印在了邮票上。这些穿着T恤和冲浪裤的新西兰人，喜欢住在“接地气”的房子里，生活在自然之中又享受现代生活。

在爱自然，保护环境这一点上，新西兰人做得比谁都好。

新西兰是个小国，与美国签有防务合作协议，在海事安全、人道主义援助、救灾与维和行动等领域与美国合作。但小国也有一定要坚持的原则，新西兰向美国发出禁令，拒绝载有核武器或核动力的美国战舰访问南太平洋并停靠新西兰港口。新西兰人清楚，纯净的环境是新西兰的命脉。

在联合国发展计划署公布的第21期年度人类发展指数中新西兰被称为具有“极高的人类发展程度”，在187个国家中名列第五。

新西兰并不富裕，实际人均GDP3万美元左右，名列第五是因为其人均寿命超过了80岁，人均受教育年限为12.5年。

喜欢赤脚的新西兰人竟然是受教育程度极高的人，这点让我重新认识新西兰。

香梦沉酣

“香梦沉酣”是《红楼梦》中史湘云在群芳开夜宴时抽到的海棠花名签子，上面有一句苏轼的《海棠》诗：“只恐夜深花睡去。”

“黛玉笑道：‘夜深’两个字，改‘石凉’两个字。”

黛玉打趣湘云白天醉卧石凳的事，那湘云香梦沉酣，芍药花飞了一身，手中的扇子落在地上，也半被落花掩埋了。

才多大会儿的功夫，花瓣就埋了扇子？大观园真是一座大花园，芍药是花，湘云是花，围着她又是爱又是笑的众人也是花。

时令已是深秋，河边玫瑰园里的玫瑰早已凋零，花瓣也被风雨收拾干净了。永远整齐的草坪，看不到我的大观园。

整个上午我洒扫庭除，然后洗净了手，泡一杯绿茶。玻璃杯里的茶立着，都是些含苞未放的芽尖，淡淡的茶香随着蒸汽飘起来。

我闻到了奇特的香味。端起杯子喝了一口，茶里没有这个味道。这不是茶香，是花香。细细分辨，我竟然闻到了茉莉花香，月季花香，白兰花香，还有春天的兰花，秋天的菊花，雪中的梅花，甚至松针的香味。

这是星期日的上午，寂静无人。我追到门外，静穆的秋天空气洁净，硬要说有什么味道，只有太阳晒着刚刚割过的草地的青涩味。我返回来，又沉浸在百花的香气之中，时浓时淡，时远时近。

这倒奇了。我家里从不熏香。多年前从北欧带回来的香精油，说是玫瑰花瓣熬出来的，我点着蜡烛烧过几次，因为烧的是玫瑰花的精魂，想起林妹妹的《葬花吟》，就不愿再烧。

我没有买过香水，朋友送的我也从来不用，所以这花香香得蹊跷。香气从何而来？莫非我遇到了百花仙子不成？听起来是痴人说梦，遇到无法解释的事，也只有“梦”能说得过去。《醒世恒言》中有一段《灌园叟晚逢仙女》说的不就是这样的一个梦？

我索性找出这本书来，那故事的引子中就有一个唐时的爱花人玄微，于风清月朗之夜与一群女子相遇，那些女子穿红着绿，体态轻盈，来时分花拂柳，去时余馨满室，却是风神与花精。

我正待在这“香风过处”。

再往下看，是惜花的秋翁得道成仙的故事。细究他得道成仙的法门，觉得与炼丹服药以求飞升的人又有所不同。

这个法门是王母座下的司花女神告诉秋先的：“修仙径路甚多，须认本源。汝原以惜花有功，今亦当以花成道。汝但饵百花，自能身轻飞举。”

司花女神很有见识。何为“本源”？本源是根本，人的本源是人的来处，人的本性。秋翁是个灌园叟，他的本源是个护花使者，所以他生性爱花、惜花。

秋先自幼爱花成癖，见到好花便喜欢得忘了正事。人用折枝花捏个根儿哄他，抬了高价骗他，他也有钱无钱一定要买，人称花痴。

花痴种花又与别人不同。除了打扫浇灌，若有一花将开，必是先用酒、茶浇奠，向花儿作揖，口称“花万岁”，从半开到盛开，竟是陪在旁边，这是花开之时。到花谢之时，少不得伤感落泪。把落花轻轻拂来，装入净瓮之中，深埋长堤之下，这是“葬花”。把雨打泥污的落花用清水洗净，送入湖水之中，这叫“浴花”。

秋先视花如人，最恨的是攀枝折朵。他认为花开一年一度，熬过冷清，才得数日风光，一朝折损，花若能言，岂不嗟叹，岂不悲泣，岂不痛恨！所以看见要折花之人，先是再三劝止，人若不从，“他情愿低头下拜，代花乞命”。见到花有破损，“必凄然伤感，取泥封之，谓之‘医花’。”

他的种花、护花、赏花、葬花、浴花、医花、花语、花泪、代花乞命，都是些闻所未闻的痴行、痴语。

如此爱花、惜花，花儿岂能不知！秋翁最终以花得道成仙，被封为护花使者，专管人间百花，亦在情理之中。

读到“空中音乐缭绕，异香扑鼻”，秋翁“拔宅上升”，我对这“拔宅上升”四字，心中有些疑惑，人纵然成仙，仍然有割舍不下的尘缘。

《醒世恒言》里灌园叟秋先带着他的草木情缘上天了，《红楼梦》中神瑛侍者贾宝玉带着他的木石前盟下凡历劫。大观园中，人是花，花是人。想来贾宝玉也是大观园中的护花使者，他爱花、敬花、惜花，有惊天地、泣鬼神的花语、花泪。我曾经埋怨贾宝玉连自己最爱的林黛玉都护不住，连自己最敬的晴雯都护不住，就没有去想“一年三百六十日，风刀霜剑严相逼，明媚鲜妍能几时，一朝漂泊难寻觅”。这天地间的风刀霜剑，岂是神瑛侍者“人”力可以阻止改变的？也不过是推求出“无法解释这段悲伤”罢了。

胡思乱想了半日，依然是艳阳高照，香气满室。这奇香几个小时才慢慢消散，真的无法解释香气从何而来。又想到了“须认本源”之说，却茫茫然不知“本源”，从何处来，往何处去？不过是浮生半日，与这花香有缘，做了一回沉酣香梦。

麻雀的世界

一

从我家的窗口望出去有一小片空地，那里是麻雀的乐园。

沙石的地基已经有些年头，麻雀们正好在沙石坑里游戏——其实游戏也只有一种，就是把半个身子埋进沙里，然后震动身体，用支棱起来的羽毛把沙子掀到四周去。

今天刚下过雨，小沙坑里有点水，麻雀的游戏变成在小水坑里洗澡，动作照旧，不过把晶亮的水珠激起来洒向四周，比掀沙子要漂亮得多。

一只小麻雀正玩得起劲，站在旁边的另一只不耐烦了，直接用嘴啄过去。麻雀的战争打不起来，弱的一方从不恋战，立即让位，胜利者跳进了小水坑，志满意得。

发现一块面包屑的时候麻雀们重复着这样的争斗。

吃好了，玩好了，它们一阵风似的飞向天空，显得无比团结。

这是麻雀的世界，强者从不放弃霸主地位，弱者也能退后一步天地宽。

我有些灰心了。麻雀的世界尚且如此，更何况人！

但是人毕竟是人，人类的弱者，常常有着惊天地涕鬼神的力量。

二

关于麻雀的争斗，我先生于我有不同的意见。他说麻雀是有战争的，有时候是演习，麻雀们互相啄着玩；有时是真打，斗得羽毛纷飞，场面相当“惨烈”。他小的时候亲眼所见。

我先生小时候，是唱“听妈妈说那过去的事情的时候”。那时候物质匮乏，人吃的穿的还要凭票证，麻雀们觅食当然比现在要困难得多，发生关于“粮食的战争”在所难免。

我家窗外的麻雀，从无饮食之虞，因为每天有人喂食，它们犯不着为了一小片面包屑大打出手。

小小的麻雀世界，居然也能根据不同的条件“冰火两重天”？

所以，我们的先人真是聪明。管仲早就看出，“凡治国之道，必先富民”（《管子・治国》）；“仓廪实则知礼节,衣食足则知荣辱”（《管子・牧民》）。

观察这些小生灵，看出了藏富于民的大道理，这是我先前没想到的。

笋

家乡的笋是极好的。记得当年住过的大杂院里有个老教师，每天戴着眼镜坐在窗前批改作业，女儿带着女婿回来，她就一迭连声地叫道快用水发玉兰片。我问她什么是玉兰片呢，名字这么好听？她说傻丫头，玉兰片是冬笋和春笋加工成的笋干，冬天的叫冬片、春天的就是春花了，连这都不知道？回去问你娘吧。我妈妈笑着说，这个老太太，拿大杂院当她的府上呢。要说好吃，山里刚挖的笋子才好吃，还轮不到玉兰片。

后来看李渔的《闲情偶寄》，蔬食之中，他是首推笋的。笋以山僧野老躬治园圃者亲自得之为佳，如从城市卖菜的小贩手中购得，则不得其鲜。他以近自然为标准，推导出丝竹的声音不如人歌唱的声音，肉食不如菜蔬，而菜蔬中排名第一的笋，美到“肥羊嫩豕，何足比肩”的地步。

我食笋，取其清香。李渔却说食笋的真趣在得其鲜。人们用清，洁，芳馥，松脆去描述蔬食之美，“不知其至美所在，能居肉食之上者，只在一字之鲜。”从鲜中来的甘能调和百味，故食物中无论荤素，皆可以用笋调和。

竹笋的做法繁多，简言之，也不过是素与荤两种。素食用白水煮熟，略加酱油，就是美味；荤食以笋和肥肉一起烹调，调料用酒和醋就足够了。“若以他物伴之，香油和之，则陈味夺鲜，而笋之真趣没矣。”

此是实情。

记得《红楼梦》中也有一碗用鲜笋做的汤。在第五十八回中有这么一段:“一时小丫头子捧了盒子进来站住。晴雯麝月揭开看时，还是只四样小菜。晴雯笑道:‘已经好了，还不给两样清淡菜吃，这稀饭咸菜闹到多早晚？’一面摆好，一面又看那盒中，却有一碗火腿鲜笋汤。”我想作者原是写病，无意写汤，这碗鲜笋汤，却与书中最富诗意的情境相融合。

贾宝玉大病初愈之时端来的这碗火腿鲜笋汤，是一道应时应景的菜。时值春天，潇湘馆内翠竹遮映。宝玉因听了紫鹃的一席话，“心中忽浇了一盆冷水一般，只瞅着竹子，发了一回呆”。后来又在一快山石上出神，“直呆了五六顿饭工夫”。听了紫鹃说“终不成林家的女儿在你贾家一世不成”，更是“呆呆的，一头热汗，满脸紫胀”话也说不出来，掐人中也不知痛了。作者写这真到极致痴到极致的“呆病”之时，却不忘点明时令，写下“因祝妈正来挖笋修竿”一句。因此晴雯端了放在宝玉跟前的这碗汤，我猜想或许是潇湘馆内的竹笋做的汤，如果是，倒是医病良方。

火腿鲜笋汤原是扬州菜，又称“一啜鲜”。“宝玉便就桌上喝了一口，说:‘好烫！’”这一情节，也合了“一啜鲜”三个字。

新西兰的十一月是初夏，却是採笋的季节。我因爱吃腌笃鲜（原是从一啜鲜而来），年年此时去河边坡地的竹林採笋。能长成竹子的自然舍不得掰，只挑新笋稠密的地方掰几根，够吃了就住手，一年之中也有一个月有极鲜美的笋子吃。近年，看竹林子有些发黄（想竹林看我应如是），我掰的笋也少了，有时候，只为了去河边坐坐。

不知名的杂树掩映，阳光透过树叶，漫天碧翠。忽然就想到了大杂院，想到了母亲说山里刚挖的笋子才好吃，声音笑貌，恍若梦中。

最贵人间真情

流星因为短暂而分外凄美。美丽的流星划过夜空，我看到了你用生命写在天宇之上的最后的嘱托：「更好地生活，热爱生命，珍惜友情、亲情。」

至坚者“宝”

儿子开始练毛笔字，用小楷抄经，要用印章。小时候刻的那一方已经磕碰得有些残缺了，所以刻了两方新的，用电邮把照片传过来给我看，还附了一段文字：

“清人爱以阴文搭配阳文为一对印章，一般来说阴文为名，阳文为字、号。我没有字，以号做印章我认为不妥，所以用小名宝宝，并且参照了偈语‘至贵者宝，至坚者玉’，以‘至坚者宝’为阳文印之内容，‘至坚者宝’虽有自褒之意，也有自警之意。此偈语我没有找到出处。”

我回了电邮：“此语见《红楼梦》第二十二回，黛玉说：‘宝玉，我问你：至贵者是宝，至坚者是玉，尔有何贵？尔有何坚？宝玉竟不能答。’”

另，“至坚”，说说容易，做起来难。“至坚”是对信念和品格的要求，至诚者至坚。你抄过老子的《道德经》，老子说：“天下之至柔，驰骋天下之至坚。”

儿子不跟我讨论何为“至坚”，他说：“出自《红楼梦》我知道，我要的是最原始的出处。”

“最原始的出处我也不知道，大概是出自曹雪芹吧。不过唐代孔颖达注疏《周易正义》中有‘玉者，坚刚而有润者也。’”

用电邮还是慢，我们改用电话继续聊。

儿子告诉我他正在看乾隆藏画的画册，他对我说他发现了乾隆皇帝的孩子气，“能盖上印章的地方全让他给盖满了，画都让他的章给盖得不透气了，这个皇帝就像个小孩子，只要有空的地方，就多盖几个章，好玩啊。”我没看过那些画，没办法评，不过我喜欢儿子说话看问题的方式。他不因为乾隆是皇帝就用别样的眼光去看他，也不认为皇帝做的事就一定高雅，有道理，而是看到了皇帝的孩子气。换成是我，我很可能会看到霸气，看到不在乎，这个霸气和不在乎应该是从皇帝的身份来的，从这点来看，我不如儿子。

儿子又开始写毛笔字我也是喜欢的，毕竟他在国外学习生活多年。听他抱怨去了一趟琉璃厂，什么都买不起了，我还是在电话这头乐，乐的是这孩子口中百分之百的中国味儿。

乐过以后想一想，只要是块砚台，是方石头，就是天价。宣纸原本出自安徽皖南，土生土长的，现在已经贵得买不起了。儿子还嚷嚷要去买日本的颜料，说是价格还要公道些，我都不明白怎么回事了。不过宣纸儿子说还是红星牌好。

宣纸的产地泾县我去过一次，住了半个月，看过一些山川地理，物产民风的资料，对这种从唐朝就开始制作的中国书画用纸就有了特别的感情。宣纸的价格大幅度上扬，我愿意相信是因为质的至坚，才导致价的至坚。我告诉儿子，既然你认为“至坚者宝”，已经是“宝”的宣纸价格贵一些，也就不要埋怨。

谢谢你，儿子

宝宝：

看到你来信跟我谈《红楼梦》，我知道，你是想让妈妈有时间多读书。这本来是妈妈应该对你说的话。谢谢你，儿子。

你谈到读《红楼梦》的最佳年龄问题。你认为，少年人，有才情，家世命运接近曹雪芹的人容易理解《红楼梦》，读懂《红楼梦》。这种说法有一定的道理，但是对读者太苛求了。书是给人看的，无论什么人，读好书一定会开卷有益。我想爱读书的青年男女大都读过《红楼梦》，对《红楼梦》的理解也是仁者见仁智者见智。对红楼人物，有人喜欢黛玉，有人喜欢宝钗，有人喜欢史湘云，有人喜欢探春。各有各的看法，各有各的价值取向。我就很喜欢林黛玉，年轻时为了黛玉跟室友争论至不说话，因为那个室友喜欢宝钗。你爸爸说，从审美角度看，焦大也爱林妹妹的，不爱那是轮不着他去爱。

曹雪芹写《红楼梦》，前无古人，后无来者。就算一千年后中国又出了个同样伟大的文学家，那也不是曹雪芹，而是张雪芹，李雪芹。

你最喜欢《红楼梦》的第二十到三十回，小时候特别喜欢第二十三回："西厢记妙词通戏语，牡丹亭艳曲警芳心"。你认为那是曹雪芹最美好的回忆，自然多用笔墨，写得快乐真切。你小时候的看法，自有你的道理，我同意你的看法。

《红楼梦》中的诗，凡是以女性为第一视角的诗你都会精读，都有好句在里头。这你是选对了。我也认为《红楼梦》中那些少女诗人的诗好，特别是林黛玉。你说唐寅的诗词风格大篇幅的出现在《红楼梦》中，但唐寅的诗词绝对不在你爱读之列，是曹雪芹笔下的人物把粗劣的文字润色注解了。请原谅妈妈的保守，我从来没有注意过唐寅的诗词风格对《红楼梦》的影响，等有了感想再跟你讨论，好吗?

贾宝玉最爱的人是跟他心灵相通的林黛玉，这一点跟一夫多妻制没有什么关系。你说《红楼梦》里鲜有描写宝玉自己对一夫多妻制的看法倒是实情，就是有，也不是直接描写。

妈妈做了多年的资料编辑工作，荒疏了文学。这些年更是连文字都丢了。谢谢你跟妈妈讨论文学，鼓励妈妈重新拿起书本阅读。

你附上的这套法国内衣产品宣传册子拍得很好。妈妈有些担心的是商业大潮影响了你的本来性情。

看了一段柴静采访林书豪的视频，你爸爸认为林书豪说起话来本色天然，像个大孩子，说你和他有点像。

妈妈

2012年9月2日

扬州看花

扬州是个古风古韵犹存的城市。从平山堂到瘦西湖，从扬州师院到古旧书店，店里卖的剪纸，街头卖的小吃，弹琴的，说书的，拉洋车的，捏面人的，无不让我痴迷。

回忆起来，在扬州的大街小巷转悠的时候，有两件事我有些过意不去：一是我从来不坐扬州的人力三轮车，尽管亲戚劝我："别的城市怕是已经看不到这种车了，这是扬州一绝，试一次吧。"但是我就是没有办法坐上去让别人拉着我跑。我这种想法好几次影响蹬三轮的人挣钱，所以心里就有些歉意。二是我对扬州琼花的看管人心存芥蒂。琼花是千古名花，在历代文人笔下如宝似玉。当年隋炀帝开凿大运河也只为了到扬州去看琼花。但是我初识扬州琼花，却被这看花人扰得一点诗意都没有。

那时候的扬州瘦西湖很清静，湖中没有画舫，没有船娘，即便是洁白淡雅的琼花开放之时，也不会游人如织。所以，这个半天然半人造的园林在我的眼中，竟有几分山野之气。琼花盛开，晶莹似雪，我不认它是什么稀世奇花，只是喜欢那一树洁白，就自然靠近它细细观赏。

这琼花果然风姿绰约，一朵大花又由八朵五瓣小花攒成，如八只玉蝴蝶，围着中心一斛珍珠似的花蕊翩翩起舞。凝神之处，仿佛听见佩环叮铛，一个白衣白裙的女子，其形容是"翩若惊鸿，婉若游龙"，若隐若现于流光溢彩之间，正惊喜时，再向前细看，又只见一树雪白的繁花。

我正在发愣，却被一个小棍子敲醒了，一个头发花白的老婆婆拿着根小树枝，警惕地看着我，嘴里说着些我听不懂的话：“开一枝，死得快。”

我不明白这是什么特别的咒语，花神没见真切，这老婆婆倒是实实在在地站在我面前，护着花，护着树。

我只好叹口气，这本来只应天上有的奇葩来到人间，总要不同凡响，有个老婆婆看着，也在情理之中，只不过不让我靠近观赏，有些不近人情。

回去后说给家里人听，大表姐笑我听不懂扬州话：“什么‘开一枝，死得快’，那是‘掐一枝，四十块’。老婆婆把你当成采花大盗了！”

四十块也是我半个月的工资了，这老婆婆还挺能威胁人的。她没看出来，我是个赏花之人？

翻看古人的琼花诗，没有一首跟看花婆婆有什么关系的。

很喜欢北宋王禹偁咏琼花的诗句：“谁移琼树下仙乡，二月清冰八月霜。”这是诗人看花的感觉，琼花洁白清凉摄人魂魄，不同凡俗。

明朝于谦的诗“珑璁色染溥溥露，烂萼香凝淡淡风”也很传神。这里“珑璁色染”是什么颜色？“烂萼香凝”是什么味道？琼花之香，若有若无，琼花之神韵，只可意会，不可言传。

琼花的特色，除了洁白清新，还有一个珍贵之处就是天下无双。做过扬州太守的欧阳修为了赏花筑无双亭，饮酒赋诗曰：“琼花芍药世无伦，偶不题诗便怨人。曾向无双亭下醉，自知不负广陵春。”扬州三月，春风十里。到了欧阳修这里，唯有一件事可不负广陵春色，就是“曾向无双亭下醉”，好一个会享受生活的文章太守！

扬州的民间传说赋予琼花高洁的品行。隋炀帝为看琼花专程到扬州，琼花却不愿见这位昏君，就在隋炀帝到扬州的前一天晚上，风雨骤至，琼花凋落。

宋朝周密撰的《齐东野语》记载了一株奇花，从扬州移往开封就逐渐枯萎，发回扬州后复活。又把它移栽到杭州，谁知又是逾年而枯，载还扬州，却又枯木逢春。

这是扬州人爱琼花，还是琼花爱扬州人？在民间传说中，把有帝王之尊的玉树琼花说成是不畏强权，不贪富贵，思念故土，有情有义的"维扬一枝花"，这极清雅高洁的花神，从天上走到人间，到了老百姓这里，就变成家里的小姑娘了。

我想到扬州还有一枝花，跟看花人有关系，就是江苏民歌《好一朵茉莉花》。歌词描述了一个女孩子想摘茉莉花，又担心被看花的人儿骂；想摘一朵戴在头上，又怕被人笑话；最后什么都不怕了决心去摘，又担心伤了花儿，来年花儿不发芽。一个在茉莉花前思来想去，欲罢不能的想摘花的小姑娘天真可爱地站在我们面前。我这才明白原来扬州人爱花，看花，摘花是有传统的，我看琼花被阻拦是不冤枉的，因为扬州人本来就有想摘花的心思，看花婆婆怎么知道我会不会去摘花？

虽然如此，我还是喜欢扬州。千百年来，锦船画舫，丝竹笙歌浸润了这方水土。郑燮诗云："画舫乘春破晓烟，满城丝管拂榆钱。千家养女先教曲，十里栽花算种田。"扬州人和花的缘分，和曲的缘分让人羡慕。据说"千家养女先教曲"，教的就是以琵琶、胡琴伴奏的扬州清曲。现在广为传唱的茉莉花，一首是江苏民歌《茉莉花》，一首是意大利歌剧《图兰朵》的主题音乐之一的中国民歌《茉莉花》，均脱胎于有五百年历史的扬州清曲。如今，《茉莉花》中这个扬州的想摘花的小姑娘，已经唱着民歌走进了维也纳金色音乐厅。

历尽繁华的扬州有一种令人心动的质朴，以至于扬州人喜欢的琼花和茉莉花都有雪一样的颜色，玉一样的品质。琼花高雅华贵，茉莉花出身平民。高贵的琼花因为平民的喜爱走入民间，成为扬州市花；平民的茉莉花因为洁白芬芳走向世界，成为中国民歌的代表作品。养育了它们的，是扬州这座兼大雅与大俗于一身的从唐诗宋词、管弦歌吹中走来的城市。

过 年

过年有过年的味道。记忆中，那些咸鱼、咸肉挂在家家户户的屋檐下，成了一道风景的时候，大约是要过年了。

小时候过年，都是母亲张罗。那顿简单的年夜饭，还有从初一到十五我们手里提的灯笼，都是母亲省吃俭用亲手做的。提着点着蜡烛的小灯笼或是拉着红眼睛白毛的兔子灯的时候，我是极小心翼翼的，生怕风大了吹灭了灯笼，心里自然是非常喜欢，现在想起来，却有些心酸。在那种时候，母亲精心营造的欢乐，就像我手中提着的灯笼，有点风吹草动，就会熄灭。

无论日子多么艰难，过年的时候，还是要一家子快快乐乐，这是母亲的期望。父亲过年的时候也把烦心的事放一放，从不训斥我们。我奶奶说，小猫小狗还有三天年呢。

长大了，嫁人了。我们这一代人自己挣钱养活自己，虽然辛苦，却也自由。那种“三日入厨下，洗手作羹汤。未谙姑食性，先遣小姑尝”（唐·王建）的传统的做媳妇的苦楚就没有尝到，只有在过年的时候，才能够一大家子聚在一起，有些大家庭过年的味道。

春运的苦是免不了要吃的，即便是定好了汽车票。年三十的早晨从合肥出发，赶到扬州的婆家吃年夜饭，这一天也要在寒冷、颠簸的长途汽车上度过。客车司机也要回家过年，在两省边境交接班，安徽的开车回去，江苏的开车来接。有一年，江苏没有及时派出车来，一车乘客被扔在一个土墙围着的院子里，在零下十度的寒风中等了三个小时，不会骂人的人也开始骂骂咧咧。一头猪从哪里窜出来，想找东西吃，被等急了的人一脚踹上去，嗷嗷地叫着满院子疯跑。我三岁的儿子乐了，拉着我追着看这个没看过的“西洋景”。

我家先生排行老三，还有一个哥哥，一个姐姐，一个弟弟。过年的时候聚在一起，公公、婆婆、姐姐、姐夫、大伯、小叔、妯娌、外甥、侄儿、侄女，热热闹闹的一大家人。婆婆不大会做饭，平日里来做饭的阿姨回家过年了，做饭要自己动手。这个时候该着我们下厨了吧，不过用不着，婆婆端坐在藤椅上，我们几个媳妇只需要围着她，嗑着瓜子，吃着点心，说着闲话就行了，忙着做饭的，是她的三个儿子。每逢此时，我都暗暗得意，每天在家里称王称霸的男子汉，总算遇到怕的人了。

婆婆写一笔好字，在生活中也极具审美眼光。她喝着姐姐刚刚奉上的碧螺春，就开始点评媳妇的着装，我是她的重点点评对象。看着我没有烫过的直发，那时候叫“清汤挂面”，婆婆说，“扬州的师傅手艺好，改天叫老三陪你上街去做做头发，过去有一家，名字叫‘紫罗兰’，有名呢”。她想了想，立刻把老三叫过来落实这件事：“我年轻的时候去理发店，那时候还没有你们，你爸爸等在店里头给师傅敬烟。过几天你陪静恒去，不要着急。”老三也极恭顺，说：“行，我陪她去。”婆婆又说：“静恒的这个包也旧了，我看着跟她的衣服颜色也不配，你给她买个新的吧。”“还是妈的眼光好。”老三一个劲地应承。

我从未听过我先生这样说话，他跟妈妈说话像换了一个人。平日不要说陪我去理发店，就是偶尔逛逛服装店，他也是坐在门口，极不耐烦，这会儿倒是百依百顺了。不过说归说，做归做，他告诉我，那叫

“哄老太太高兴”。

过年祭祖早就不时兴了，但是关于祖宗的话题还是不能不说，公公是最有权威的讲述人。

其实公公的话不多，跟我提祖上，那是他认为非提不可，必须跟我交代清楚，我们家是某某人之后，代代都是读书人，在天一阁收藏的家谱中记得清清楚楚等等。对我儿子三岁开始学画他颇有微词，认为文人画画，只是副业，陶冶性情而已，认真当成主业去做，一定没出息。有个长辈学画，学浮了性情，后来一事无成，教员都做不好。

我把听来的关于祖上的教训告诉我先生，他说，“爸爸跟你说祖上，那是看重你”。后来我儿子说“我家祖上……”却被他父亲严加训斥：“人是靠自己的努力一点一滴干出来的，凭的是实力，以后不准说‘我家祖上’这样的话！”

对父母，对儿子，我先生很自然的用了双重标准。这里也有浓浓的“中国味”。他对我说：“对父母要孝顺，对儿子是责任。”我说：“煤球也不能说成元宵啊。”他说：“夸大其辞，没那么严重。”

过年的时候打麻将是必不可少的娱乐，家里人打，只赢筹码，不算钱，陪老太太玩。我也很羡慕电影里会打麻将的少奶奶们，打麻将甚至成了她们的交际手段，生存技能。虽然认识到打麻将的重要性，我还是提不起兴趣，不会打也不想学，就自动退下来，拿一本书，到一个小的只放一张床的小房间里躲清静。

床上挂着一顶帐子，白纱的帐幔子垂下来，更添一份宁静。我很高兴找对了地方，拿个枕头靠在床头，翻那本从弟媳妇桌子上拿来的梁凤仪小说。

一个小小的人儿推开门，掀开帐子，我看到是小侄女毛毛，就赶紧丢开手里的书，拉她上来。房间很小，床却很大，我俩面对面坐着，相视而笑。

毛毛只有五岁，自来卷的头发，江南小女孩清秀的眼睛、鼻子、嘴巴，精致得像雕刻出来的小人儿。她往我跟前坐坐，觉得很适宜，我的眼前多了个小人儿，静静地依着我，也觉得很适宜。我们俩有一搭无一搭地说着话，有时候很长时间什么都不说，一大一小，就那么坐着，享受着从热闹中"偷来"的静谧。

很多年以后，我又见到毛毛，她已经是个大姑娘了。她跟我说的第一句话就是"大婶婶，你还记得那年过年，我们俩在帐子里坐了半天吗"？我怎么会忘呢，这三、四个小时的神秘体验只属于我们两个人，注定了我们两人的友谊不同于他人啊。

说过年不能不提到吃，对扬州的吃我是赞不绝口的。我称赞它，并不是因为它用了上八珍、中八珍、下八珍之类的海鲜珍品，腌腊干货，而是因为极普通的一碗面条，一盘干丝，一份炒饭，只要是经过了扬州厨师之手，味道就极其美妙。就像方块字，每个人都会用，作家就不一样，能用它写出小说来。

过年的时候店家关门。好在年前到店里定做包子是扬州的传统，过年吃的东西也有很多是半成品，只有扬州狮子头，也就是安徽人叫圆子，扬州人叫斩肉的，要现做。我发现家里的"厨师"个个都是做"斩肉"的高手。这道菜先是要刀工，要把猪肋条肉切成石榴粒大小，和其他同样切成细粒的笋丁、冬菇丁混合后，加入葱姜汁、虾子、盐、绍酒，干淀粉，在双手间摔打至有一定的黏性，这是狮子头不散的关键，然后放在油里炸，也可以不炸，直接放入加入清水的砂锅里，用排骨、肉皮垫底，上覆青菜叶，烧沸后移至小火上，三个小时后即可连砂锅上桌。这道菜的好处是肥而不腻，入口即化，过年的时候又有图吉利，团团圆圆的意思。

过年的热闹，很真切，又很遥远。这些年不要说大家庭团聚，就是小家庭也是山高水远，离多聚少。我也说不清我是喜欢聚还是喜欢散，喜欢热闹还是喜欢冷清，如果我是喜欢冷清，我相信那恰恰是对热闹和情感的眷恋。家，情感，是人生的出发点也是人生的归宿，过年就是人生旅途中的一个个驿站。

夜　气

夜里睡不着，我在想着这夜气。城市的夜是半透明的，灯辉映着星辉，天不算高，闪亮的星星好像伸手可及，夜气就弥漫在这交相辉映之间。

我反反复复地想着“夜气”这个词的三个解释：一是儒家所谓晚上静思所产生的良知善念；二是夜间的清凉之气；三是黑暗、阴森之气。我看着这些想法从窗户飘出去，飘散在本来就属于它们的夜色之中。

我赤着脚走到窗前，清凉的夜气从草尖树叶上腾起，带着露珠的潮湿。没有草的青涩味，没有花的芳香味，这是清澈纯净的水的味道，伊甸园中风的味道。

夜并不安静，在水一样流动的夜色中，虫鸣声高高低低，此起彼伏，永无间歇。那些挑剔的人们都在这被称为天籁的声音中安静下来，沉沉睡去。

我听到了安静中的喧嚣，在夜的喧嚣中涌动着奇特的生命。这些生命一直在那里，只不过我不去想它们罢了。只不过我不去见它们罢了。

我从来没有怕过夜气，黑暗、阴森是人强加给夜的形容词。相反，夜色像一件披风，一件斗篷，在月光中我披上薄如蝉翼的那一件，在星辉中我披上闪闪发亮的那一件，从小到大，我常常裹着夜的斗篷，温暖而又安全，悲凉而又伤感。

朦胧中我循着一条被萤火虫照亮的路，寻找一个绿水环绕的小村庄，村东头那排新砌的土坯房子，覆着厚厚的麦秸草屋顶，是我和十四岁的弟弟的家。

我比弟弟大两岁，实际上只大一岁半。我们无书可读，命运在这个小村庄搁浅。

春天的村庄，杏花开了桃花开。弟弟从对门邻居家里抱来一条小狗崽，小狗小，弟弟小，我也不大。小狗瘦瘦的，灰色的毛，爱啃鞋子，啃袜子，袜子上都是洞，没法穿了。弟弟讨好地对我说，小狗磨牙呢。我让弟弟把小狗送回去，小狗认得家，又跑回来了。后来弟弟说他自己没有袜子穿没事，姐姐没袜子穿他知道心疼，这次他哭着把小狗送远了。晚上，弟弟的眼睛红红的，一夜都没有把门关严，我知道他盼着小狗从门缝中钻进来，可是小狗没有回来。在黑夜中我觉得对不起弟弟，对不起小狗，仅仅是为了我的袜子。我开始祈祷："小狗啊，如果能找到家，你就回来吧。"我哭得抽抽搭搭，蜷缩在稻草铺的床上。其实那时候不用抱小狗崽子我们也像极了两只小狗。

不久我初中的语文老师也来到了离我不远的农村中学教书，这是我最高兴的事了。每个星期有一两次，我在收工之后去三里路外的公社中学找我的老师。

老师姓王，年长我十六七岁。她的丈夫原是北京外交部的俄文翻译，不知为什么两口子一起发配到县城中学当老师，又阴差阳错，在我不能上学的时候，王老师来到了我们公社中学。

去公社中学的路是田埂小路，去的时候还能看得见，回来的时候已经是半夜了。村里的人都说我胆大："一只手电筒的光，周围跳的全是鬼火。"

我不是胆大，是心实，跟王老师我有说不完的话。记得她借给我一套刘大杰的《中国文学发展史》，我仔仔细细地看，如饥似渴地读，如逢甘霖。

一天晚上，我真的见了鬼了。那是个月黑风高之夜，我伸出手来晃了晃，还真是伸手不见五指。走着走着，我的手电筒没电了，走着走着，熟悉的路不见了，走着走着，我听见了凄厉的叫声。那叫声一声比一声高，撕心裂肺，伴着石头滚动的声音。刹那间，我读过的所有的不怕鬼的故事都不灵了，什么定伯卖鬼，鲁迅踢鬼都救不了我了。风从我身后推过来，草在我脚下使绊子，一个踉跄，我跌倒在地。试探着摸摸前面，又摸摸后面，确定我坐在草地上。

有了些薄薄的月色，周围亮起来了，这是个乱葬岗。月色朦朦胧胧，大大小小的土丘朦朦胧胧，朦胧的却不是静止的，它们在朦胧中虚化，在朦胧中变高变大。

我看不见鬼，我能感觉得到它们，大大小小的孤魂野鬼，冻死鬼饿死鬼冤死鬼，蹦蹦跳跳地、唧唧喳喳地围着我，渐渐地，那些墓碑，幻化成了高大的石头门，砖头墙。

我觉得头大得像个笆斗，腿脚也开始不听使唤，只有心中的一点灵明是清醒的。我不停地对自己说，这一切都是幻觉，这些茂盛的树，凋零的花，这些房子，都是幻觉，这世上本没有鬼，都是人自己吓唬自己。求生的欲望给我下了一道清醒的指令，往前走是没有路了，我可以往回走！

我站起来，认准了来时的方向，又开始了在夜气中摸索前行。我确定我的心中充满正气，只要不回头也不往两边看，就不会吹灭老人所说的人的肩膀上担着的明灯，就一定能够走出这种该诅咒的绝境。

远远的传来了弟弟声音，他焦急地呼唤姐姐！像溺水的人抓住了救生圈，我知道我得救了，弟弟带着人找我来了！我看到了交叉的手电筒的光，那是能够穿透一切雾霭的光，多么明亮的光啊。

经历了这个一跤摔进狐鬼故事的变故，我再也没有一个人走过夜路。王老师那里我一如既往的去，有闲暇时，她会让她的学生带信给我，叠成燕子一样的信，不过回来的时间改成第二天早晨了。冬夜，我和王老师拥着棉被而坐，一大一小，老师学生聊到深夜。有一次饿了，又实在找不到东西吃，就把糖罐子搬出来，用水涮一涮，一人一杯糖水。

记不清我跟王老师都说些什么了，好像是从来不谈文学，又无所不谈。王老师家里有一盏从苏联带回来的台灯，白色大理石的底座，已经斑斑驳驳，残缺不全。灯柱还能看得出是个光屁股小男孩，当年我们几个女生都以看到过这个劫后余生的小屁孩为荣，虽然我们受到感动的只是《钢铁是怎样炼成的》、《古丽雅的道路》、《卓雅和舒拉的故事》那几本书，《静静的顿河》、《怎么办》、包括《安娜·卡列尼娜》我都读得不明不白。

王老师自嘲她只能用涮糖罐子的水招待我，其实每次在我去之前，她都要和卖早点的那个叫老关疯子的老头打招呼，早晨早点来，让我就着稀饭吃完炸得金黄的油条再走。这些年我吃遍天下的油条，老关疯子的油条的味道仍然深深地留在我的记忆之中。

往事在夜气中明明灭灭，它们本来就是田埂上池塘边草化的流萤，凄凉又温暖，苦涩却令人无法忘怀。这“无法忘怀”就是晚上静思产生的良知善念吗？我真是个再平凡不过的人，为什么白天就容易被俗务缠身，远离了这些无法忘却的情感呢。夜色拉近了我和往昔的距离，拉近了我和我自己的距离，我裹着夜的斗篷，像天鹅绒一样柔软华美的衣裳，我变回了那个不怕走夜路的女孩子。

老院子

一

一棵老榆树，疙疙瘩瘩的树皮被饿昏了的人剥净了，树干白得瘆人。树冠还在，人爬不上去的地方树叶还很茂密，淡黄的榆钱儿轻轻地飘下来。一个小男孩趴在地上数数，榆钱儿多得数不清。他抬起头看天，太阳在头顶上亮得晃眼。肚子饿得咕咕叫。他站起来，钻进树洞里，把他的小竹篮拿出来，篮子里的野菜盖不住底，还有几块在树洞里用小铲子切下来的榆树皮。

小男孩叫稳柱儿，乡下男孩为了好养活，奶奶给起的小名。稳柱儿出生的时候白白胖胖，原本应该长成年画中那个胖娃娃的样子，那是奶奶为了添男丁特地请人从县城里带回来的画，用白面打了糨糊贴在墙上的。可是稳柱儿的模样长得不尽如人意，五、六岁了，下巴尖尖的，细胳膊细腿，肚子却鼓起来，圆圆的像半个皮球。

缕缕炊烟，从草屋顶上、瓦屋顶上升起来。无论锅里煮着什么，有炊烟就有活气在。稳柱儿的眼珠转了一圈，他又抓了一只蚂蚱，从枯树枝上掰下一块虫卵，虽然不知道这是什么虫的卵，埋在灶里的热草灰中，烤熟了就有肉的香味。

这个村庄叫老院子。叫这个名字，总有些老话老故事可说。可这些年，历史久远的老院子衰败了，也有人说是进步了，祠堂改成了小学校就是明证，而且稳柱儿家祖祖辈辈面朝黄土背朝天，现住着老院子里最阔气的房子。进门三间瓦房，并不住人，天地君亲师位的条幅还在，罩着灰尘。条案和八仙桌早无踪影，一口红漆棺材取而代之，是稳柱儿爷爷的棺材，架在堂屋正中，自然就添了几分森森鬼气，或是视死如归的英雄气。东边的厢房还保留着雕花木门窗，门并没有上锁，吱呀一声推开，看见一间空屋子，角落里堆着几件陈年不用的旧东西，蜘蛛网也是陈年的。或许这是早年间东家小姐的闺房，这个小姐进过洋学堂，后来不知怎么就死了，一腔幽怨无处发散，隔三差五地回来嘤嘤地哭。

走过棺材，过了一个门洞就是走廊。第一进院子里住着稳柱儿的爹娘，稳柱儿自然跟着爹娘住，厨房也在这个院子里面。后面还有一进院子，住着稳柱儿的爷爷奶奶。院子里长着蒿草，扯藤拉秧的，开着几朵南瓜花，没人看顾，很快就蔫了。孤寂之中，瓜妞儿鼓胀起来，长不大就被奶奶掐了。自从爷爷把棺材挪进堂屋，奶奶就搬到招西晒的那间原来放棺材的屋子里。一个人住，话自然就少，流言却从蒿草中嘶嘶地爬出去。村子里的人支支吾吾地说，稳柱儿爷爷吃老鼠呢，白天琢磨着抓，晚上躲在屋子里剥皮剔骨头地吃，眼睛都吃得贼亮贼亮的了。吃完了，摸摸嘴，围着棺材转儿圈，活脱脱一个老鼠精模样。吓得稳柱儿奶奶都不敢跟他说话了。只好自顾自，吃饭的时候从稳柱儿娘那锅里捞一碗菜糊糊端回屋里，各吃各的。

现在稳柱儿可以回家了。其实回家晚了也不怕，娘给他留着吃的，藏在碗柜子底下，一个铜盆盖着。这个铜盆是稳柱儿娘的陪嫁物，前些年藏着掖着留下来的。

二

天刚蒙蒙亮，赶着做早饭的媳妇们用葫芦瓢舀了水放在锅里，炊烟又升起来了。稳柱儿家的烟囱没有冒烟。早起打开鸡窝的门，稳柱儿娘数着从门里钻出来的鸡，她发现数不对，一只正在下蛋的黄母鸡不见了。

这只鸡在稳柱儿娘的世界里抵得上半壁江山，吃的咸盐，点的灯油都是拿这只鸡下的蛋去供销社换的。稳柱儿娘一口气憋在心里，低头狠命地捶自己的胸口，半天才缓过来劲来，骂了一句，“挨千刀的……”

老院子里妇女骂街，大致分为两种。如若是两军对垒，她们懂得一鼓作气，先以气势压人。然后是兵来将挡，水来土掩，话赶话，骂起人来，男盗女娼、挖坟掘墓、辱人祖宗、访人女眷，百无禁忌。骂到紧要处，自有乡亲们出面，或拉或劝，此时作战双方均明白不宜恋战。如若是没有对手，对方是个假想敌，尚不明身份，那又是另一种骂法。搬张小桌子放在门口，桌子上放砧板一块，一般是肉店屠户用的那种，用整段的树桩做成。再加上明亮的大刀一把，可剁可拍，砰砰作响。骂起来讲究韵律，一唱三叹，配合大刀砍下来的动作，半是巫术，半是诅咒。

稳住儿娘有一副好嗓门。平日里病恹恹地，骂起人来眉也精神眼也精神，焦黄的脸上泛起红潮，左手叉腰，右手轮刀，颇有些巾帼英雄的气概。

找不到鸡，稳柱儿娘只好又把厨房的砧板搬到门口了。今日的情况与往常不同，她没有了往昔的英雄气。一屁股坐在地上，拿起切菜刀，刚唱出一句，“死了你开门没有关门的……”就开始嚎啕大哭，边哭边骂，边骂边诉说。稳柱儿娘的哭诉，从诅咒假想敌、陈述冤情到哭天抢地，直哭得一波三折，荡气回肠。诡异如六月飞雪，在鱼肚白的空中盘旋。老院子早餐的炊烟，在空中打了个旋又缩回去，生生地被这一只鸡引起的天塌地塌憋住了。又似乎蕴育了无数的冤屈，许久，才向苍天长嘘了一口气。

稳柱儿娘骂累了，呆坐着，眼珠直往上呛。呜呜地哭声并没有断绝，似乎更为忧伤压抑。仔细听，哭声从祠堂后面狗剩子家的草屋子里传出来，一个丫头一个小子跪着，小声地哭泣。他们的娘直挺挺地躺在堂屋地上，身下垫着他家最值钱的家当，晒粮食用的团簸箕。他们家早就没有粮食可晒了。有人问，这不是下了老单（当地风俗，人死了，在堂屋地上放三天，在头的方向点起长明灯，摆上供品，为下老单）了吗，前天还在挖黄花菜呢，怎么就到了这步田地？狗剩子抱着头蹲在那里，一声不吭。人越围越多，妇女们互相使着眼色，一副心知肚明不好说的样子。终于，一位有见识的长者出来主事："狗剩子媳妇平日为人大家是知道的，家里还有粮食的做做好事，快端碗糊糊来，去见阎王老子，也不能叫她饿着去。"早有半碗稀饭递过来，里层的一个老奶奶接着，用筷子撬开牙齿，把这碗粮食做的安魂汤灌进去。不一会儿，那死人的眼睫毛动了一动，眼睛竟缓缓地睁开了。丫头、小子不哭了，仰着花猫般的小脸看人。咔嚓嚓一道闪电，豆粒大的雨点子噗噜噜地落在炽热的土地上。

三

山喜鹊，尾巴长，白天偷饭吃，晚上来乘凉。这是个谜语，谜底是什么，很难猜。就是个长尾巴偷饭吃的东西。猜不着，老院子的大姑娘小媳妇会给你提个醒，暗示是那个在厨房里天天用的器物。如果猜谜的是外乡人，说过了还会脸红。你知道了这只偷饭吃的山喜鹊不过是只长柄饭勺，猜不透的就是她们为什么会脸红了。女儿的心，秋天的云，追逐山喜鹊的老院子女人也曾经温柔可人。这些年的情形不太一样，老院子的女人愁眉不展，无米之炊难做。一个锅搅饭勺，说的是关系亲密，还有一层意思是免不了磕磕碰碰。

稳柱儿奶奶生了一儿一女。女儿嫁进城里，儿子娶妻生子，在老院子算得上是个全福之人。这一两年，老奶奶走路颤颤巍巍，做事早已不利索，可是争强好胜的心还在。稳柱儿娘说，菜园的篱笆门倒了，老奶奶说，天还早呢。稳柱儿娘说，还有一盆衣服没洗，老奶奶说，狗撵鸡呢。一来二去，稳柱儿娘知道再怎么说也没用，不过是老废物一个。嘴里也不便明说，便在饭食上做手脚。饭勺子也不让婆婆碰，揭开锅盖，那只“山喜鹊”只往那菜多米少的地方去。老奶奶眼泪汪汪，万般无奈，就想出一个法子，把自己的口粮称出来，到城里的女儿家过一阵子。稳柱儿娘巴不得老废物快走，倒也把一个月的粮食一两不少的称给了她，用个小布袋装着。

稳柱儿奶奶独自上路了。路的这头榆树皮都剥尽了，路的那头兴许还能吃饱饭，还能看到女儿外孙的笑容，这不就是人活着的盼头？老奶奶胸前一只口袋，装着一个月的口粮，身后一个包袱，扎着换洗衣裳，还有一双给外孙子做的鞋，中间用根麻绳系着，搭在肩膀上。老院子离县城二十里地，路是走过的路，人老了，走不动了，就越走越长。中午的毒太阳底下，老奶奶头昏眼花。恰巧就有一个过路人瞅着老奶奶笑，又接过米袋包袱，说我送您老走吧。老奶奶想今天出门顺气，天底下还是好人多，跟着这个人空手走路，感觉松快了很多。可是渐渐地就气喘跟不上了，距离越拉越远，老奶奶这才明白遇着强盗了，想起要回包袱米袋子，哪里还能追得上。不由得急火攻心，两眼一黑，就倒在路边上。

天黑了。两个做好事的中学生扶起老奶奶，送她到女儿家门口。女儿忙给她洗了换了，在隔出来的小间里搭个铺躺下。夜里，就听到女儿女婿争吵的声音。刚开始声音不大，后来就有什么东西摔地上了。接下来一连几天，女儿给娘熬粥，自己吃菜根淀粉饼子。过了一个星期，女儿狠着心肠把娘送回老院子。临走对弟弟、弟媳妇百般赔小心，还往稳柱儿手里塞了一包有苦味的糖。

稳柱儿奶奶躺在西屋的破棉被上，悄无声息。

稳柱儿每天一次或两次端着粗瓷碗给奶奶送饭。他双手捧着菜糊糊，穿过走廊，跨过窄门槛。稳柱儿就是一只搬鱼的鱼鹰儿，奶奶是一只鹭鸶精，能吃到鱼的是鹭鸶不是鱼鹰儿。稳柱儿身上奇痒，胳膊上长毛。这只大肚皮、细脖子、黑水塘里的小鱼鹰，张开没长全的翅膀，脖子上的羽毛一根一根地竖起来，细小的钢丝扣住喉咙。为了吃鱼，它迁怒于鹭鸶，啄死你！起风了，蒿草疯狂地摇晃，绿色的汁液从折断的伤口流出来。稳柱儿毫不在意地从草上踏过去。这只鱼鹰子向碗里吐口水：呸，呸呸！叫你吃，我看你还吃不吃！老鹭鸶精听到了，慢慢爬起来，靠在墙上，满头白发支棱着：稳柱儿，你不怕奶奶死了把你带走？你吐了口水我也吃。

老奶奶死了，按规矩在堂屋停了三天，头前点着长明灯，供了一碗很久没见过的白米饭，上面插着三根筷子。戴孝、摔老盆的是孙子稳柱儿。

四

说是自然灾害，老天爷不下雨。可是南瓜长得大，萝卜也长得大，就是心是空的。菜吃多了也生病，青紫病，浮肿病。麦苗儿青，菜花儿黄，老院子的土地是肥沃的，养了老院子多少代人了，怎么到了这一代，就活得这么艰难。油菜花开了，金黄色的一片花海。转眼，油菜荚子由绿变黄，老院子的大人小孩都盼着闻到油香。粳米粉糯米粉掺半做成米饼子，再用油炸，叫油香。往年讲究的人家，炸米饼子的油要用油坊新榨出来的菜籽油，这才显出接上季节的喜庆。稳柱儿没赶上吃油香饼子的好日子，却也知道油炸的东西好吃。看他爸爸磨镰刀割油菜，就早早地挎个篮子在地头候着。村里的孩子都在这里，小猴子似地一排蹲着。虽有颗粒归仓（公）一说，老院子的大人不在意小孩子捡的东西。这些麦穗、稻穗、油菜荚子，在荒年竟能让人的脸上泛起许久不见的喜色。

今年油菜长得好，稳柱儿捡来的油菜荚子簸出了一海碗油菜籽。稳柱儿娘把油菜籽倒进大铁锅，抡起铲子贴着锅底翻炒，几个来回便满锅油香。上工之前怕鸡找到扒翻了，就用铜盆扣起来。

稳柱儿轻车熟路，掀开铜盆，吃了这碗炒油菜籽。肚子烧得慌，就用葫芦瓢从水缸里舀水喝。稳柱儿爹娘收工回来，见稳柱儿肚子朝下趴在长板凳上，已经不省人事。

稳柱儿看到了奶奶。他一会儿指天，一会儿指地，一会儿指床下。他说奶奶在天上，奶奶在地下，奶奶在屋子里，奶奶靠墙坐着。郎中说稳柱儿是吃油菜籽撑死的，是急性肠梗阻。可村里人都说，稳柱儿被奶奶带走了。

又过了很多年，又到了榆钱儿飘香的季节。在老榆树下唱歌数榆钱儿的男孩女孩，可知道有个男孩叫稳柱儿？

右派家庭杂记

我的家受“右派”这两个字影响很大。大约有二十年，我的父亲戴着这顶帽子。我的童年，就罩在这顶帽子的阴影下。可能是为了消除影子下的“阴凉”，我的父母让书籍和我做朋友，我在大自然和一些好心人的庇护下活得还算健康。但是归根结底，童年的我，依然是一个站在右派的影子中瞪着惊恐的眼睛看世界的孩子。

一、父亲

父亲被划为右派是1958年。他从未对我说过被打成右派的原因，是因为说了什么还是写了什么。因为1958年这个特殊年份（大批知识分子被“引蛇出洞”然后定为右派是在1957年），我查出其原因是因为某省1957年右派名额未满，所以1958年需要增补，我的父亲正好补了这个缺。

父亲出身于徽商之家，1948年读大学法律系的时候恰逢解放军进城，认为报国有门，一腔热血地参加了解放军。解放后重回大学，读完了新中国的法律课程，到1958年，已经是某市的中级法院院长。

我父亲的哥哥，我的伯父也不辜负父母的期望，大约也是在1958年前后在海峡那边的台湾升任了台北电讯局的一个什么官，消息是日夜围着我爷爷奶奶所住的牛棚的民兵透露的，据说是为了预防空降特务。

我则是听我奶奶说的，我听出我奶奶的口气来了，那是很得意的，透着喜气。被围着被绑着没关系，只要儿子有出息，母亲就是骄傲的。

这样一来，我父亲成为右派也在“情理”之中，他不下地狱谁下地狱？怨不得任打任罚，我从未听他抱怨过谁。

我的母亲还有另外的说法。她说我祖父姓汪（我的姓随我的母亲），祖父给我伯父取名全瀛，给我父亲取名“全洲”，取了“海客谈瀛洲”中的“瀛洲”二字，非常大气。父亲参加解放军后，在第一张登记表上即改名“泉舟”，意即泉水中的小舟。雅则雅了，泉水中的小舟，注定行不远。我妈妈讲得也有道理。

还好，因为是补的缺，我父亲受到的是“三降”处分，那就是虽然是右派，却并没有发回老家，在原城市遭降职、降级、降薪处理。法院是呆不成了，先去农村改造，再到工厂改造。

在工厂里，我父亲是技术员。不是照顾他，而是他的确有技术。比如在酒厂制酵母，在化工厂造水玻璃，在火柴厂造刨花板。当技术员并没有妨碍他劳动改造，经常有一些人不干的活让他去干，父亲好像也习惯了。有一天晚上我看到他抽烟喝酒，黯然神伤，就问他怎么啦？他说，今天抬土的时候小青年故意刁难他，筐子装得他抬不起来，然后他们一起大笑：“十年寒窗苦，今日抬大土。”

那时候我也十来岁了，却仍然不明白父亲为什么要为这句话伤心。

父亲行的是恕道。有一次干活的时候伤了腿，住进了医院，母亲买了几个苹果还有蛋糕什么的让我给他送去。爸爸看了看这些个稀罕物，没舍得吃，却让我给另一个病房的一个老工人送去，说：“他的病重，平时脾气倔，爱得罪人，没什么人来看他。”

我按号码找到了病房，我愣了，那是癌症病房，床上躺着的人瘦的只剩皮包骨了。

我怯怯地走到了病床前。看到了我，那双被病痛折磨得浑浊呆滞的眼睛流下了泪水。他说：“丫头，是你爸爸让你来看我？对你爸爸说，我对不起他。‘文化大革命’每次批斗会，我都带头打他，报应啊。”

我也哭了，不知是为我爸爸还是为他。

父亲右派平反后，省司法厅给他补发了律师执照，他被调至石油公司工作，家里也住着正常人住的砖瓦平房了，却常常来一些说着话就声泪俱下的人，那都是来找我父亲写状纸打官司的人。

有时候我有些不耐烦，家里也太闹腾了。也不高兴爸爸有时会收下一些地里的土特产，那有损我的自尊心。父亲这时候真的生气了，他对我说，将来你家的门恐怕只能开在屋子顶上，别人进不来。

经磨历劫几十年后，我才知道，律师的费用不是乡下穷人能出得起的，爸爸心里放不下他的法律专业，他是在免费替穷人打官司。家里的土产，是穷人唯一能拿出来表示感谢的东西了，推却不过的时候，收些地里的时鲜，是父亲对别人的理解和尊重，不懂事的是我啊。

我真想对父亲说，爸爸，我错了，爸爸，现在我有很多朋友。可是，父亲已经过世两年了。

二、母亲

母亲姓何，名道云，是一个开造纸作坊人家的三女儿。母亲曾告诉我经商有行商、坐商两种，她家当时被称为“坐商”，接待周围四个省的行商。家里为招待客人建有二层的楼房，雨雪天，路途阻隔，客商们住上十天半个月是常有的事，食宿均不收费，看来虽然是经商，却颇有人情味。

母亲识字，多为家中的大师傅所教。冬天的晚上围着火塘，纸棚师傅们讲一些神鬼故事，也有一些算术测试，见我母亲回答得快，就有兴趣教她算术和识字。

外祖父有时也会亲自教授。他读周易，会算卦，家中也有藏书数箱。识了几年字的母亲经常从中找一些通俗的诸如《说唐演义全传》之类的书来看。

家境殷实的人家更重视男孩，母亲的堂弟五岁，外祖父就资助他上学读书。那时我的母亲已经十岁了，拉着不愿上学的堂弟，对他说："你想不想姐姐陪你上学？告诉大伯父，有姐姐陪你就上学。"这样，外祖父同意我母亲陪读一年，弟弟习惯了学校我母亲就回来。

母亲到了学堂，老师测试了一下就直接让她去了三年级，第二年又跳到五年级。外祖父挣足了面子，也就不再提让我母亲停止读书的事了。

母亲小学五年级的时候，以学校第一名的成绩考取了初中，这样她得到了按部就班的正常学习机会，直到大学毕业。

听我母亲说，父亲参加解放军是听了她的劝说。当时她上的中文系有一位老师，只讲半堂文学课就开始讲社会黑暗，国民党腐败，虽然怀疑他是个共产党，但我母亲爱听他的课。

母亲爱唱歌，唱着没有"共产党就没有新中国"，母亲接受了新中国的司法培训，和我父亲一起在法院工作。

三反、五反，没有忘记这个女大学生，小学毕业上初中的时候，母亲集体参加过三青团，在革命运动中，当然要坦白交代。母亲回忆说："我也记不清了，好像是集体参加过，全班都是，也没有参加过活动。"我问她记不清的事为什么还要说，母亲说那个时候草木皆兵，连同乡会的照片都成了反革命组织的照片，有点印象的事，不能不说，也不敢不说。

可能是事情不大，对我母亲的处理是调至学校教书，母亲很高兴，跟孩子打交道，其实适合她。

父亲被打成右派后，“组织上”给我母亲两个选择，一个是离婚，一个是到乡下去教小学。母亲选择了后者。

乡下的孩子更为淳朴可爱。母亲教的班每一个孩子的家她都去过，老师和学生的关系比城市里更亲近。

“文化大革命”开始了，我母亲那个小学的校长为了表现他革命到底的决心，让我母亲每天去十里外的小镇挑粪浇学校的菜地，每天两趟，这样来回就要四趟，还得挂着历史反革命的牌子。

那是个人格、自尊被任意践踏的年代。开始，没有人敢跟她打招呼，没有人在她生病倒在路上的时候给她一口水喝。母亲告诉我，救了她的，是那些淳朴的孩子，她的学生。

在母亲挂牌子挑粪一个星期后，有一天，她发现一个学生站在路边等她，说：“何老师，我帮你挑。”我妈妈不肯，那个男孩子说：“何老师，没关系，我不怕。”后来，每天都会有一、两个十来岁的孩子帮我妈妈挑一段路，这一小段路，这些孩子，给了我母亲活下去的勇气。

学校的菜地本来并不缺肥料，舍近求远，是革命的需要。这是在荒诞的年代才会发生的荒诞的故事，但是几个十来岁的小孩子，用本真淳朴的心，去纠正社会的荒诞。

这些不愉快的事并没有影响母亲对社会，对人生的看法。她认为生活中的不完美是因为自己的不足，她甚至很不愿意提当年读过大学。很多年以后她问我，“为什么你会有那么多不满意？你没有经历过旧社会，不了解国民党的贪赃枉法和腐败”。我惊讶母亲的单纯，我对她说，我不满的，是当今社会对人心的扭曲和对自然的破坏，那是多少年都难以恢复的。母亲点头认可。

父亲右派平反后，母亲调回城市，我们才有了一个完整的家。

母亲的学生长大了，有时会带着孩子来看她，母亲会尽自己最大的力量给小孩子包一个红包。要是手头拮据，怠慢了一次，她会十天半个月心里不舒服。她已经把这些学生看成她自己的孩子了，有时对他们比对我们还周到。母亲说我们天天在她身边，而这些学生不常来。

母亲和我几乎是无话不谈。她告诉我当初选择了我父亲是因为他简单，一个在校大学生，一切都清楚明白。为了父亲，她拒绝了一个经常送花的国民党青年军官（她同学的哥哥），因为国民党军官一定复杂。

谁知道在这个选择四十年后，父亲收到一封海外来信，信是写给母亲的，那时母亲刚刚去世，是一封从巴西寄来的信，几经周折经侨办辗转送到我父亲手上，写信的人就是当年的那个青年军官。令人不敢相信的是，字里行间，那个老人依然保持着当年的那份真情实感。

我父亲看了信以后唏嘘不已，认真地写了一封回信，详细地告诉了他我母亲坎坷的一生。

这两个当年的竞争对手都已经是老人了，他们对生活的理解已经经过了岁月的沉淀。历尽沧桑，在他们的价值观里，最宝贵的还是人间真情。想起母亲对我说过的话，我在心里对母亲说，依我看，他们都是很简单的人。

三、朋友

我父亲的朋友我认识得不多。一是因为我小时候不爱说话，怕跟人打交道；二是大人说话通常让小孩子走开。不过跟范叔叔、王伯伯交往，父亲有时会不回避我，带着我。现在回想起来，他俩一个不会讲话，一个不爱讲话，这样即使带着不懂事的孩子，也没有祸从口出的顾虑。

即便如此，我对他们也只有一些印象，除了姓之外，连名字都不知道。不过我还是想把这点印象记下来，因为除了我恐怕不会有人记得他们。

范叔叔

范叔叔是一个高高大大，很时髦很帅的人。

可是范叔叔却不会说话，每次到我家来，父亲都要拿出一叠纸给他。父亲说，他听，然后，把回答写在纸上，最后，把纸放进煤球炉子里烧掉。

我坐在边上吃范叔叔带来的奶糖，可能因为这个缘故我对范叔叔印象特别好，就是不明白范叔叔为什么不会讲话。

后来我才知道范叔叔的舌头有问题。

从父亲跟母亲的谈话中得知，范叔叔被打成了右派后，在被看管的地方苦思冥想，经过几天几夜的痛苦思索，终于下定决心，为了铲除万恶之源，他用自己的牙齿咬掉了自己的舌头。

可能是老天爷也同情这个二十来岁的小伙子，善良的看守发现了并及时把他送进了医院，命保住了，但是一个帅小伙子从此成了哑巴。

听了这个故事以后，很长一段时间我仰视范叔叔，因为这个故事很有英雄气概，颇有些壮士断腕的悲壮。

壮士断腕是为了救自己，是为了斩断被毒蛇咬伤的有毒之源。可是范叔叔错误的根源是在他的舌头上吗？咬断了舌头，他能够自救吗？

伴随着他的余生的，是他对自己永久的惩罚。面对大千世界，他永远无言。

王伯伯

记得有几年，我常常跟着父亲去看王伯伯。

王伯伯身材瘦小，文文静静的。他的家很小，一张小床，一张小桌子，却很干净，甚至很精致。我们去的时候，才三个人，就没地方坐了（床上大约是不让坐的），每次我都站着，也就待不长。

父亲告诉我王伯伯划为右派后，没了工作，拉板车为生，很累，不要耽误他太长时间。

后来王伯伯越来越瘦了，听说得了肺病，开始吐血。有一次，我们去给他送点什么，准备走的时候，王伯伯拦住了父亲，说："别急着走，我有点东西送给你。"

他打开抽屉，拿出一个小盒子，打开来，盒子里是一根钢笔。

"这是一根派克笔，是我留着做纪念的，想记住我还用它写过文章。现在没什么用了，送给你，你还能用得着。"

父亲是不是意识到了什么，我看到他流泪了。可是王伯伯什么表情也没有，只是拿笔的手有些发抖。

大约两个月后，就听到王伯伯去世的消息，他不是死在病床上，而是死在拉板车的途中。据说是车装得太多了，下坡的时候，王伯伯力气不够了撑不住，连车带货从他的身上压过去了。

很长一段时间，我都会在迎面过来的拉车人中间搜寻王伯伯。虽然我心里明白他已经永远不用拉车，也许在天堂写他喜欢写的文章了。

男 孩

梦能看到，但是没有头没有尾，只有中间一块能看清楚，周围都是虚的，朦朦胧胧看不明白。梦的中间有个小男孩，抓着个玩具汽车的小男孩。

小男孩抓着玩具车站起来，晃晃悠悠地往门外跑。

彩门是松树枝扎的。电灯泡亮起来了，纸花在松针上热热闹闹地开着。小男孩跑过彩门，彩色的灯光印在小男孩的身上脸上，像是要拉住他，却从他的身上滑过去。

“大汽车！”这是小男孩第一次把话说得这么清楚。

月亮升起来了，白亮亮地印在小男孩的眼睛里，小男孩举起手中的玩具，对月亮展示他的车。

大喇叭唱着进行曲。

小男孩长大了。

一双丹凤眼，透着灵气。皮肤黑黑的，笑起来一口白牙。

虽然上学，却不读书，那黑皮肤是出去顽皮的时候太阳晒的。

男孩受过教育，奶奶教他念过儿歌，山里人教育孩子的儿歌：“泡桐树，泡桐丫，泡桐树下好人家。生的儿子会识字，生的女儿会绣花。”

奶奶爱对男孩说老家，深山里一个叫太阳的地方。奶奶不说讲故事，奶奶说“挖古”。

奶奶挖的“古”是那片山林的传奇，在那片神奇的山林之中家族的故事。奶奶说山神，说水神，说常年在广州、上海不回家的爷爷。还说她的娘家侄女，帮她做事，陪她说话，人长得水灵，性情也温顺的山里女子。

娘家侄女陪奶奶到了十八岁，眼看着到了该出嫁的年龄。奶奶生病了，在四川读书的大儿子回来探病，掉进了早已准备好的婚姻的“局”中。奶奶想婚姻本来就是这样，明里是父母之命，暗里是月老用红绳子栓的，是好是歹都得认命。侄女虽不识字，长相性格都没得挑，也不算辱没了儿子。可是儿子偏不做“局”中人，三天后拿一支毛笔，龙飞凤舞地写下一纸休书，写完了掷笔在地，扬长而去。大学毕业正好赶上台湾光复，就去了台湾，一去不复返。

男孩听不懂奶奶的故事。但是奶奶还是不停地用她心中的丝织网，一张亲情的网，一张思念的网。

男孩剥下南瓜蔓子上带刺的皮，露出青绿色的流着汁液的茎，套在麻杆子顶上缠上蜘蛛网去捕蝉。

进行曲还在唱。

奶奶不能待在城里了。她一个人住在山里，那个背山面水的村庄，住在大宅院旁边的牛屋里。想儿子了就看看照片。有一天奶奶拿着儿子的照片，扑倒在长满兰花草的山坡上。看到的人说，奶奶是笑着走的。在那个山坡上能望见通往山外的路，那是她的儿子回家的必由之路。

男孩十四岁就做了“知青”。没有读过多少书，却写得一笔好字。

会写字的男孩干活不惜力气。护着他的除了生产队里的忠厚长者，还有一个大姐姐。

大姐姐姓侯名莹，是村里最出色的美女。地里的活家里的活样样都是拿得起放得下，千层底黑面的方口布鞋做得像买来的一样。

侯莹心气高，当年上学的时候背着妈妈缝的碎花布书包，包书的彩纸是在城里工作的姨娘给的。侯莹的书本比别的孩子漂亮，课文读得也比别的孩子好听。可惜妈妈的腿有病，常年下水田干活好不了，侯莹只好停学在家带弟弟，喂猪养鸡做饭，就这样也出落成了个利利索索的漂亮姑娘。

收工的时候，侯莹冲男孩使个眼色，吃完晚饭，男孩就是侯莹家的座上宾。一盏墨水瓶做的煤油灯爆着灯花，黑黢黢的。侯莹不知从哪里摸出一个荷叶包，很稀罕地一层一层打开，里面是一块腌鹅，胭脂色的肉，油亮亮的皮。侯莹看着男孩吃，眼睛笑得像两弯月牙。

男孩教侯莹写字，侯莹的字越写越漂亮。不写字的时候，男孩替侯莹描花样儿。侯莹绣的袜底、鞋垫，兜肚上的花朵活了一样。

时间长了，男孩也会做针线了。除了钉纽扣，打补丁，男孩还破天荒地绣了一双鞋垫。那双鞋垫一看就知道是侯莹教着做出来的，又漂亮又好用。中间是扯着蔓儿的彩线绣的花，两头着力的地方是用回纹针脚勾出来的密密匝匝的纹路。

回纹针脚勾出来的自古就是女孩的心思，男孩看不懂。不久，侯莹定娃娃亲的婆家要她提早嫁过去，她向男孩哭道："从今往后我顾不上你了，干活要知道惜护自己，不要伤了力，你还小呢，活干不完。"侯莹走的那天虽然没有轿没有车，迎亲送亲的队伍还是在田埂小路上排了半里长。男孩被请为娘家的送亲人，跟着队伍走了十来里地，回来后那双鞋垫子就收起来了。

男孩是个整劳动力。使唤耕牛，犁田耙地，栽秧割稻挑担子，没有他没干过的活。只有冬天修水利生产队没派他去，到底是知青，文艺宣传队唱戏是台柱子。

城里已经流行邓丽君的《美酒加咖啡》了，乡下还在唱样板戏。男孩演郭建光，一招一式都是电影里看熟的。演阿庆嫂的那个女知青唱腔了得，扮相比电影里的还要俊俏。冬天文艺宣传队一处又一处的巡回演出，老乡们早早搭好台子等着，等着看戏，也等着看那个女知青。

一个冬天演下来女知青就出了名，人称红牡丹。

红牡丹走到哪里都招人喜欢。有一天被几个小混混堵在塘埂上了，几句狠话放出去没有见效，女孩慌了。

救了红牡丹的是男孩。

男孩本来忙着抬道具箱子，见女孩没跟上来，就回头去找。眼见着女孩就要成为鹰爪子下的战利品，他从结着冰凌子的池塘边插过去，拼命护着女孩。

青天白日，小混混们本来还不知道怎样下手，看到来了个不怕死的，乘势蜂拥而上，拳脚如雨点般的落在男孩的头上身上。等领队的过来，小混混们早已作鸟兽散。

男孩躺在医院里，眼睛肿得睁不开，头上缠着绷带，还因为脑震荡不停地呕吐。

红牡丹来过一次。男孩费力地睁开淤青的眼睛，小星星在瞳仁里亮起来了。女孩磨磨蹭蹭地走到病床边，看到伤势严重的男孩，像是受了惊吓，放下几个苹果，立即就走了。

无论如何，聚众斗殴也不是什么好事情。马上就要开始新一轮的招工评审了，红牡丹年龄虽小，也懂得不要扩大事态和顾全大局的重要。

花儿为什么这样红？红得好像燃烧的火。

男孩是最后一批回城的知青。

现在终于把小时候最喜欢的玩具抓在手上了，男孩当了货车司机。

司机免不了往山里跑。

看到担着柴火走不动的大爷大娘就捎一段，遇见有急病要去医院的人就送一程。男孩做这些事很自然。

这个山区很多地名依照一个皇后娘娘落难故事的顺序而定，从迎驾到落儿、洗儿，越往后越不清楚，越不清楚越神秘。山道弯弯，公路盘山而上，像皇后娘娘仓皇中遗落的飘带，一山又一山，一程又一程，一直漂往大山深处。

男孩把车开过长满兰花草的山坡，开进崇山峻岭中的太阳畈。那座青砖灰瓦的徽式院落已经被一个小集镇取代，高高低低的马头墙之间夹着水泥平顶的门面房。集镇沿河而建，过去踩着石步子（过河的石头）过河的山溪上现在架起了一座公路桥。

山外有山，再过去就是英山了。当年奶奶给大伯父娶亲的时候，就是请英山的木匠打的架子床。那个木匠手巧，嘴也不闲着。他脊梁上有双眼睛，他知道有个姑娘悄悄地站在他的身后偷看他做工。

“你喜欢什么花样呢？”木匠突然发话。

“吓死人了。”姑娘恨道，脚并没有挪动。

“石榴花、莲蓬花、牡丹花？”

姑娘嘴里不说话，只用两只眼睛望着，白色的刨花随着木匠脊梁的一起一伏从手中的刨子上方涌出来，渐渐地满地都是。

“凿一对鸳鸯好不好？”

“娘娘，我抱引火柴呢！”姑娘朝门外喊着，用围裙装一兜刨花，转身就走。

新嫁娘在结婚的当晚就开始守着那个空荡荡的架子床。英山木匠精心雕凿的花朵儿活色生香，莲蓬荷叶下一对戏水的鸳鸯妩媚地瞧着独自流泪的新娘。红烛燃尽，新娘子绝望地跪倒在架子床的踏板上。

英山木匠又来做工。把万缕青丝盘在头上的新嫁娘还是那么苗条，蓝布褂子掐出小小的腰身。木匠的吃喝本来就是东家包的，这次经新嫁娘的手不仅有热饭热汤，连衣服浆洗也包下了。木匠完工拿工钱的时候竟然有些愧疚，木讷地说他要回家娶亲，以后就不出来做工了。

九个月后新娘子生了一个儿子，奶奶喜庆地见人就发红蛋。情义深厚的红蛋也没能留住媳妇，天海相隔，儿子是真的回不来了。奶奶把侄女（媳妇）当闺女嫁了。孙子还小，离不开娘，媳妇再走的一家也是本家，孩子就随娘带过去了，姓都不用改。

四十多年过去了。从新建的小集镇再往里走，翻过一座山，就是当年那个“拖油瓶”的孩子的家。这家有两个女儿，大妞、小妞。小妞还在上学，大妞前些年已经读完九年义务教育，待在家里一肚子的委屈，想着自己就是那个落难皇后娘娘的公主。山里的木材不金贵，大妞的爸老实巴交地给女儿打了满堂家具，指望招个女婿养老。大妞每天在菱花镜前左照右照，乌油油的头发，水汪汪的眼睛，城里人都没有的白里透红的脸色。再反过来正过去看看自己的纤纤十指，哪一点比城里人差了！心里就起了嫁城里人的心。想象中两个人一起上班下班，星期天到公园里卿卿我我，赏个花拍个照的，还不羡慕死人！

男孩的车开到了大妞家门口。男孩比大妞大一辈，大妞唤男孩的爸爸叫小爹爹（爷爷），大妞在台湾的爹爹（爷爷）是男孩爸爸的亲哥哥。

开始大妞托男孩给她带一些城里姑娘用的东西，雪花膏、香皂之类，后来男孩出车到外地看到大妞喜欢的东西就买下来攒着，去山里运货的时候带过去，也不好意思白吃人家的饭。

一来二去，大妞对男孩只称名字，模糊了辈分。

春天，男孩舀山溪水洗车，大妞用兰草花、杜鹃花把个货车打扮得花团锦簇，香气袭人。

大妞的头上戴着兰草花，琥珀色的大发卡把头发拢到头顶上，又马尾巴似的松松地散下来。一件杏黄色的紧身毛衣配着驼色的喇叭裤，浑身上下只有鞋子还是自家做的。

“我想跟你说个事。”大妞用力地掐着手中的兰草花的叶子。

“说呗。”

“我爸爸给我找好婆家了。”

“嗯。”

“人家同意做上门女婿。”

男孩坐在地上。

“你倒是说话呀！你说，你对小爹爹说，我家跟你家一点血缘关系都没有，我爸爸，我爸爸他是英山木匠的儿子！”

大妞丢下兰草花，说话带着哭腔。

跟小爹爹说，小爹爹能怎么办？大妞的爸爸是奶奶向乡亲们发喜蛋亲口承认的孙子，在台湾的大哥刚联系上，他正为“子欲养而亲不待”悲伤，还没敢跟他说这么多年还有一个顶着他的名分活着的儿子。

老实巴交，话都说不了几句的大妞的爸爸能怎么办？因为有港台关系，这四十年遭了多少罪孩子怎么知道？好容易盼到今天，小妞今年高中毕业就能顶了照顾台属的招工名额，几十年的亲缘，哪能说短就断？

最后一批才招工进城的男孩，又怎么能够找个山里妞？况且大妞的奶奶是男孩奶奶的娘家侄女，怎么算也是辈分不对。

大妞要结婚了。喜日子定下后，大妞让男孩再来一次。

有一车木材要拉，男孩去了。

大妞对男孩哭了半天，哭自己的婚姻，哭自己的苦命，哭山里女儿不是人。她一边哭一边数落，祖祖辈辈山里女儿的眼泪都让她流尽了。

这一哭，哭得云天雾地。

弯弯的山道上起了浓雾。天晚了，车灯的能见度不超过十米。

雾气遮住了并不醒目的警示牌，那个提示前方路被挖断了的警示牌。

男孩踩了刹车，可是太晚了，车被惯性玩具一样地抛进了坑里。

无边的黑暗从后面漫上来。

男孩飞起来了，他抖落身上的雾气，像天使一样的飞起来了。

又大又圆的月亮照着他。

大妞按时结婚了。

流星因燃烧而美丽

珊莉，我没见你已经很多年了。今天，我呼唤你的名字，窗外的风雨是我呼唤的和声。

我记得你十八九岁的样子，开学两个月后从别的大学转来的大一新生。这在当时很特别，大学生能转学，是特权。

你看起来也有点特别，长辫子，花裙子。我那时候大约是用皮筋把头发束起来。

阶梯教室的第三排，你坐在我的右边，小小的世界从此不再沉寂。我感觉到春风从我身边吹过，鸟儿在我身边啁啾，那是你在说，在笑，在提问。你的眼睛清澈如水，常常惊讶地看着我。在那个热烈拥抱知识的年代，你和同学们热情洋溢地朗诵朦胧诗，讨论当代文学、外国文学、三个斯基（别林斯基、车尔尼雪夫斯基、陀思妥耶夫斯基）的文学理论，你很奇怪为什么我成天抱着古典文学、古代汉语，像个古董。

一个繁星满天的夜晚，在图书馆门前的草坪上，你对我说："看见那颗流星了吗？"

"看见了，真亮啊。"

"你知道将来我想做什么吗？我想发光、发热。就算我什么都做不了，我也要做一颗流星，就像刚才那一颗。"

你抬头望着星空，满天的星星都映在你明亮的眼睛里。

“流星燃烧生命。”

“就算燃烧生命我也要亮一次。”

“你的理想充满渴望。”

“是的。你呢？”

“我只想做蜡烛。”

你轻轻地叹了一口气。

后来我成了你家里的常客，你对我说起你的父母是表兄妹，他俩都是日本早稻田大学的毕业生，参加共产党后留学苏联，从苏联回国途中在新疆坐了国民党的牢房，“文化大革命”又因此坐牢。

你的眼睛里全是真诚，你的语言中也全是真诚。你有个令人羡慕的家庭，可是你说，“带我长大的是姐姐”。

大学二年级你又跟着父亲转学去了广州。

再次听到你的消息是你从美国回来以后。一个同学对我说，珊莉从美国回来了，丈夫还在美国读博士。肚子里的孩子即将出生，她硬是要回国，把孩子即将到手的美国户口丢掉了，还说不愿意在美国打工。

我没见到你，那时候我在瑞典。我不相信你回来的原因仅仅是因为不愿意打工，我知道你是怕失去了自己。一个学中文的人在国外活着有多难啊，不会说话（说英语），不会走路（开车），没有钱，没有绿卡，没有工作许可。跟着来的就是斯文扫地，受尽屈辱。你是谁？你谁也不是。没有人同情你，没有地方接纳你。

像清澈的小溪一样潺潺流淌的珊莉，你找不到在美国待下去的理由。

回国后你做过草明的秘书，一段时间后你去中国文联出版社做编辑。我先生的中篇小说《留学生没有明天》就是你发在《四海》杂志上的，他也是你的同学和朋友。他告诉我，珊莉因为相同的经历特别尽心尽力。其实，那篇作品算不上严格意义上的小说，是一篇纪实文学。

我去北京的机会少，就叮嘱我先生去北京时一定要去看你。你一个人带孩子生活不易，却仍然古道热肠。出于对左联作家尹庚的人品和才华的敬重，你介绍我先生与尹庚认识，帮助尹庚整理他的杂文、小说、诗歌手稿。尹庚1955年受胡风案件的牵连，后来又被打成右派。文革时期没饭吃怀里揣着生产队的身份证明讨饭，荒诞至极。那年冬天在北京团结湖尹庚的家里吃饭时，看到桌子上有北京冬季少有的青菜，你非常感动，对我先生说，为了这点青菜，老人跑了很远的路。

珊莉，《童话王国里的小留学生》已经在福建少儿出版社出版了。我知道，如果我能够见到你，你想跟我谈的第一件事就是这本书。出版一套小留学生丛书的计划没有完成没关系，我们还年轻，我们还有很多时间去计划未来。

往事历历在目。可是现在，为什么我只能以这种方式跟你说话？

北方的风雨磨砺了你这个江南女子，外表的豪放掩盖了你心中的柔弱。守持心中的良知，你学不会在复杂的社会关系中左右逢源。面对生存困境，你选择出逃。从大家庭逃出来，又从小家庭逃出来。你一次又一次出逃的地方，是很多人梦寐以求的乐土。

人总有无处可逃的时候，那就是面对深深的孤独。在孤独中你为自己和女儿撑起了一片天，在孤独中你学会了独自承担。在医院面对体检结果，见惯了生死无常的医生欲言又止。你冷静地对医生说："告诉我真像，我的事情只有我做主。"

你回家了，你回到了父亲身边，回到了哥哥、姐姐身边。

你对从北国到南国去看你的同学说，到这时候才真正明白，人到底需要什么，应该珍惜什么。世界上最美好的是生命，最值得珍惜的是友情、亲情。

从出逃到回归，从未改变的是你真诚的心。

珊莉，今天我为你点起蜡烛，流干了眼泪的蜡烛。

烛光中你笑吟吟地对我说：“你看到天上那颗流星了吗？那就是我呀！”

流星因为短暂而分外凄美。美丽的流星划过夜空，我看到了你用生命写在天宇之上的最后的嘱托：“更好地生活，热爱生命，珍惜友情、亲情。”

母亲的肯定和父亲的否定

最近常常一夜一夜的睁着眼睛，在寂静中异常清醒。白天免不了恍恍惚惚，在喧闹中做着白日梦。

昨夜依然如此，却在天快亮时梦见母亲。

我们仿佛站在“纳尼亚”的冰雪世界中，白色的山峦，冰封的河流，我和母亲都穿着银色的外套和短裙，我从未见过这么年轻漂亮的母亲，就像一位大姐姐，而我，是个十来岁的小姑娘。仙女一般的母亲轻盈地走到河边，站在冰封的河面上，我着急地向她招手，叫她快上来，可是她却拉着我的手，把我带到冰河上。我只好尝试着在冰上行走，慢慢地，从未溜过冰的我在冰上旋转起来了，旋转着，飞舞着，像风中的雪花。

我在冰雪的天堂中旋舞，不愿意醒来，可是我还是醒了。

这是个不想变老，想永远做“冰雪聪明”的女孩子的梦，回归童年的梦。可是在这个世上，怕是只有在父母面前，才能够永远是孩子（想到这里，对《老莱子娱亲》的故事的厌恶便减去几分，老莱子摔倒装婴儿啼哭是有些假，在父母面前永远是孩子却是真情）。

我想起了和父母在一起的日子，母亲对我的肯定和父亲对我的否定。

就像我做的这个梦，我的母亲是个往美好的世界中领我的人。她几乎没有责备过我，常常表扬我微小的优点，比如在我称赞别人的好的时候，母亲总是特别高兴。父亲看不过母亲对我的宠爱，有意无意地对我加以否定，奇怪的是我能够在他们的肯定和否定中找到自己要走的路。

随着时间的流逝记得愈发清楚的母亲的肯定有两条，一是女儿是一首诗，二是跟着理走不跟着利走。我明白这两句话不是我的优点，是母亲的希望，像在这个洁白的梦境中一样，是母亲拉着我的手教我分辨前行的路。母亲知道我的性格弱点，在生活中害怕与人发生冲突，常常想找一个地方躲起来，但我也有敢做敢当的野性。这两种性格集合在我身上，母亲竟然从中看出了诗意。

小时候的生活太艰难了，在困顿中我常常羡慕天上的飞鸟，没有等级，没有歧视，有一块自由翱翔的蓝天。记忆中我对平等、自由的渴望超过对吃饱穿暖的渴望，这是从出生起就被打入另册而又不甘被鄙视的“人”的卑微的渴望。平等是个多么美好的字眼，在我心里的感觉丰富过任何一本词典对这个词语的解释。母亲说我跟着理走不跟着利走，恐怕就是来自这份苦难送我的大礼--对善良的认同，对自由平等的渴望。

因为母亲长期在农村教书，我跟父亲在一起的时间多。父亲是严厉的，批评多表扬少，他对我的否定饱含着对我找不到饭碗的担忧。看到我在艰难岁月里不着边际地遐想，他会说，“你这个丫头将来讨饭都找不到门”，噎得我什么话都说不出来，从此以后听到他的脚步声就把我看的那些“闲书”往被子里藏。等我有了工作，能够自食其力了，父亲又对我说，“你知不知道你的周围需要抽真空，因为你只能生活在真空里，有细菌你活不了。”

这是父亲对我提出的最尖锐的批评，我很费力地思考我到底错在哪里，父亲想让我明白的是不是“水至清则无鱼，人至察则无徒”的道理。

直到我做了母亲，养大了儿子，怕儿子不努力，怕儿子不切实际，又希望儿子能懂一点儒家的中庸和佛家的中道，我这才明白了父母的心。

如今，父母都已经离我远去了，唯有他们的肯定和否定，依然时时让我警醒。

精神的自由

我这些年和先生一起，跑了一些地方，换了几个职业，以至于一次次地从头再来。

朋友、家人大多不明白我们到底要干什么。朋友们可惜我们以前所做的努力：“那不是熊瞎子掰苞米，掰一个丢一个么？”兄弟姐妹可惜我们丢了原先那么好的工作平台，特别是为我先生可惜（男尊女卑的不公平）。我先生自己有时也会说：“正是我想要的工作环境，正是出成果的时候，就这样放弃了，太可惜了。你不理解男人，男人是要做事的！”好像是我绑架了他，好像他现在披荆斩棘、艰苦卓绝的工作就不是事业。

从头来是困难的。多少次，我感觉我是陷入绝境了，这时候我会想起父亲问过我的一个问题：“你想要的自由，你得到了吗？”

我无法回答，因为连我自己都很困惑，我到底要什么，我到底在干什么。

读丰子恺先生的文章《我与弘一法师》，有这么一段话好像能够解释我的行为：“我以为人的生活，可以分作三层：一是物质生活，二是精神生活，三是灵魂生活。物质生活就是衣食，精神生活就是学术文艺，灵魂生活就是宗教，‘人生’就是这样的一个三层楼。”

原来，我正住在我的三层楼中，不停地从一层折腾到二层，又从二层折回到一层，至于三层，几乎是闲置的。

审视我的内心，最大的愿望可能就是居于二层楼上看风景，也许会把东林党人的对联贴在柱子上：“风声雨声读书声声声入耳，家事国事天下事事事关心”。可是，有时我的心会不满足，二层的事还没做好，就想窥视三层。并不是真的想上去，而是出于本能，想挑选舒适一些的地方住。一层楼太嘈杂了，就会逃往二层；在二层楼也会有一些烦恼无处安放，这时候，不是折回一层，就是仰望三楼。

这就是我不停地折腾的原因了，多年的寻寻觅觅，是因为我有一个无处安放的灵魂，我在寻找心灵的归宿。

说到如何安顿我们的内心，中国人还是有很多方法可寻的。得意的时候，有儒家思想；失意的时候，有道家思想；想逃避或是想寻求内心安定的时候，有佛教禅宗体悟人生的哲学思想。

儒家思想对我们这一代人的渗透是在潜移默化之中的。首先是来自祖、父辈的影响，他们的行为方式、思维方式、道德准则，很多都是孔子思想的实践。其次是《论语》的影响。诸如“学而时习之，不亦说乎”之类的句子耳熟能详，《大学》、《中庸》在小孩子中间就不是太普及。虽然儒家思想先入为主，道家的“顺其自然，无为而治”，在年龄大一点的时候，也能够轻松接受。对我来说，喜欢庄子的《逍遥游》胜过老子的《道德经》。至于佛教，唐朝杜牧的诗句“南朝四百八十寺，多少楼台烟雨中”描绘了它曾经的鼎盛。我接触佛教首先是从古寺院开始，然后才是从文章中感染领悟。读《金刚经》是因为从《红楼梦》里看到了才读的，弘一法师手书的《心经》（印刷品）也是我喜欢的收藏品。

我曾经有过天真而又虔诚的童年。一年级戴上红领巾的时候，我的第一个问题是“我这条红领巾是烈士的鲜血染红的吗”？第二个问题是

“这么多红领巾，要剪掉多少红旗才够啊？”可是接下来我在现实中学会了冷静的思考。我们经历过疯狂地崇拜，很难再崇拜什么；曾经有过信仰，很难再信仰什么；我们的心不愿再受束缚，不愿再受欺骗。当我的灵魂烦躁不安的时候，我审视宗教，也审视我的内心。

我的先生前几天和一个曾在英国伦敦大学研究过宗教的英国人聊天，那个英国人说：“很难想象，一个国家，它的民众没有宗教信仰，不是宗教徒，那他们的道德标准是什么，拿什么去衡量对与错，善与恶？比如说在你们中国？”我先生说：“在东方，特别是在中国，宗教徒是不多，但是中国人，特别是有文化的中国人，都或多或少地吸收了宗教思想。宗教的教理以及宗教的思辨方式成为他们思想文化的组成部分——不，不仅仅是组成部分，而是渗透在中国的传统文化当中。宗教在中国不仅仅是教义、戒律，而是作为一种文化因素，影响中国人的思维方式和行为方式，与传统文化一起共筑了道德规范。中国人乐于恪守这种道德规范。”

这是一段多么好的“诡辩”！我不想去挑毛病，因为我看到这个西方学者不得不在五千年的中国文化面前重新思索。

至于我自己，在遇到困难的时候，我会在心中默念：“菩萨保佑，上帝保佑！”在中国有灾难的时候（比如汶川大地震），我会祷告“天佑中华”，并为灾民祈福。这证明我心中有佛，有上帝。但是宗教的根本宗旨是“舍弃、救赎”，我怕我做的仅仅是“取来、实用”，所以，我才时时警醒自己，先把人做好了，这是第一重要的事。

做人首先是要做一个真人，说真话，做光明磊落的事。我不喜欢时下流行的一句话：“世界上没有永远的朋友，也没有永远的敌人，只有永远的利益。”因为一个朝秦暮楚，唯利是图的人，他就不是一个“载福之器”，他得到的利益是暂时的。其次是回归赤子之心。赤子之心是一块美玉，纯洁无瑕，宽容、真诚。在这个基础上，努力地去“诸恶莫作，众善奉行”，这个人就有了佛性。

拿着弘一法师手写的《心经》，我先生问我：“你觉得李叔同的字写得怎么样？”我回答说：“娟秀。”我先生说：“我读到的是‘静’。弘一法师在写这本《心经》的时候，世上万事万物都不存在了，甚至他的自身，他的呼吸都不存在了，存在的只有这部经文。”

李叔同大师的境界不是我能够企及的，但“艺术的精神，正是宗教的”（丰子恺）。如果我能够在人生的“一层楼和二层楼”之间，钻研笔墨文章之“雕虫小技”，参悟物我一体的精神境界，在对文化、宗教、哲学的学习、领悟的同时得到精神的愉悦和享受，也就回答了我父亲关于“自由”的问题：在对第“三层楼”仰望的同时，我得到了精神的自由。

读过书的人孝顺

和朋友闲聊，谈到我的婆婆行动不便，要人照顾，朋友说，你们读过书的人孝顺。

在这之前，我从未把读书和孝顺连在一起。如果人们认为小孩子可爱，认为老年人麻烦，那是人的本性。观察动物世界，大约也是爱小动物的多，报反哺之恩的少。可见孝顺不是人先天就有的品性，而是后天培养的品德。

读过书的人孝顺，没读过什么书的人也孝顺，孝顺首先来自父母之爱的感化。孟郊的诗《游子吟》："慈母手中线，游子身上衣，临行密密缝，意恐迟迟归，谁言寸草心，报得三春晖。"其中慈母对游子的爱，不在言语之中，而在密密的缝缀之中。一针一线，缝进慈母的心意，慈母的期盼。慈母"临行密密缝"的无声语言催人泪下，这才有了后两句："谁言寸草心，报得三春晖。"博大温暖如三春之晖的母爱，游子的寸草之心如何报得？但只是这个"寸草心"的"心"字，就是对慈母最好的回报。

我的母亲病重的时候，我给她洗脚。母亲问我："你为什么不怕脏，不嫌烦？"我真想对她说，母亲，你为我做了多少你为什么从来不去想？我真的不知道要怎样做才能报答你，我真想拿我的生命去延长你的生命，可是又如何做得到？不知为什么，话到嘴边，我只是轻轻地对病中的母亲说："我喜欢你。"

看到母亲的笑容，我知道我说对了。母亲是喜欢的，她喜欢我朴实的从心里发出的声音。所以，我明白了对病中的母亲的孝顺，不在于我能够报答她多少，而在于我说话做事的时候对母亲真诚的、孝顺的心！

我本能地抗拒传统的孝道礼仪教育，认为那是对小孩子求平等的天性的压抑。看到学校训练几岁的孩子作为孝道礼仪为健康的父母洗脚，就感觉到做作。其实教育孩子有一颗真诚的知道感恩的心比为健康的父母洗脚要重要得多。不过，最近看到一则新闻，韩国总统候选人在一个洗脚仪式中用为人洗脚的方式拉选票，而该活动旨在提高韩国的国民服务意识，看来洗脚活动还是有很大的号召力的。

孝顺不在讲什么大道理，做什么诸如《二十四孝故事》中的事情，而在于子女对父母的心。人之初有没有孝顺的心？如果说读过书的人孝顺，那是不是读书能够明理，能够对人之初的良善之萌芽加以培育？《大学》开篇即提出了"大学之道，在明明德，在亲民，在止于至善。""明明德"就是使人原本就有的光明之品德重新明亮。"明明德"是立身也是立心，是儒家修身的第一纲领。"至善"是指人心对其所能感知的事物的最切合事理的把握，是王阳明所说的"此心纯乎天理之极"。如果一个人的心达到了"至善"的境界，那么他为父母所作的一切，必定是真正的孝顺。

在爱心中长大的孩子更懂得爱别人，但是当对子女无所不在的关爱成为负担，成为限制孩子自由成长的锁链，就有可能走向反面，因此父母爱孩子也要有度。"父母爱子，则为之计深远"，我认为"计深远"不是培养神童的计划，而是培育健全人格的考虑，尤其是对独生子女这一代人。

孝顺是个不太轻松的话题，要真正做到老有所养，在中国主要是讲孝道，立法，再加上老人的经济相对独立；在西方国家是依赖政府的养老政策，买保险，但依然流行这样一句话：“善待你的孩子，他们将来要为你选择养老院。”在孝顺问题上，东西方的差距是愈来愈小了。

我们这一代人，上有老人要孝顺，下有独生子女要照顾，将来一对独生子女夫妇怎样孝顺四个老人，还是个大难题。我对孩子的要求就是好好做人做事，让父母省心，对父母只要真诚和尽心尽力就是孝顺。

金蛇狂舞

翻开厚重的香港择吉日历，红色的“满堂吉庆，合家团圆”的图画明确无误的显示：今天，农历壬辰年十二月二十九日是除夕。

我有些不知所措，又少了一天。今年过年我什么都没有准备，年夜饭打算出去吃。不过还是要做点什么，什么都不做，不像过年。

要做就做点新的，以前没做过的。装面粉的纸袋子被我捏得像个大大的烧卖，看着它，有些莫名其妙，我想起了金黄酥脆的麻花。那么，就炸麻花吧，自己做的，没有添加剂，没有防腐剂，没有地沟油……

麻花的做法是现成的，从网上的麻花做法大全中挑选最简单的一种就行了。我抬头看了看墙上的钟，时针和分针负责任地指着下午三点，离出去吃晚饭还差几个小时，现在动手还来得及。

雪白松散的面粉，加进鸡蛋、糖、盐，再加进橄榄油和水，用手拌匀了，揉光了，手下的面团就有了颜色，淡淡的黄。静置这个面团三十分钟，让新的材料充分融合，叫醒面，祖祖辈辈都这么说，说得真准确。面团从梦中醒来，就活了，就有了韧性，有了生命。

虽然是面团的生命，却也蓄势待发。

把“醒了”的面团揉成长条，这“活物”扭动着，如玉龙翻滚。此时手起刀落，一个一个的小面剂子脱离了“母体”，齐刷刷地摆满了半张桌子。看着这阵势，我突然有了女娲抟土做人的感觉，混沌之初，人的生命的胚胎就是这样从女娲的手中欢畅地涌出来的么？一种伟大的母爱的气场包围着我，我有些迷惑，又有些自豪，做面食的女人，真正是母性十足的女人！

怎样把面剂子对付成合适做麻花的面条，除了用两只手搓，我想不到别的更好的办法。我试着去搓那些小面剂子，筷子粗细的面条在手中跳跃，淡淡的鹅黄，淡淡的清香，像春天刚发芽的柳枝。

故乡包河的柳树也快发芽了吧。春天，家乡的小孩子都爱折河边的柳枝做哨子，吹不响时还可以把刚刚泛青的树皮连着嫩芽捋到头，结成一个柳叶球，拿在手里，像挑着一个小灯笼。那柳枝也真多，尽着孩子们攀折，总也不见少。

我越做越快，一条条淡黄色的小东西活了，抖动腾挪，如金蛇狂舞！

我怕蛇，甚至不敢提蛇这个字，可是过了除夕就是蛇年，不容我不接受。《金蛇狂舞》响起来了，是琵琶独奏，听这只曲子如同进了春天的树林子，各种生命都在比着生长。换成民乐队演奏，端午节赛龙舟的火热场面就出现了，特别是两只龙舟在比赛的时候一呼一应，一问一答，诙谐风趣，留在我心中的感动不知要怎样的文章高手才能写得出来！

终于，小东西们长长的身躯卯足了劲，最后拧在一起，安静了。它们现在绵绵地卧在桌子上，油油的透着亮。这是赛前的歇息，生命力涌动在静默之中。

油热了，麻花生胚一只一只下锅，在周边腾起小小的波澜。清澈的初榨橄榄油用燃烧的激情响应它们，泡沫在锅里膨胀。这是它们生命最后的成熟过程，金黄的麦子总是在炎热的夏季收割，草莓漂亮的脸蛋是阳光映红的，小金蛇们懂这个道理，它们昂首挺胸，在油里翻腾，在火上炫舞，奋力地唱出最辉煌的歌。

洁白的盘子里，拧成绳的麻花金灿灿地堆起来。聂耳的《金蛇狂舞》热烈欢快，循环往复：跃动的音符，竞渡的龙舟，喜庆的锣鼓——

今年的除夕，金蛇狂舞。

世态风情漫笔

我因此明白了生命的可贵，自由的可贵。接下来的日子里也慢慢明白了唯有看透了生与死，看透了功名利禄，世态炎凉，才能够知道自己投入生命去做的事究竟应该是什么。

诺曼底街的里昂

这是一条在老居民眼中有过光荣历史的街道，诺曼底大街。当年为安置参加过“二战”的士兵在荒地上建起来的。那些密密麻麻的蜘蛛网一样的电线有些怀旧情绪，能够让人联想起那场战争和参加过战争的人。木头电线杆子挑起的线头在桃树桔树的上端结网，水泥杆子则高高的拉起了更上一层的网络。

赤着脚却在头发上做足了花样的男孩和披着头发贴着假指甲的女孩轮流在电话亭里鼓捣电话，一本正经，煞有介事。总有一些电话是免费的，什么警察局、消防局之类。一个中年妇女在街上挥舞她的左手两个小时，她的右手当然不会闲着，把手机贴在脸上，深情地向她的亲友们喊了个遍。别担心她的电话没电，她要的就是在大街上表演这个效果。一对双胞胎，或许是四十或许是五十，记不清年龄并不重要，每天必须一起出现在街上才是最为要紧的事。他们威严地并排踱着方步，其中的一个在腿疾发作的时候才会稍稍落后一点，像国王和他的跛足卫兵。

这里的每个人都很快乐，吃着鱼和薯条还有炸鸡块，喝着啤酒、可乐，走路要合着手机中音乐的节拍摇摆，所以找不到不快乐的理由。“海伦，我一定要休息了，昨晚跳了一夜舞，你看我的眼睛，我是太疲倦了！”酋长的女儿，那个有着高贵毛利血统的女士指着她的黑眼圈认真地对我说。为了证明她的正宗血统，她甚至告诉了我一条毛利禁忌：

男人决不能受胯下之辱，如果他被罚从女人的腿下爬过去，他的灵魂和神威就会被给予他生命的女人收走！

还没被收走的灵魂和神威当然要参与这条街的狂欢。由于长年处于亢奋状态，部分家庭物品公用，骑自行车只用后轮，公鸡打鸣被禁，脖子上挂着牌子的小狗找不到家人人关心，直闹得鸡飞狗跳，筋疲力尽。不被这条街上的狂欢情绪感染的只有一个人，就是那个弃儿里昂。说弃儿有些不准确，里昂已经二十岁了。他没有亲戚，没有朋友，甚至没有父母。作为这个街区的成员，他的基本品质是合格的：第一，能闲着决不忙碌；第二，有今天不想明天。

我常看里昂过马路，双手紧握背包带子，在绿色的人行指示灯亮起来两秒之后，准时迈步。已经是暮色苍茫，他一丝不苟地戴着标志性的帽子和墨镜，我真怕他看不清前面的路。

他的背包里永远装着三件对于他非常重要的东西，帽子，雨伞，眼镜。他的这种做法有些像契诃夫笔下的“套中人”，不过我敢担保他没有看过这篇小说。请问当今的年轻人还有谁对那些古董感兴趣？更何况可怜的里昂得了精神病辍学了，他仅仅学过识字和上网，这是非常有用的学问。对比之下，那些数学之类的东西根本就没有必要学，因为有计算器可以代替。

据里昂回忆，他的父母都在澳洲，在哪里不知道。再问他“你的父母跟你有联系吗”？里昂摇摇头。时间太久了，或许前些年父母还是一个想起来有些温暖的符号，现在已经很淡漠了。

人们都说这个国家是上帝的后花园。后花园王国连小狗都很难丢掉，更不用说丢一个人。五年前一个畏罪潜逃的父亲把他三岁的女儿，穿着小南瓜牌衣服的慈眉善目的女孩丢在车站，激起全体国民公愤。警察十万火急，通缉罪犯。后花园王国发起救助小南瓜行动，实时追踪报道的后花园日报销量因此大增。在监狱里服刑也不算是最坏的事，这个王国的监狱有特殊功能，成就小说家。那个罪恶的父亲现在正在监狱里写小说，据说一本精彩的为自己洗脱罪名的自传体小说就要出版了。

如此完备的搜索系统，里昂的父母竟然能够瞒过义愤填膺的公众的眼睛，把患有精神病的里昂丢在后花园王国的角落里，有着光荣传统的诺曼底街区，这是一件让人想不通的事。有一个原因可以解释，那就是里昂的父母和里昂一样有病也一样聪明。

帽子、雨伞、眼镜成了里昂的保护神，他几乎把对父母的依恋转移到了他背上的那个背包里。他小心翼翼地收集各种颜色的帽子，“如果头被太阳晒了，头脑就会坏掉。”在说出这个真理之前他恭恭敬敬地站在那个毛利酋长的女儿旁边。

美丽的叫不出名字的长尾巴鸟在桔子树上唱歌，篱笆旁边有一只白猫在扑麻雀。那个再自然不过的毛利女士在路边对我描述她新结识的男朋友：“他是一个绅士，一眼就看出我与众不同，拥有别人没有的神威。”我知道神威是毛利贵族专有的品质，虽然毛利神话中的英雄们英勇行为和致命缺点并存，我还是对毛利贵族的神威肃然起敬。她让她的两个漂亮的儿子，头上用剃刀理出古老的蕨叶花纹的小孩跟我打招呼。

在这个暖洋洋的冬日早晨，里昂站在那里，他的耐心和彬彬有礼让人无法拒绝。终于轮到他开口说话了，他声音诚恳，引来路人讪笑。我很用心地聆听这个繁复琐碎，层层迭迭的讲述：“帽子的功用是保护头不被太阳晒，你看，帽子要这样戴。”他举起双手向我示范。他的手指白皙修长，看得出有些神经质，指甲显然长期没有修剪。我移开眼睛。“可是现在很多人把帽子戴反了，反戴帽子的人容易被警察怀疑。”

他本能地审视四周，实际上眼神不济，像受惊的几维鸟。这种鸟儿有翅膀不会飞，有眼睛看不见，是后花园王国的国鸟。作为一类保护动物，里昂不应该与警察有什么过节，他从不参加任何派对，那些疯狂的少男少女，派对动物们对里昂的背包也不感兴趣，看到里昂，他们眼神飘忽，心神不宁。

周围的一切都懒洋洋的，白猫已经不耐烦和麻雀玩游戏，躺在草地上晒太阳。里昂皱了皱鼻子，撑开了他手中的那把黑伞："打伞的姿势也要注意，如果角度不对，碰了别人，就会引起争吵。""真是纯正的英语！"一位过路的女士由衷赞叹。无论如何，这是善意的表示。里昂正待转身，一阵风吹过，那伞得势，鼓起黑翅膀险些飞起来了。晃悠了一下，终于被里昂捉住，成了一只站在他手上的猫头鹰。

"像我这样背着包在街上走，警察会不会抓我？"里昂小心翼翼地把"猫头鹰"放回背包，轻轻地把睁着圆眼睛的"风头"按进去，扣好搭扣，把包背在肩膀上，又戴上墨镜，自我感觉是个半透明的精灵，笑容也就有了几分诡异："当然不会啦。"

他周而复始，那些言语有了质感，一个一个跳出来，围着我转圈子，我有些头晕了。

他似乎察觉到了，腼腆地笑笑："对不起，我喝多了可乐。"

我们都往水塘里扔过石子，里昂现在就是那个扔石子的人，不断重复的话语神秘莫测。

接下来我开始不停地想起里昂的背包。"一个女人如果喋喋不休，就要把她抛在脑后。"我知道这条毛利谚语，我已经把自己抛在脑后一百八十回了，我还是止不住去想，很显然我受了里昂的影响。

我看到这个街区越来越多的人背着背包出门，只是背包的颜色形状各不相同。如果要问里昂住在哪里，谁都没注意，谁都不知道，因为有些事还是不去打听为好。但是只要你背上了背包，里昂的猫头鹰，那只半透明的精灵就会神秘地绕着你飞。

老警长比尔，你知道他当初为什么要当警察吗？为了超速开车不会收到罚单！这是个多么具有人情味的理由！他的胳膊上纹满了刺青，不是近年流行的中国字，也不是传统的海浪、鱼钩花纹，图案绝对原创，是他的孙子的外孙的名字。那些名字挂在他的身上，像树叶挂在大树上，一棵四季常青的活动的家族树。茂密的树叶中不时地闪烁着猫头鹰的眼睛，是里昂的猫头鹰。老警长知道，却不介意，让它待在那里好了，又不要吃什么东西。不过挂在他身上的树叶越来越多了，亲戚朋友周末和节假日都要来围着这棵大树凑热闹，二三十个人的聚会经常在那座拥有五千平方米草坪的大宅子里举行。“吃完饭连碗和盘子都没有人收拾。”他的妻子腰酸背痛，经常会对着那只圆眼睛的鸟儿抱怨。结果是老警长不堪重负，他想逃跑了，哪怕逃到澳洲去也好，像里昂的父母那样，离开叶子，丢下果实，去做一棵孤零零的老树。可是他办不到，这棵常青树无法抖落满身的树叶，更何况被叶子和果实压弯了腰，是树的宿命。

在鸡场做夜班清洁的大叔精神抖擞，服饰整洁，举手投足透着见过大世面的气派：“我们这个工厂每个星期出口几十万只鸡到世界各地！”几十万只鸡是什么概念？像山一样堆起来？很明显这山越高，大叔越精神。不过近年来地球村经济不景气，大叔失业，虽不至于没有饭吃，到底丢掉了精气神。很快，他就用红、黑、绿、黄四色武装起来了，这是上个世纪八十年代去世的一个著名歌星鲍勃的标志性色彩。除了那个红、黑、绿、黄四色相间的单肩包做了猫头鹰的暖巢之外，他的鞋子、背心、护腕、发型，一律鲍勃。虽然有些花白的头发编进满头的小辫子中，看起来有点滑稽，但是戴上耳机的大叔因为有了猫头鹰相伴，感觉立刻不一样了。他晃晃悠悠，载歌载舞，不似孤魂野鬼，却如鲍勃再世。

摩门教的传教士善于见缝插针，虔诚地向居民宣讲耶稣基督的另一部约书，被一位摩门先知写在金页片上传世的《摩门经》。他们打开经书，金页片上空飞翔着若隐若现的智慧之鹰，引来一群赤脚的妇女儿童围观。穿着白衬衫打着领带的传教士站在路边向打着赤脚的路人传教，是诺曼底街区的又一道风景线。在这个城市里大小教堂星罗棋布，各色人等信仰不同，却能相安无事。

我曾去拜访过离这里不远的南太平洋地区最大的摩门教中心，那是一块圣洁之地。教堂建在高地上，拔地而起的建筑物的尖顶直指蓝天。一路走来，神清气爽。无尽的碧绿是草，连天的锦绣是花。待我走到耶稣诞生的马厩，看到圣母玛利雅怀抱的婴儿，不由得屏住呼吸，热泪盈眶。来不及拭去眼角的泪花，就抬起胳膊向空中挥手致意，感谢引路的猫头鹰。

通晓诺曼底街区光荣历史的老奶奶帕蒂穿着大衣，推着当拐杖用的四轮车颤巍巍地从公共汽车上下来。她满脸通红，满腹怨气："海伦，这世道怎么变得越来越弄不懂了，我刚刚参加完一个葬礼回来，你猜我看到了什么？人们竟然在葬礼上唱歌，说笑，开派对，还说高高兴兴是送死人回家，真是怪事！我活了八十八岁，还没见过这样的事，葬礼变派对了。"她晃了晃手中的小推车，赶走了那只在葬礼上与她站在同一阵线的猫头鹰，然后心安理得地走进了那个长满花花草草的小院子。

远处一个妇人大声地训斥孩子，总理在电视上喊着要减福利，到表兄家度假的小男孩向同伴展示他的弹子和陀螺，一群派对动物被迫覆盖街头墙壁上的涂鸦，老警长仍然带着他的家族树，两个毛利小贵族歪着头研究别人的背包，传教士早已回家了，老奶奶还是想不通，里昂戴着帽子墨镜从暮色中走来，猫头鹰噗噜噜地飞，爬葡萄藤的蜗牛缩回自己的壳中。

日子像流水，不变中有变，变中有不变。里昂懵懵懂懂却也与时俱进。他开始感叹后花园王国的犯罪率越来越高，犯罪年龄越来越低。“为什么不能像我一样守规矩呢？电视上全是暴力，我不看电视，我用计算机；开车制造车祸，我不开汽车，我每天步行；工作多了太累，我不做全职，我只送一点广告。”里昂真聪明，生活是什么？生活就是他手里的那瓶摇起泡沫的可口可乐。

河边传来溪流一样清澈的歌声，毛利酋长的女儿背着剑麻编织的背包，靠在一只古老的独木舟上，合着鸟儿翅膀扇动的节奏甜蜜而又忧伤地唱道：

当你将灌木丛的心取出，
当你将语言和文化从人身上抽离，
人们何以继续存在？
鸟儿将在那里唱歌？
你问我，
什么是世上最重要的事情？
我的回答一定是，
那就是人，那就是人，那就是人。

最后一朵玫瑰

我看着这一朵玫瑰很多天了，从冬天开始的，现在已经是暮春了。它就那样站在我的书桌上，计算机屏幕右边。花朵低垂着，你还能想它怎样，一朵干枯的玫瑰。不过干花的颜色真的很好看，玫瑰红永远定格在可怜的花瓣上，还能看到一丝丝白色的经络从红色中穿过去。叶子在脱水的时候卷起来了，非常不甘心的那种卷曲。颜色么，说不清是棕黄色还是土黄色。赭绿的枯枝上，根基扁平的刺依然尖锐，隐隐地透着红色，看久了，就像被刺扎了似的直想着去揉眼睛。

我不想扔掉它，本来已经没什么用的一朵花，可是我舍不得。我想为干枯的玫瑰写点什么，我又不知道该怎样去写。最后一朵玫瑰，这个名字有些老旧，我刚写下来，这几个字就染上了枯黄的颜色。

去年冬天我刚拿到它的时候，瑟瑟的寒风中，花骨朵新鲜得像闪光的宝石，圆锥形的深红色的宝石。本来一朵花没这么矜贵，不就是一朵花么？只因为送给我这朵花的人脸色苍白，神情孤寂，酷似我看过的一部电影的女主角，一个孤独地在森林小屋中弹钢琴的女人，立即这朵花就有了她的孤独寂寞。不知为什么我认定了她很孤独，其实她有两个孙女一个孙子要带，拥有河边的一座小屋。房子很旧，木头墙很久没有刷油漆了，但是屋子周围有一个小小的玫瑰园。她对我说过，那是她卖了一个运行良好的咖啡店换来的，她不得不卖了那间店，因为她要为女儿带孩子，女儿本身还是个孩子。她的声音柔和真诚：“这是花园里最后一朵玫瑰了，本来我想多拿来几朵来的，可是只剩下这一朵了。它会开的，每天撒点清水，它会开的。”

这个冬天真冷，嘴里呵出的气是白色的。那三个小孩子，小的抱在手上，大一点的女孩围着祖母站着。她大约四十出头的样子，四十岁的依然美丽文雅的祖母，你信也好不信也好，四个人都在寒风中发抖。难怪有一项生活调查披露，今年冬天，穷人只有发抖的份了。

阿达，我这样称呼送我玫瑰的女人。阿达温柔地跟两个小女孩说话，她说最小的男孩性格很好。我很喜欢听阿达这样轻轻地说话，电影里那个弹钢琴的女人不说话（我总是喜欢拿阿达跟电影里的那个不会说话的女人比较）。她从六岁开始就不说话了，没人知道为什么，这个世界就这样留下了她自己。阿达说很得体的话。她到街头的便利店去为孩子买牛奶，又想给孩子买一些棒棒糖，钱不够，她跟店主说对不起，把糖退回去，她抱歉的神情好像犯了什么错。

那个被阿达称为还是个孩子的女儿不是这样的，我很难相信那个粗粝的，疯疯癫癫的女子是阿达口中天使般的不谙世事的女儿。她的眼神空空洞洞，蒙着云雾。“干枯的”，我找不到别的形容词了，她的干枯的却依然茂密的亚麻色头发编成两根短粗的辫子，跟着急促变换的动作笨拙地摇动。她常常虚张声势、炸咋呼呼，这些声音在空气中掀起足够的气浪之后，最后落在两个可怜的小女孩身上，通常是：“再不快走，我就不要你们了！”这句神奇的咒语仿佛出自记不清是哪一国的老祖母之口，因为经典，非常有效，一个五岁一个三岁的女孩立即停止了芭比娃娃的抢夺战，瞪着惊恐的眼睛，开始考虑自己处境。

经典的话语还在常用，用得巧妙了，自己都觉得惊讶：哎呀，就是这个意思，这是英国的谚语呀！尽管他们来到这个海岛已经一百多年了。应该承认，这是个有魔力的地方。海滩上普胡树的花朵像王冠，一千年前漂洋过海来到这里的大酋长刚下独木舟，看到了树上的花，就把自己的头上的王冠扔在大海上。后来的拓荒者的妻子，电影里的那个不会说话的女人，她用琴声跟森林说话，跟夜晚说话，跟海风海浪说话。她的心灵在天风海涛中醒来了。

阿达就是阿达，她不是那只流着血泪放声歌唱的荆棘鸟。她平平凡凡，像海风一般吹过春夏秋冬。阿达十七岁生了女儿，女儿十七岁又生了女儿，没有婚姻，没有契约，没有人笑话她们，没有人斥责她们。阿达的女儿有一次对我说起她的男朋友，她的孩子的爸爸："他是个美国大兵，正在伊拉克服役。你知道，当兵的人，只有度假的时候才能回来看看。"说这话时，她平日里怒气冲冲的脸上竟浮起梦幻的表情，这是我第一次看到她的眼睛里含着眼泪。我动了恻隐之心，为她抱屈：世上哪里有这样不负责任的男人，养家糊口毕竟不是纽约广场上美国大兵的胜利之吻！不过从此看到她的时候也就释然，她在惦记什么人，什么人在惦记她们，世界可不就是这样？

有一次我还真的看到美国大兵了，不是爱在阵地上跳舞的那种。个子不算高，年轻、结实。我和他的妻子（这是习惯用法）说些闲话，他站在一边，隐隐地有些阴郁。这个疯疯癫癫的女子从阿达的女儿转换成美国大兵的妻子以后，看起来多少有些不一样，神采飞扬中透着些为人妻为人母的温柔。

我为他们高兴，话也就多起来了。我建议美国大兵在本地当警察，也好合家团聚。这里警力缺乏，不是说还从英国招聘吗，何况当兵的人，适应起来容易。

两个人面面相觑，如同听到了什么奇谈怪论。我也就有些尴尬，不知道触犯了什么禁忌。“是个不错的主意哎。”美国大兵开口说话了，为了表示赞同，他的最后一个“哎”字的尾音扬起来又落下去，落在寻求一致的意思上。这种说英文的“语言艺术”纯属新西兰，不需多着一字，亲切中又有些俚俗味。我瞪大了眼睛。那两个人把我丢在无比美妙的诧异中，落荒而逃。

人生如白驹过隙，忽然而已。这话有些颓唐，却是我再次看到阿达女儿时的感受。上下一笼统的浑圆，什么时候怀了孩子什么时候又生了孩子不大分得清楚。只见她兴冲冲地推着婴儿车，夸张地长嘘了一口气：“最终，来了一个男孩。”这句话又是骄傲又是满足，我怀疑我受到的教育过时。孩子多么可爱，这就够了。至于孩子的妈妈是阿达的女儿，还是美国大兵的妻子，本来就差不多，用不着太较真。

比起她的女儿，过早当了祖母的阿达身上倒是有一种梦幻气息。她说她有一个梦想，她渴望有一天能重返大学校园，读完她喜爱的课程。女人都会有些荒唐的想法，这一点跟我前一阵想“找个庙去念经”，找个人气旺的大学去“敲木鱼”的想法不谋而合（其实，我想明白了，想念经，在自己心里念也是一样的，虔诚就好）。不过还没等我把我的赞美说出来，阿达的“梦”就醒了，她说：“我的女儿，你知道的。”阿达做了个无可奈何的手势。“她出了点事，现在三个孩子都归我照顾了。”

我看得出来，阿达的女儿出的这点事不小，自然就会去追问孩子的爸爸：“那个美国大兵呢，也不能什么事都不管呀。”“哪来的美国大兵，那是我女儿在撒谎！”阿达显然正在气头上：“他在监狱里呢，上次回来，是保释出来的。”我吃了一惊，一时不知道说什么才好。我不是法官，不问罪与罚，我宁愿相信阿达的女儿没有撒谎，我看到过她眼中的泪水。我想对阿达说那个谎言是她的女儿为自己和孩子编的一个美好的故事，甚至是良知的萌发。我纠结在谎言和故事的裁决中，再抬头看阿达，她已经是一脸茫然。

现实中的阿达是领取政府补助费的三个孩子的年轻祖母，她重复着日复一日的故事。一个冬日的早晨，她在店里挑了带围巾的暖帽给两个女孩戴上，亲了亲怀里最小的孩子，又选了一顶小老虎绒布帽子戴在小男孩头上。划卡的时候，阿达付不出钱来了。

“就让孩子戴着吧，天太冷了。”我说。

“这样可以吗？”

“有什么不可以的，孩子暖和就好了。钱我来付吧。”

阿达终究还是送来了她的感激，暖帽的费用，还有她花园里的最后一朵玫瑰花。

电影里的那个不会说话的女人生命中不可承受之重是她的灵魂所依附的钢琴（在海上为一船人的安危，她把视为性命的钢琴抛下大海）。她被束缚钢琴的绳索羁绊，随着钢琴下沉到海底的瞬间竟然美如人鱼公主。但她终究挣脱了绳索，回到亲人中间。我的思绪中固执地出现阿达与那个不会说话的女人之间的比较，阿达的玫瑰分明是她游走于深海海底的梦境，那里才是真正的沉寂。

微笑的凯尔

一

天气好的星期天下午，我坐在海滩边的木头椅子上，看着眼前原木台面上的花纹一圈一圈地荡开去，喝一杯咖啡，吃一块棉花糖，好像我从未在别处生活过，一生一世，就这么静静地坐着，守着这片海滩。

九点钟才落下的太阳给了我这个下午。海浪拍打着岩石，悬崖上金银花的香味飘过来。更远处的海面上，活火山烟雾袅绕，要找个时间上去看看，听说很久以前有人在岛上开过矿，是硫磺矿，后来火山灰覆盖了矿场。

一个钓鱼的人提着几条小鲨鱼，他很慷慨地说如果我喜欢他可以把鱼送给我。

小四轮车在沙滩上横冲直撞，留下杂乱的轨迹，两个男孩跟在后面跑。

“很长时间没有见到你了，”一个男孩边跑边跟我寒暄。

遥远的教堂钟声，我抬起头寻找声音的来源。我想起了凯尔。

二

穿着长筒皮靴牛仔上衣的帅气女人，皱着眉头地招呼后面的男孩快点走。那孩子模仿大人跟我打招呼。我记得他是凯尔的儿子。

凯尔是个白皮肤，长着一头黑色卷发的年轻人。我先生说他是毛利和欧裔的混血儿。二十多岁了，笑起来还像个孩子，眼睛里有我从未看到过的圣洁的光，甚至有星星在眼睛中闪耀。凯尔和他的女朋友分居，我对他说我看到你儿子了，小小年纪就很有礼貌。凯尔笑了，说："酷。"

凯尔是静河的朋友。静河的头脑像电脑，有分类储存信息的地方。朋友也分了类，凯尔属于教会的朋友。我知道他的"教会的朋友"是个中性词。他相信有宗教信仰的人都很善良，但也有在布施的口袋里象征性的做个投钱手势的人。

第一次见到凯尔不在教堂里。镇上有一个儿童服装店，招牌的字体五颜六色的，聪明伶俐一类的意思。女售货员还算漂亮，皮肤是流行的小麦色。她住在牧场里，而且早已厌倦了这个行当，不降价就没人来。自动玻璃门开了，有人推着双人婴儿车进门，门铃"哔"的一声。女售货员头都不抬，有时候苍蝇飞过去门铃也会叫的。凯尔隔着橱窗看玩具，看上了一只小熊，又换成了T恤衫，再仔细把架子上弄乱的衣服摆好，他生怕给这个漂亮的女人添麻烦。一般的土著人决不会这样做，他们欣赏自己的随心所欲。我看到这个大男孩有天使般的微笑，觉得不可思议。

傍晚我和静河清洗刚租下的旧房子外墙，凯尔和两个毛利青年过来与我们打招呼，问我们要不要帮忙。我读过这个国家的犯罪小说，那些犯罪心理描写，罪犯作案过程的冷静和愉悦闻所未闻。不过这和眼前的事情不搭界，静河总是抱怨我想入非非。静河说他有一张大写字台要用卡车搬，凯尔与静河击掌，说包在他身上。后来静河知道凯尔连小车都没有，要去找朋友帮忙，就租了一辆车自己搬过来了。为了表示感谢，我把宝宝（我儿子）的泰迪熊送给了凯尔的儿子。

很吸引人的岩石底的浅海，我在石头缝中摸到牡蛎，兴奋地高高举起来向静河展示。太阳就要落山了，西边的天空冷冷的，倒是东边的天空像一面镜子，映着落日的余晖。海鸥嘎嘎地叫，落在水面的石头上。天色渐渐暗下来，石头和石头上的鸟变成了黑色的剪影。

大教堂就在离海不远的坡地上。星期天凯尔请我们去，还过来给我们领路。难拂他的一片诚意，我们去了几次，终究没有坚持下来。但凯尔坚持到我家来。一辆没有铃铛的自行车，没停稳，哐当一声倒下来，随后进来的就是凯尔。有一段时间几乎每周他都要过来，问我们有什么事需要帮忙。他从斜挎的小包里拿出一本宣传福音的小册子，很虔诚地一页一页翻开，问一些宗教问题，静河和他讨论，他笑得像个小孩子，我从未见过二十多岁的小伙子有这样的笑容。有一次静河问他为什么不开车，这似乎触到了他的痛处。他苦着脸说驾照被取销了，因为酒后驾驶。他说他过去酗酒，还吸过大麻，所以现在要努力为过去的行为赎罪。

我想对静河说什么，是酗酒还是吸毒记不清了，可能是赎罪吧。静河有些累了，靠在椅子上。“你问我人们去教堂干什么？那有什么神秘的，还不就是赶赶热闹，说说唱唱，吃吃喝喝玩玩！”严肃的人说起俏皮话还真的好笑，我忍不住笑，笑完了，又不知道自己到底在笑什么。

静河很认真地说凯尔是个自我改造的苦行僧。自我改造，亏他还记得这个词。可不是自我改造！凯尔自己要赎罪，还要劝女朋友不要再酗酒吸毒，到头来女朋友跟人跑了。凯尔呢，每天骑车三十公里去林区上班，不怕苦不怕累的，为的就是攒点钱，周末能够跟儿子在一起，还有就是让儿子受良好的教育。提到孩子，静河总是意味深长，年轻的时候可不是这样，在飞机场告别，他头都不回。

说到底我同情凯尔，他是个心地纯净的人。静河也是尽可能地分出时间跟他聊天、谈《圣经》，请他在我们家吃中餐，希望能够给他一些温暖和帮助。

三

Cousin（堂、表兄弟姐妹）是毛利人挂在嘴上的词，以至于我认为这是一个毛利词。“查查字典吧，这是英语！”静河叫道。我还真没听过英国人说这个词，他们说“兄弟”。他们的兄弟就是兄弟，而毛利人的兄弟几乎包括所有的远亲近邻。

偷东西在毛利兄弟之间大约不能算偷，只能说借，而且不用考虑归还，因此尽可以享受“借”东西的快乐。我想起玛丽·诺顿笔下的“借东西的地下小人”，参照这个故事，他们应该是借东西的远房兄弟。可以设想，被借东西的人是很悲哀的。袜子没了，手机没了，眼镜没了，一个赤着脚又闭目塞听的远房兄弟，一只视力不济又不会飞的几维鸟（新西兰国鸟）。如果设计成动漫形象，不知会不会招来远房兄弟的记恨？

没有例外，凯尔的远房兄弟“借”了他的钱，他原准备周末带儿子去海豚馆拥抱那只可爱的小海豚的，但是去不成了。凯尔有些沮丧。我知道他不是和“小人”作对的“大人”，他不会跟“借东西的小人”过不去，他也许就是故事中那个帮助“借东西的小人”的男孩子。凯尔的表现不出所料：“我知道是谁干的。”他小声嘀咕。不过很快，他的眼神就明亮了，他说了一句让我吃惊的话，“他们是我的兄弟，我爱他们。”

借东西的地下小人的家在地板底下，借东西的远房兄弟的家在哪里？他们就住在大海边的“兄弟之家”里。这个小镇三面环海，古老的银蕨叶随处可见，在这里你可以尽情遐想。

循着奇形怪状的石头攀过海角，好难走的路。路的尽头，只有钓鱼人的背影。我转过身去，在黄昏的小镇上，一步，一步，我念着什么人的诗，我走过街角的面包店，我在寻找，在记忆中寻找。从塔楼的顶端传来的钟声仿佛来自上个世纪。

兄弟之家是一个圆形建筑，中间是大厅，环绕大厅的是一层一层的房间。在大厅中间，人的身影缩小，再缩小。看周围的房间，一格一格的像蜂巢。这是新西兰唯一的一个基督教会办的试验性的兄弟之家，失足青少年之家。

为了欢迎从美国来的牧师，兄弟之家有个聚餐晚会，凯尔邀请我们去凑热闹（果然赶了一回热闹）。顾名思义，兄弟之家住着清一色的男孩子，管理人员马克的妻子怕冷落了我，陪着我很费力气地聊一些她不明白我也不明白的事情。

凯尔的房间不大，很整洁。床头柜上放着圣经，墙上是儿子的照片。房租一周60新西兰元。马克说，男孩子们白天上班上学，晚上回来集体学《圣经》，还经常有娱乐性的联欢会。我问生活费是政府出吗？马克说，有工作的人自己付生活费，没工作的人政府的救济金也够用了，有一个退休的会计管理这些钱。不过，房屋维修、管理人员工资、生活补助、活动经费，还是教堂和政府出钱。

晚餐时间到了。十几个年轻人端着托盘鱼贯而入。烤牛排、烤火鸡、各种海鲜、沙拉菜、葡萄酒、饮料，只差没有乐队了。兄弟们衣冠楚楚，吃相也就文雅很多，完全不是在大街上喝酒的样子。

从美国来的黑人牧师布道的风格很特别，像个脱口秀演员。我听见他不停地报《圣经》的页码，至于说些什么，我完全没有听明白。那些曾经的少年犯，现在是天使。他们全神贯注，眼睛亮晶晶的，像听古典音乐会知道什么时候该拍手，他们跟着牧师的表情发出一阵阵笑声。

我的记忆清晰，兄弟之家不是遐想，它是闪烁在银蕨丛中的教育诗。

四

海潮涨起来了，泡沫舔着独木舟的底。一个女孩竭力想拖住独木舟，面对茫茫大海，作几乎是无望的努力。

不能开车的痛苦紧紧地钳住了凯尔。他的前女友结婚了，嫁给了一个瓷器店老板，带着孩子去了七十公里以外的一个镇子。凯尔充满希望充满诗意的心理失去平衡。他问静河可不可以送他去奥克兰，他妈妈有一辆车放在一个亲戚家里，他要去取来。静河在送凯尔去奥克兰的途中，拐弯去了那个二手瓷器店。凯尔和店老板商量着想见孩子，看到了又舍不得离开，低头对儿子也是对自己说："爹爹明天就能开车来看你们了。"

对车寄予希望还真是靠不住。一个星期以后，凯尔又来了。他一口气喝完一瓶矿泉水，对我们说他要搬出兄弟之家，去澳大利亚找他妈妈。我问他为什么要走，他说他的车钥匙被马克扣下了，说他没有驾照，不让他开车去看儿子。静河劝他和马克好好说说，拿回钥匙考个驾照。他好像没听见，嘀嘀咕咕地说这次决不向马克妥协。

我不知道怎样安慰他，想起准备送他儿子的圣诞礼物，就找出来，让他打开看看。那是一盏海景灯，根据走马灯的道理制的。触动按钮，海底便亮起来了，鱼群蜂拥而至。叫不出名字，只是好看，只是纷杂。一只绿玉做的鱼钩晃晃悠悠地甩过来，是毛利男孩子颈项上挂着的那种，孩子般的笑容又回到凯尔的脸上。他把灯宝贝似的放进背包，和静河拥抱了足有一分钟，骑上自行车，消失在晚风之中。

凯尔真的消失了。他的老板从林区打电话给静河，问是否知道凯尔在什么地方，他已经两天没有来上班了。“兄弟之家”的兄弟们也到我们这里来打听凯尔的下落，甚至有些眼泪汪汪。我相信凯尔已经平安地去了澳大利亚，如果他在新西兰，一定会来找我们，他说过他的朋友不多，静河是他最好的朋友。

也许，我坐得太久，一个中年妇人向我招手，我走过去，她小声神秘地对我说：“我知道，你在祈祷。”她说得真准确，我在祈祷。为这个黄昏，为教堂钟声，为郁金香，为矢车菊，为认识不认识的人，我祈祷。

欲望都市

一幅巨大的广告直击我的眼睛，广告中一个姑娘正在用无价的青春跳着桑巴舞为赌场招徕顾客，飞扬的头发，闪亮的眼睛，高高扬起的手臂，即便在静态的画面中也是魅力无穷！她仿佛正在对人们说，为什么不赌一把呢？乘着青春还在，乘着生命还在，乘着金钱还在，乘着希望还在！

这个赌场叫天空城，一个名副其实的“欲望都市”。

进赌场玩的人据说有三类：一是消磨时间，花点闲钱娱乐的人。这些人赢了高兴，输了也不在意。二是赢了还想赢，输了想扳本的人。这种人如果赌红了眼，往往把多年的血汗钱全部送给赌场。三是职业赌徒，是不受赌场欢迎的人。

我是第四类，偶尔去赌场转转，感受一下欲望都市的氛围，连老虎机都不会玩的人。

门厅的保安彬彬有礼，冲我微笑点头。中国人是赌场的贵宾，我本应感到无比“自豪”，适得其反，我非常紧张：待你如贵宾，宾至如归，对赌徒是一个温柔的陷阱。你孤独吗？你疲劳吗？你失意吗？这里就是你的家，在这里你备受尊重，你是国王，你是上帝！

走进赌城，满目繁华。赌场没有窗户，没有自然光，白天黑夜在这里是一样的。各式各样的灯具如同万点繁星，打造了一个“天上的都市”，金灿灿，亮闪闪。相对于没日没夜的浑浑噩噩，地毯的图案绚丽杂乱而又疯狂，让人亢奋，让人有精神。

我鼓起勇气，一边走一边看，只听见哗啦哗啦钱币落下的声音，悉悉索索筹码移位的声音，在钱币流动的声音中，我浑身戒备，异常警惕。十赌九输，永远不输的，只有设计了赌局的赌场老板自己。不过“螳螂捕蝉，黄雀在后”，赌场老板也未必是永远的赢家。

赌场的发牌员大约有一半是中国人，多是训练有素、举止优雅的俊男靓女。他们的脸上几乎没有表情，久入“江湖”，他们已经见惯了潮涨潮落，富翁变赤贫的故事每天都在他们的眼前上演。

我松了一口气，开始嘲笑自己，没有必要如临大敌，在赌场中更容易看到欲望和财富的真相。贪婪无止境，欲望无止境，导致钱财来了又去，口袋满了又空。

我不敢在每张桌子前站得太久，怕影响正在鏖战的人。

酒吧、咖啡、快餐这些养精蓄锐、以利再战的地方恰到好处地分布在赌博大厅的周围，餐饮费并不贵，节假日，有些娱乐活动也在这里举行，以招徕更多的赌客。

赌博大厅禁烟。酒吧里可以吸烟的地方是在宽阔的阳台上，这是这个赌城唯一能够看到真正的星空的地方。不过，当人们被贪婪的欲望捆绑着胁迫着的时候，还有谁会在意天上的星星?

出乎意料，在大阳台上，我听到了歌声，优雅的、柔和的歌声水一样的流过夜空。我转身循着声音找去，在咖啡馆前面，一个十五六岁，穿着连衫裙的女孩正在唱歌，她前面的地上摆着一个藤编的篮子，篮子右边的牌子上面写着:“我想学习歌剧”。

我被这个小姑娘深深地感动了。这是我在这个“欲望都市”里看到的除了赢钱之外的另一个欲望，想看到真正的星空的欲望。这个想学歌剧的女孩微笑着，她的微笑圣洁得好像不属于这个世界，却又照亮了这个世界，照亮了每一个走过她身边的人。

守着泉眼的人

我有时候莫名其妙地找东西，又不知道找什么，比如说找泉眼。泉眼对我没有什么用，但水流的声音不断地诱惑我，告诉我找吧找吧。我确信我从没找到泉眼，但住在泉眼旁边。时常有水泡从眼前飘过，那是从泉眼里冒出来的。我绕着水泡转圈子，像一条鱼，我的脚，我的膝盖是鱼的尾巴，非常有力道的尾巴，轻轻一拍，就卷起漩涡，然后划一个圆弧。我看到泡泡从我的嘴里吐出来，这次我看清楚了，是我自己吐的泡泡。我站起来，水从衣服上滴下来，顺着腿流到地上，很快干了。风吹过来，裙子旋成一个圆圈，衣服悉悉索索，无数的皱褶，无数的小箭头，试图把我带到什么地方去。我来到一个围着石头的井栏旁边，井不深，井壁上长满青苔，小水桶里的水一滴一滴落回井里，我等着，从一滴水到另一滴水，好像要等一个世纪。我看到水里有一个影子，很久很久以前的影子，看不清楚的影子。我唤她，听到她哭泣的声音，也许是风在井壁上摩擦的声音。我跺跺脚，赤脚打在石头上，像一条鱼在甩尾巴。

“你怎么啦，有什么发愁的事吗？如果一切正常，请不要跺脚。”这是一个多么愚蠢的问题，一个人试图对话一条鱼！况且人怎么知道鱼的尾巴对于鱼是多么重要！当然他不是鱼，我也不是鱼，我只是不喜欢人的这种说话方式。何况我并不发愁，只是心烦意乱。人总是需要泉水，最简单的生活也要从水边开始。我用脚尖踢地，我又开始想另一个问题，马为什么喜欢抛蹄子？

马车从树林子里转出来，池塘一片蛙鸣，湿漉漉的，粘着浮萍草根须的气息。马闻到空气中的鱼腥草味，不满意地甩着脖子，敲打前蹄。我乘机从后面爬上马车，趴在干草上，（这类马车总是驮着干草，或许这就是马改不了吃草的原因）眯着眼睛，看浮萍草急速地远去。

两个女孩用跃上马车的方式跳上公共汽车，确切地说是反向的。车厢如橡皮糖一样凹进去，凹成跳跃的女孩形状，渐渐地只能看见手臂，最后终于全身而入。

“走吧走吧。”我又听见咒语。我还没有决定是不是跟这个人走，我为什么要走呢。这个人的眼睛是棕色的，闪着蓝光，只有猫的眼睛是这样，一只会巫术的猫。我躲起来，躲在风的影子下面，在这里我很安全，能够保持冷静。果然，我看到这个人用一种奇怪的方式说话，他不动声色，声音从身后的黑袍子下面传出来：“你这个死鱼脑袋。记住，不要跺脚，不要惊动泉眼。”

我终于知道了，他是一只猫。从猫的眼睛看，死鱼的脑袋是什么？我不得不警惕。

“泉水是能卖钱的，”猫接着说，“你必须有经济头脑。”

一条鱼也应该有经济头脑，我是说，如果我是一条鱼？不过有了泉水就不一样了，我抵制不住潺潺流水的诱惑。现在是一条鱼被一只猫牵着走。小猫钓鱼，各怀鬼胎，或者说，各有各的主意。大家都玩猫抓老鼠游戏，抓到抓不到结果都一样。

头脑的通道已经被垃圾阻塞，我每天分类整理，还是无功而返。人不用想太多，必须正视眼前的现实，那就是我已经走在寻找泉水的路上了。一路都是芦苇花，秋风萧瑟，我想为芦苇花唱一首歌，大风歌就很符合我目前的心境，可是刚张开嘴，就被猫先生的手势阻止了。“肃静！泉眼就在你的身边。何况这里雨水稀少，从来就没有芦苇花！”

我分明看到无边无际的芦苇花。在芦苇丛中我邂逅一只梅花鹿，我与它长时间地对视，我看见了梅花鹿由浅入深，分层挑染的头发，闪耀着钻石光芒的手指甲和脚指甲，柔软的嘴唇，无辜的眼神。我有些心慌，一切都有些反常。反常又是很正常的事。

在这种心情下很容易迷路。我们在一个巨大的森林迷宫里转来转去，走不出去。走迷宫是猫最喜欢的事，猫会钻烟囱，他从烟囱进入人的房间，熟睡的人就会做梦。他入迷地玩这种游戏，追着自己的尾巴也觉着新鲜。而我是个缺乏经济头脑的人，又喜欢自以为是。

侏儒在最需要的时候出现了。他摇着一根鞭子，好像拉着一匹马，却又什么都没有拉着，就是在装模作样。或许，这就是侏儒的马匹，不一定咀嚼草料的马才是马。侏儒看出我的疑惑，他不肖辩解，他有更深奥的道理要讲：“你已经进入我们的国家，必须由我引路。”他用手中的马鞭子大大地划了一个圈子。“我不相信学校，还有政府。我正式介绍我自己，我是我们国家的发言人。”

我下意识地抱紧双臂。他伸出手来，我被迫回应，与他击掌。

木头门应声而开，一个老妇人坐在一个高大的木头架子后面，亚麻的经纬线是一个屏障，被遮蔽的部分需要想象力去补充。老妇人戏弄我可怜的想象力，她把鸡毛一根一根插在亚麻的空隙中间，我的想象力被填满了，不是用高贵的孔鸟毛，而是鸡毛。

猫先生恭恭敬敬地对着老妇人鞠躬，老妇人好像没看见，她自顾自地插她的鸡毛。“我向我们最清澈的泉水鞠躬，女王陛下。您让我调查的泉眼我已经查明，这是化验数据，百分百地符合饮用水标准。”

“经费？”

“经费来自一位爱国人士的捐助。”

老妇人从编织机——她高贵的王位后面露出脸来。美丽的黑色嘴唇，下巴上刺满蕨叶形花纹，这是无比高贵的象征。

“拿走我的泉水要付钱，你就是那个喜欢泉水的人？”

这句话是对我说的。难以相信，我向井里呼唤的人是她？我搜索每一个衣服口袋，身无分文。我拼命摇头，一时分不清表达否定的意思应该是点头还是摇头，我认为还是摇头保险。我甚至想到，那些鸡毛是猫先生送来的，野猫子和鸡的关系一直很紧张。

我的处境不妙。刚起这个念头，密密麻麻的虫子已经向我爬过来了。我从地上逃到凳子上，我希望有人帮助我。可是侏儒不见了，老妇人和猫正在开会。他们本来无需开会，不过是漠视我的窘境。

一个女孩子从椅子背后转出来，与我窃窃私语：

“我认识你。”

“我在泉水边见过你。”

“你看，我光着脚站在地上，我不怕跳蚤，它们就会欺负新来的人。”

“我奶奶说，跳蚤喜欢你，你的血好吃。”

我不用回答，我知道跳蚤听命于她的奶奶。我的腿肿得像柱子，无论如何我得坐在医院的急诊室里。

立 志

我走出大学校门是八十年代初，当人事部门让我在秘书和编辑两个职位中任选一个的时候，我选了编辑。

这个选择跟我胸无大志有关。

上班后不久，一天，我的小学语文老师站在我的面前。十几年没见，没想到老师还能记得我，找到我，更让我想不到的是，老师拿出了一个很旧的压得很平整的作文本，上面有我写的不太工整的名字，班级，那是我小学的作文本。

我说不出话来了。

当年我就是个既听话又不听话的学生，对我寄予了多少希望才能让老师保留一个学生的作文本十几年？面对恩重如山的老师，我几乎是流着泪对他说："老师，我恐怕要让您失望了。"

记得我上小学的时候，只要写作文，就常常要立志。立起志来大家最顺手的一句话就是"我要好好学习，天天向上，长大了建设祖国，把祖国建设得像大花园一样。"这是立革命接班人之志。至于具体的，有要当解放军的，有要开拖拉机的，我写的是想做教师，建设祖国也是要的，就是没有具体到"把祖国建设得像大花园一样"，在花园里玩我倒是很喜欢，不过没敢写到作文里。

当年我在写作文时能不立志就不立志，可能是不愿受程序化的语言的束缚，也可能是一种逃避。在那个读书无用的年代，我的老师不因为我的家庭出身忽视我，反而看到我的长处，写作文不爱立志，少了些套话，多了些小孩子的真话实话，并因此认定我是他最好的学生，实属不易。在我的作文本上，老师用红笔批上很多“要努力学习，不要随波逐流之类”的评语鼓励我，可惜我没有真正看懂。

现在想想，人在少年时期立志还是非常重要的。立志，是自己和自己的约定，履行约定的过程，就是自己不断进步的过程。

我们古人劝学、强调立志的名言很多。例如韩非子的“是以志之难也，不在胜人，在自胜也。故曰：‘自胜之谓强’”。苏轼的“古之立大事者，不惟有超世之才，亦必有坚忍不拔之志”。

在《传习录》中王阳明对立志的看法又有些不同，他说“只念念要存天理，即是立志”，“此天理之念常存，驯至于美大圣神，亦只从此一念存养扩充去耳”。

我从王阳明那里为我小时候不爱立志找到了依据，他的“立志”是立天理，不是立我要做什么。无论是做科学家还是做工程师，那都不是王阳明的立志。因为天理不是“我”的主观意愿，是人心中需要把持的行为准则。人无论处在什么环境，富贵、贫贱，顺境、逆境，都能够“天理之念常存”，这才是立志。

这个立志甚合我意，而且王阳明的立志，我想与韩非子、苏轼的立志并不矛盾。

立“好好学习，天天向上，长大了建设祖国”之志没有错，错在我当年不懂得“不在胜人，在自胜”的道理，“有坚忍不拔之志”的道理，“美大圣神，亦只从此一念存养扩充去耳”的道理。

后来的日子里，我又做过很多次听从我内心声音的选择，我不后悔我的选择，但我的不努力不作为让我编不出任何能够毫无愧疚地去面对我的老师的理由。

尊重生命

既然知道死是必然，既然知道为之奋斗的一切不过是过眼烟云，人为什么要活着？活着的意义到底在哪里？

跟自己过不去的时候，这个念头会很顽强地出现，让我不得不面对它。

这时候一个老人的声音穿越时空，告诉我生命可贵。对自己生命的尊重，对他人生命的尊重，对自然界一切生命的尊重，是第一重要的事。

那一年我十岁，坐在同学家的院子里等着一个叫小清的女孩子回来。

这个院子太漂亮了，青砖和鹅卵石铺地，院子里有果树，有花坛，有硕大的金鱼缸，还有在角落里打盹的小猫。

我双臂抱着膝盖蜷缩在走廊上，半天一声不响。

院子的主人，一个布衣布鞋的老人，坐在圈椅上对我招手，示意我坐到他旁边的小凳子上。

“一个小姑娘，怎么能这么半天不动也不说话？”

我看着这个当年身经百战的将领，如今再普通不过的老人，不知道他要对我说什么。

“不要因为你爷爷自卑，不要因为你父亲发愁，说到底你也就是地主的孙女，你没有罪啊。”

我不明白老人为什么知道我在想什么，是小清告诉他的吗？我也没有告诉小清什么啊。

“人，好好活着是最好的事，不要发愁，也不要害怕。将来你把自己要做的事做好了，想做的事做好了，就对得起自己，对得起别人了。”

我抬起头，更加注意地听。

“你知道我打过多少仗吗？我见过多少死人吗？一次又一次，我从死人堆里爬出来，我都不知道害怕，也顾不上难过。”

院子里真安静，只有小猫和我在听。

“我最难过的是，明明知道我的战友会死，我却不能告诉他们。你知道战争有多残酷，有时候一个连，一个营，被派去攻一个山头，打一个阵地，那是假的，那是佯攻，声东击西，大部队不在那边打仗，没有后援，派去的人一个都回不来。”

我听过多少老红军讲故事，却从来没有听过这种故事。

“他们向我告别，我只能最后一次向他们挥挥手。差不多都是我熟悉的人，多年轻的人啊。”

老人的话近乎呓语。

“我不能说，那是纪律。结果都一样。打仗是要死人的，但是让人这样去死，我不忍心。”

这是一个老人在一个下午对一个小女孩谈战争，谈死亡,谈生命。

最后他说：“什么都不要怕，好好活着，你还是小孩子，前途远着呢。”

我似懂非懂。

多少年后我接触到一份关于战争的资料，一场现代战争仅在一个战场死亡人数四十万。民间传说，天阴闻鬼哭。我想起了那个老人的故事，那是一个战争中的幸存者，一个带兵打仗的将领对作为战争棋子的年轻生命死亡的忏悔。

我因此明白了生命的可贵，自由的可贵。接下来的日子里也慢慢明白了唯有看透了生与死，看透了功名利禄，世态炎凉，才能够知道自己投入生命去做的事究竟应该是什么。

晨风里的故事

我捡起的，是2013年3月的一个早晨从拜德街的樱花树上飘下的树叶。

骑鲸的女孩

有些卷曲的头发凌乱地披在瘦瘦的肩膀上，这是上帝送给这个小女孩最漂亮的礼物了。她满脸雀斑，嘴唇薄得没有颜色，鼻梁高而窄，眼神锋利地切割着所有的东西。她把滑板踢到人行道中央，玩具熊扔在地上，这是怎样的一个孩子呢？

她走过来，眼睛里只有挑衅。

终于，看到的是她的背影了，我松了一口气。

突然，这孩子跳起舞来了。她的腿脚手臂手指，整个身躯都在自然的韵律中舞动，像微风中的树，所有的叶子都沙沙作响。天啊，我看到了什么？是传说中的那个骑鲸的女孩吗？海风扬起了她的头发，海浪亲吻着她赤裸的脚，她骑着鲸鱼在洁白的浪花中翻飞，在蔚蓝的大海上跳舞！

她尽情地释放着生命的能量，用天然的舞蹈诉说她想说的故事，太阳月亮的故事，矮人精灵的故事，仙人女巫的故事。

还有什么比生命的丰富和灵动更让人感动呢，这小小的舞动的精灵！

编织软底鞋的老妇人

老妇人推着一辆四轮小车，这车是她的拐杖，可以让她走得稳一点。她穿着从旧货店买来的衣裳，已经看不出是什么颜色。仔细看还是有颜色的，一些细碎的小花朵，说不清是红是黄，开在灰白色的底子上。这件衣服穿在第一个主人身上时，那些花还很鲜艳，可是现在她们蔫了，和老妇人一样没有精神。

小推车的上层，有一个可以掀起来的盖板，盖板下面是一个盒子，老人用它装毛线，各种颜色的毛线。每隔两三天，老妇人就会用刚买来的毛线装满它。

“您为什么需要这么多毛线呢？”我忍不住问。

“织软底鞋。”

“给您的孙子孙女吗？”

老妇人沉默了。

我有些不安。

“我给很多慈善机构织软底鞋，儿童济难所，救世军，好多家。”她反过来安慰我。

“是送给他们吗？”我轻轻地问。我看她浑身上下比乞丐好不了多少，她需要钱去买暖和一点的衣服。

“有时候我能得到一点毛线钱，如果那些鞋卖掉了。”老妇人有些羞涩地笑了。“前天卖了两双，一双大人的，一双孩子的。不过大部分时候没有钱，济难所的孩子们需要哪些鞋。”

这次轮到我沉默了。

“我三岁的时候父亲就去世了，母亲吃了太多的苦。”她试图解释什么。

我明白她想说的话，那些往事呼唤她去帮助需要帮助的人。

“我现在做不了别的事，只能做这个了。”她给我看她的两只微微颤抖的手，这双手爬满青筋，是长期在果园摘果子，在牧场挤牛奶的手。

“也许有一天我会停止，那就是这双手不能动了。”她重新扶住车把手，声音有些悲凉。

直到老妇人推着车消失在层层绿荫之中，我依然呆呆的站在那里。

原来一个人的生活和愿望可以如此简单。

快　乐

“我要上学了。”娃娃说。她忽闪着两只大眼睛，长长的睫毛一开一合。

“她想对每一个人说，她要上学了。”娃娃的妈妈笑了。“她两岁，是上幼儿园，不是上学。”

我知道这个小娃娃的心里盛满了快乐，她的快乐满得就要溢出来了。

她躲起来了，躲在她的两只小手后面，从手指的缝隙中看着我。

快乐偷窥我的时候就是这样的吧。我向娃娃伸出手去，我把快乐捧在我的手心里了。

瑞典的小甜饼

二十年前，在冰天雪地的北欧，我和先生去拜访一位我们非常崇敬的瑞典人。

老式电梯，厚重的木质装饰墙壁，还在走廊中，我就已经开始紧张了。

我按了门铃，门开了，看到老人谦和的笑容，我知道了，今天我们是受欢迎的客人。

我先生拿出书稿，开始请教问题，我在一旁拘谨地坐着。因为怕失礼，我不喝杯子里的茶，也不去碰盘子里棕黄色的小甜饼。

老人发现了，他停下了和我先生的谈话，对我说："这种小甜饼是我们瑞典人为招待客人准备的，吃了这种小甜饼的人心地会变得非常善良。"

我的拘谨立即消失了。接下来的两个小时，茶我不知喝了几杯，小甜饼被我吃了半盘。我变没变善良我不知道，这位学术界的泰斗人物对人的尊重，他的善良的心，让我看到了什么是人品的高贵。

我是我先生关于瑞典的这本书稿的"打字员"。后来为书前面的照片，序言的签名，拉丁名词的校订，老人多次跟我通过电话。他说话的平和以及为了缓释我的紧张情绪而说的小插曲，我记忆犹新。

十几年来，瑞典的小甜饼还是有些效应的。我时常告诫自己，要有感恩心理，悲悯情怀，要有维护他人尊严的谦卑之心。虽然我自己只是个普通人，但是尊重别人然后自尊，即使在我为谋生到处打工的日子里，也没敢忘记。

闲话三则

去买汉纳粉

晚上出门，过大半个城去买一种叫汉纳的粉末，据说这种粉末是用凤仙花的花瓣和叶子做的，是一种极好的天然颜料。印度店主却是冷冷的，多问一句就不耐烦。我不愿与他争执，到底还是付了钱买了东西走出来。

小时候曾经用凤仙花染过指甲。从园子里采来新鲜的花，把花朵儿放在小碗里捣碎，加上明矾，化了，再用小勺的尖挑一点花泥放在指甲上，包上深绿色的叶子，用线扎好，夜里就睡不好觉了。要看好多次，生怕睡相不好，弄掉了那些绿色的“小棒槌”。辛苦一夜，第二天早晨，十个手指甲就变得像凤仙花一样明艳了。

记忆中小小的喜悦并没有冲淡我的忧郁。我忍不住去想印度的种姓制度和在这种严格的种姓制度下形成的性格阴影。观察我身边的印度人，日常生活中，他们缺乏平等愉悦的生活态度，他们怀疑别人，同时对自己没有信心，极度自尊也极度自卑。在他们眼中，人和事都是有等级的，男人和女人是不平等的。在同种姓通婚的家庭中，你仍然能够看到男人是老爷，女人是奴仆。做买卖的时候，买东西的时候锱铢必较，卖东西的时候对别人的疑问不屑于回答。这和欧洲人的做法正相反，到欧洲人的商店里购物，你受到的接待至少在表面上是彬彬有礼的，平等愉悦的。

到医院看病也是这样。印度医生会武断地告诉你，你的中国医生为你做的诊断有问题。其他医生只会告诉你他的检查结果。

再想下去就会走火入魔，我会想到在印度从事农业、畜牧业和商业的平民大众大多属于第三等级吠舍和第四等级首陀罗，而释迦牟尼是出身于刹帝力种姓的。

还是去读泰戈尔的《飞鸟集》。

冷月亮

月亮升起来了。我惊讶今晚的月亮，那么大，那么圆，从层层叠叠的屋脊上升起来。屋的轮廓暗下去了，一条高低起伏的曲线如凝固的歌谣，托着白玉盘一样奇幻的一轮。

今晚的月亮是离地球最近的月亮。因为近，才格外明亮，格外温暖。

什么地方冰在融化。咔嚓咔嚓冰块断裂的声音，鸟儿一样轻轻地飞起来，愉快地融入纤尘不染的洁净和千里万里的光明之中。

印度不就是自古以来称为月亮的民族吗？那个轮回不息，拥抱大地的月亮！唐代玄奘煞费苦心地把这个国家的名字从天竺，身毒改译为印度，与原来具有的月亮的本意靠近了（印度二字在汉语中有轮回不息、如月照临的意思）。

他是否想到了冬天的月亮不冷，有等级的月亮才是冷漠的月亮呢？

苗　条

一个苗条的印度女郎从眼前飘过。

丈夫道："你认识她旁边的那个青年人吗？"

妻子说："不认识，是她的哥哥吧。"

"是她的丈夫，斐济印度人。这姑娘长相差点，在新西兰当地找对象困难，才回斐济找。"

"这姑娘长得不难看啊，奇怪，你为什么说她长相差点呢？"

"她瘦的像根竹竿。"

"这叫苗条。"

"此言差矣！女人到现在还不明白什么是美，还要拼命减肥，把自己变成竹竿。可是男人并不认为竹竿是美。"

妻子心想，那些减肥的女人是为自己忙的，并不是为了那些臭男人。嘴里却不由自主地说："那你看我是不是不胖不瘦啊？"

"真拿女人没办法，怎么什么事都爱把自己往里套呢？"

丈夫坚决不回答。

（从斐济来的印度人就阳光得多，他们自己，他们的父母，父母的父母都被太平洋岛人的快乐感染了。）

眼睛与心灵

文学作品写人，必然会写眼睛。画龙点睛，龙就会腾空而起，这时候，眼睛不仅是心，还是灵魂。

诗人顾城在他的诗《一代人》中写道："黑夜给了我黑色的眼睛，我却用它寻找光明。"黑夜没有光，没有色彩，在黑夜里诞生的黑色的眼睛却有光，有色彩。那是黑宝石的颜色，闪烁着星星的光芒。那双寻找光明的眼睛是儿童的眼睛，真切地折射出诗人心灵的纯真。

宋代诗人王观在他的词中写了一双送行人的眼睛："水是眼波横，山是眉峰聚，欲问行人去哪边，眉眼盈盈处"（《卜算子·送鲍浩然之浙东》）。这双送行人的眼睛极目远眺行人将去之处，水如眼波，山是眉峰，送行人的眉眼盈盈之处，即是行人将去的青山绿水之间。绿水青山无意，眉眼盈盈有情。这里写眼波，写眉峰，其实是在写送行人依依难舍的离别之情。

曹雪芹在《红楼梦》里描写林黛玉的眼睛："两弯似蹙非蹙罥烟眉，一双似喜非喜含情目。"眉似远山，在似蹙非蹙之间，看似写形，却飘逸如烟，实际写神情。一双含情目，"泪光点点"，"似喜非喜"，写眼睛，不写形状，写情，写泪，写"似喜非喜"，明写黛玉的眼睛，实写黛玉的心，黛玉的灵魂。更何况，这是贾宝玉眼中的林黛玉，形容"与众各别"，与宝玉自己"目若秋波，虽怒时而若笑，即嗔视而有情”的眼睛何其神似！

贾宝玉还有一段有名的话：“女孩儿未出嫁，是颗无价之宝珠；出了嫁，不知怎么就变出许多不好的毛病来，虽是颗珠子，却没有光彩宝色，是颗死珠了；再老了，更变得不是珠子，竟是死鱼眼睛了。”女孩儿老了，就成了死鱼的眼睛，那是心浑浊了。

看来无论老还是不老，女孩儿都要拥有一颗水一般纯净的心灵，那样才不会变成“死鱼的眼睛”。

人生感悟点滴

我说着可说可不说之话，做着可做可不做之事。说是证明我还能说，做是证明我还在做。人生如寄，就会有一种无法排解的愁绪。

参加诺贝尔颁奖仪式

一

北欧是童话世界。我曾在一个儿童故事中入迷地写道："在斯德哥尔摩，竟然有这样奇怪的地名，'太阳——国王的家'。虽然奇怪，却是个多么棒的地名！只要反反复复读几遍，你就会感觉到一只正在飞翔的鸟儿从心中掠过，你能咀嚼出从辉煌到庄严到神秘的滑翔。"这只飞翔的鸟儿从天空盘旋而下，落在我的窗前，我能听到它的翅膀扑动的声音，实际上它是一个雕塑。那时候我住在一栋灰色的两层公寓楼的第一层，瑞典国王的夏宫旁边。只要步行五分钟，穿过小树林，你就会惊讶你所看到的一切。如果天气好，你会看见一辆马车经过，马车夫戴着礼帽，穿着黑色的燕尾服，鬃毛闪亮的白马打着响鼻，告诉你车中坐着童话中的王子和公主。更奇特的是还有一幢在童话里才能看到的玻璃房子，点缀着碧绿的松枝和亮晶晶的灯饰。这座房子有琥珀一样的屋顶，水晶一样的围墙，三面环绕着灰色的小石子，划出着优雅的平行条纹。门前竖着一根高高的旗杆，黄蓝两色旗帜火焰般地飘扬。这是瑞典王后的园林酒楼和咖啡沙龙。旁边还有古老的皇家歌剧院、尖顶的皇家小教堂和国王的夏宫。

在瑞典的日子是愉快的，一边打工一边读书的生活充满绝望和希望。后来我提议用“留学生没有明天”为静河描绘这段生活的小说命名。我们努力做事，也发疯一样地玩。从大学回来，我有意走过荒草地，一阵风为我吹来漫天的蒲公英的种子，无数小伞缓缓落下。看看天，看看地，看看自己，这一刻，我与这荒草甸子是一体。沿着小路，我们去小树林採桑葚，在夏宫的草坪上散步，坐在皇后酒楼喝红葡萄酒，隔着透明的玻璃墙看小鹿觅食。我买了月票，乘地铁到市中心广场买菜，看音乐厅前的雕塑，奢侈地去听音乐会。

二

住在这个童话般的地方，总希望有些什么特别的事发生，像戴着尖顶小帽的尼尔斯骑鹅旅行一样。1993年10月底，得知静河完成了《瑞典汉学史》的写作，诺贝尔委员会的工作人员雷娜·德·恰穆普斯女士寄来了热情洋溢的信：“我们将为你们准备两张诺贝尔颁奖仪式入场券，并于11月底寄上，祝节日愉快。”

读完信，我首先想到的是服装。穿什么衣服去参加诺贝尔颁奖仪式呢？我没有带旗袍去瑞典，旗袍的美，需要生活精致的女人去陪衬，这种衣服于我太拘谨。11月的瑞典天黑得早，雪夜，一个个温暖明亮的商店橱窗向我招手。我记不清是谁说过人从心灵到衣服都应该是美好的，我认同这句话。我看中了一件式样简单的礼服，穿在模特身上，炫目而又优雅。我许愿，如果降价，就立即买下这件衣裳。我对好朋友幼安说了我的心愿，说过就忘了。半个月后，幼安急匆匆地赶到我家，告诉我快去买衣服，降价了，降半价！天哪，我都不敢相信，这么容易就如愿以偿。

幼安夫妇有出色的科研成果，我们在瑞典的朋友毫无疑问值得我骄傲。他们同样收到了诺贝尔委员会的邀请信，幼安准备了一件华贵的深蓝色晚礼服，很配她白皙的肤色。

三

12月10日下午4点，我们急匆匆地赶到市中心广场。天已经黑了，我熟悉的小广场的地上摆满了蜡烛，我惊讶地看着无数组成心形的蜡烛，无数颗心，欢快地、毫无保留地在北欧的黑昼里燃烧，我好像突然懂得了瑞典人为什么那么喜爱蜡烛，我为什么那么喜爱蜡烛。

颁奖仪式就要开始了（下午4：30），我舍不得离开这遍地光明，还是被静河拖进了音乐厅。

静河抱着两件大衣，背着照相机，进门的时候停了一下，他很奇怪没有任何检查。他习惯地去问注意事项，一位司仪温和地提醒他拍摄时最好不要打闪光灯。很多年以后静河仍然对我说，你怎么没注意到，那位穿着白长裙，佩着蓝缎带的金发姑娘太漂亮了，是春之女神。

在女神的指引下，我们上楼找座位。一层前排是瑞典政府和议会要员、各国使节、诺贝尔奖得主亲友的座位。我看到一个穿暗红旗袍的人，可能是中国驻瑞典大使夫人。我们的座位在音乐厅左边三层一排，能非常清楚地看到黄玫瑰镶边的颁奖台。皇家交响乐团奏起《国王颂歌》，瑞典国王卡尔·古斯塔夫、王后塞尔维亚、老国王夫妇上场，坐在右侧的金色椅子上。然后是芭蕾舞《罗密欧与朱丽叶》中的客人入场音乐，9位诺贝尔奖得主上场，坐在左侧的金色椅子上。椅子原是深红的天鹅绒坐垫背靠，人坐上之后看到的是周边的金色，在我的印象中它们就成了金椅子。静河说坐在他们后面的人是瑞典皇家科学院、瑞典学院、诺贝尔基金会董事会成员，还有以前的诺贝尔奖得主。我看到演讲台上放着诺贝尔的半身铜像，地毯正中的圆圈里有一个大写字母N，就想起诺贝尔。诺贝尔当年设立此奖项，奖励为人类做出伟大贡献的人，是否预料到一年一度、此时此刻的盛况？

先是诺贝尔基金会董事会主席致辞，他介绍了诺贝尔基金会的授奖宗旨和世界科技文化发展概况。《德国双人舞》乐曲之后，评述人对诺贝尔奖得主的贡献作简单评述。每一位评述人演说完毕，古斯塔夫国王就站起身，走到N字圆圈的右侧，为站在N字上的获奖人授奖。这一年的文学奖得主是美国黑人女作家托尼·莫里森，她在小说中以“梦幻与诗意的力量塑造了文学典型，并赋予美国现实生活中最普通一类人的形象以顽强的生命。”

我没有读过托尼·莫里森的小说，这不妨碍我正在读一个童话，诺贝尔颁奖仪式就像一个充满梦幻与诗意的童话。整个颁奖过程中我注视最多的人是瑞典王后塞尔维娅，从开始到结束她姿势优雅，几乎一动不动。我特别喜欢她的晚礼服，上面的蝴蝶结点缀得恰到好处，既典雅又出新意。但我真正牵挂的“梦幻与诗意”，还是音乐厅外面的一地蜡烛——那些以心的燃烧去温暖人心、照亮人心的蜡烛。

黑人女歌星朱丽丝在颁奖过程进行到一半的时候唱歌剧《曼奴》选段，她的声音有金属般的质感，天籁之音响彻整个音乐厅。

《节日进行曲》响起来了，颁奖仪式结束，我们如大梦初醒。静河拉着我冲下楼，来到舞台上，刚才热烈拥抱的人群已经散去。一位先生接过静河的照相机为我们拍照，还送我一朵黄玫瑰。

我们遇见了好友幼安夫妇，留下一张在诺贝尔肖像前的四人合影，作为我们充满动荡与希望的青春的见证。

音乐厅外的蜡烛已经熄灭。明天的小广场上，又是玩耍的孩子，卖花卖水果的大叔。我还会乘地铁来买菜，广场右边超市的鱼很便宜，这也是现实生活中需要赋予顽强生命的一个基本方面。

第一列电气火车

我是一个沉静的人，大家都这么说，只有我自己明白我是多么爱说话。我不停地跟自己说话，絮絮叨叨，时而热情时而冷淡。我兴致勃勃，对什么都感兴趣。大风掠过屋顶，拼命要把房子搬走，搬就搬呗，这时候又仿佛与我不相干了。

昨天第一列电气火车开进奥克兰却实实在在打动了我，一个乡村小火车站是它的出发点。就像一个舞台，陈旧的、弥漫着雾霭的舞台，一列崭新的火车缓缓驶出，我的心为之震颤。我对乡村小站情有独钟。灯光，站台，等车的人和送行的人，看到这些，我就想流眼泪。我转过身揉眼睛，并没有真的哭出来。过去上学迟到都能哭出一缸眼泪，可是现在，我会说一些莫名其妙的话代替。我的话听到的人不多，它在空无一人的地方回荡，那里只有海怪在笑。用不着惊讶，这正合我意。

列车长举起他的右手，我不明白他的胳膊上为什么有一根蓝带子，我讨厌家人送的平安符一类的猜测，那就就此打住。他的笑容也是职业性的，玩具火车上小偶人的那种笑容，或许，他只是冻得有些麻木了。早晨的风很冷，凌晨5点，站台上的人穿得过于单薄，他们固执地认为保暖的服装与隆重的庆典气氛不符。

“更快、更静、更安全。”市长重复着这句话从这头走到那头。他是个可爱的老头，鼻子红红的，激动的时候更是这样。“明年我们将有

60辆新的电气火车在这条线上跑，你们会爱它们的，你们一定会爱上它们的。”他眼泪汪汪地恳求大家，忘了刚刚做过的心脏搭桥手术。这也难怪，这里的人心脏非常强健，跳两下停一下也没关系。连医生都说，停是为了更有力地跳动。总之，市长爱这个城市，时时刻刻为市民的住房、交通和职业操心，偶尔传出的奇闻轶事并不影响他履行市长的职责，还有什么比即将开工的地下铁路更重要?不知不觉，他的顽强态度影响了很多人：“他浪费了纳税人的钱了吗？如果没有，那还有什么可追究的呢？”

政要们和通勤族一起挤在车上，自动车门的踏板出了点小毛病。“我很抱歉，但是，耐心、耐心，我们需要时间适应新车。”列车长向大家点头，他要保持腰杆的笔直，只能用点头来表示歉意。我不想听他的解释，我知道毛病出在哪里，不在踏板上，在名字上。人们把电脑控制的车当成烧煤的车，我们坐在新车上，却止不住怀旧，我们的心裂成两半。

可是谁能不怀旧呢。有时候整夜整夜，我都在怀旧中度过。我看到我认识的人，也看到我不认识的人。有一个瘦弱的女孩，沿着铁轨向我走来。她穿着别人穿过的旧衣服，这显然不公平，但是有什么办法！她的父亲是个铁路工人，成天提着小榔头敲铁轨，母亲总是发愁怎样才能喂饱五个孩子，虽然有些单调，生活本来就是这个样子。听到父亲敲铁轨的声音，这个女孩像兔子一样，竖着耳朵，咬着嘴唇，脸色苍白，躲在屋子的角落里发呆。后来她开始啃铅笔，把纸撕成一条一条放在嘴里吃。因为举止反常，她被送进精神病院。但她仍然能够听到丁丁当当铁锤敲击的声音，捂住耳朵也能听见。她找到的唯一阻止这种声音的办法就是在纸上写字，她不停地写啊写啊。为了证明自己是个正常人，她恳求医生把她的练习本交给作家。非常幸运，她的书出版了，一本又一本。她把所有的稿费都用来购买铁路股份，直到有一天她对父亲说：“放下你的榔头吧，我们已经拥有了这个车站，这条铁路。”

这个女孩是否知道榔头的敲击声有多少重暗示？我想起刚刚看过的一出古老的欧洲舞台剧，时间就是拍卖行木槌敲击的声音。我闻着灰尘的味道，看那些神秘的、尘封的故事在木锤的敲击声中醒来。那些舞台剧离不开小精灵一样的女孩，她迈着芭蕾舞步，天鹅般妙曼，让人喜悦，给人安慰。她缓缓地拉开帷幕，机灵地扯下面具，赤裸裸的灵魂穿越百年，仍然踉踉跄跄，无处安身。

在中国亦是如此。我父亲说有一次出差，在火车上看到一个提着水壶给他送水的小姑娘，长得和我有些像，就想如果这是他的女儿就好了，他描述了我的模样，我的模样就这样留下来了，留在这列烧煤的火车上。父亲在想象中给我安排的第一个工作就是在火车上提壶续水，从此我居无定所。

在父亲说出这个故事之前，我与火车没有任何关系，可是现在，我是个漂泊的人。我走过很多地方，享受从车窗递上来的土特产。我和陌生人共进午餐，并且不约而同，用微笑保持距离，然后从狭窄的小门上下。我甚至能摸到时间的肌理，昏黄的灯光、咖啡的香味、老虎机、木质器具、还有被遗忘在墙角的武士的甲胄。出于好奇，我忍不住去摸那个冰冷的东西，一瞬间，我忘记了我自己。我想推开紧闭的车窗，那根本就是一堵墙。我环顾四周，大家都对着机器说私房话。幸好，晨曦初现，我找回了我暗紫色的影子。我又看了一遍，这次影子是黑色的，不过一点都不死板，是柔和的，生动的颜色，我不知道那还是不是我自己。

为了有一个歇脚的地方，我努力攒钱，想在新盖的小火车站买一间房子。我喜欢那些灯，我的影子可以在灯下的长椅上休息。我不明白我为什么这样顾惜我的影子，一切都将远去。我挥挥手，她叹息着，风一样地从我的手指间穿过。我知道了，其实，她不能在任何一站久留。

我在站台上等那列急速行驶的电气火车，它晚了25分钟，我等了一辈子。

水晶心

我家的窗户上挂着一颗水晶心，太阳照着它的时候，这颗心立即把通透的阳光变成无数个小小的彩虹，撒在地板上，墙上，我的身上。这是一颗能够读懂阳光的水晶心。

看着它，我突发奇想，多么希望我有一颗会读书的水晶心。当书籍中的阳光照耀着我的时候，我的心灵能够折射智慧的光华，把无色的阳光解析成红橙黄绿青蓝紫七色彩虹，瞬息之间，整个身心沐浴于灿烂的星辉之中。

看似奇想，仔细考虑，这是读书的境界之一。不过想毫不费力就能得到，怕是不太可能。

关于读书的境界，王国维在《人间词话》中说："古今之成大事业、大学问者，必经过三种之境界：'昨夜西风凋碧树。独上高楼，望尽天涯路'。此第一境也。'衣带渐宽终不悔，为伊消得人憔悴。'此第二境也。'众里寻她千百度，蓦然回首，那人却在，灯火阑珊处'。此第三境也。"

此三境界，皆为苦寻苦恋之境界。这成大事、有大学问的人，第一恋人就是读书、治学。

读书于我，说是恋人不妥，每天只翻几页书，只能算业余爱好。我在读书的时候，在尘世中的烦躁的心能够得到安静，有些妄念能够得到洗涤。有时候，像快要沉没的人抓住救生圈，读书对我有自我救赎的意味。特别是现在，读书求的不是功名，是心明，所以读书对于我，更像宗教。

王阳明《传习录》的第27节就谈到类似的问题。

问：“看书不能明，如何？”

先生曰：“此只是在文意上穿求，故不明。如此，又不如为旧时学问。他到看得多，解得去。只是他为学虽极解得明晓，亦终身无得。须于心体上用功。凡明不得，行不去，须反在自心上体当，即可通。盖四书、五经不过说这心体，这心体即所谓‘道心’，体明即是道明，更无二，此是为学头脑处。”

“虚灵不昧，众理具而万事出。心外无理，心外无事。”

王阳明先生认为，读书如果只在文字表面上去求解，很难真正理解。这种读书方法还不如二程和朱熹，他们看得多，讲解得明白，亦终身无所得。要想真正把书读通，需要在自己的心体上去体会，这个心体即是道心，体明即道明。这是为学的关键。心空灵明澈了，才能具备各种道理，万事也都由此生发。心外无理，心外无事。

我想王阳明的这段话中从“不明”到“解得明晓”，到“通”，也可以看作是读书的过程。

小时候读书，囫囵吞枣的时候多，属于“不明”。

读书几十年，在文字表面功夫上，通过努力，大抵能做到“解得明晓”，是第二阶段。

唯有“通”，是最难达到的境界。

通，要求诸自心，这个心，是澄澈明净，“纯乎天理”的心，是道心。

我对“通”字的理解，是读书治学能够深入浅出，返璞归真。对我这个连阅读仍然需要努力在文字上求“解得明晓”的人，“通”字太难。看到王阳明说“四书、五经不过说这心体”，想到读书的过程，既是一个积累知识的过程，也是去遮蔽，明心见性的过程。如果能够像每天洗脸、照镜子、去除脸上的污渍一样去除心中的遮蔽，像“正容颜”一样去“正心”，或许有一天，上帝能够给我一颗会读书的“水晶心”。

白居易的池上家园

读《旧唐书》卷一百六十六《白居易》，很欣赏白居易对名利的坦诚态度，他的池上家园的修建以及他“息躬于池上”的闲适生活。

此篇传记，白居易的《与元九书》和《池上篇》占了重要部分。

一

关于名利，白居易的认识清醒明白。

在《与元九书》中，白居易感叹自己不过是关东的一个普通男子罢了，“除读书属文外，其他懵然无知”，然而“十年之间，三登科第”，认为自己“始得名于文章，终得罪于文章”是应该的。他看到了“合为时而著”的文章功用的两面性：既然能够因文章得名，也就能够因文章获罪。

白居易很明确地记述了他的诗赋在当时的影响力已经大到了他自己都不能相信的地步。除了他的诗歌口口相传，礼部、吏部选人，也多以白居易所作的“赋判”为标准。妓女能诵白学士《长恨歌》者，亦能自抬身价。

对于名利获得多少才能满足，白居易的态度是：“名者公器，不可多取”。他认为他获取的名声已经够多够大了，还要再去获取时下的富贵，造物主又怎么能够全都给予他？所以，他对自己官居五品，“月俸四五万，寒有衣，饥有食”已经很知足了。

二

我更有兴趣去看白居易池上家园的修建。根据传记全文转录的白居易《池上篇》，“寒有衣，饥有食”好像不是诗人的理想家园。

白居易任杭州刺史时间仅一年，第二年即从杭州回洛阳，于田姓人家手里购得已故散骑常侍杨凭宅园一所，位于洛阳城东南履道里。《池上篇》是白居易经营他的池上家园六年之后所作。

按《池上篇》所记，园子有十七亩大，西、北两面临街，门朝西开。其中三分之一是宅院，五分之一是水面，九分之一是竹林。间以岛屿、树木、桥梁、道路，是一个完全符合中国士大夫审美趣味的园林。白居易购得这十七亩园林之后，在接下来的几年中依着自己的喜好不断地加以修建：为储备粮食，他修了池东粮仓；为教导子弟，他建了池北书库；为宴请宾朋，他建造了池西琴亭。有池不可无源头活水，他引伊渠之水入园中，扩充了水面，又建了西平桥和中高桥，连接池中的三座小岛。

池边有天竺石一块，太湖石五块。天竺石为杭州刺史任上所得，太湖石为苏州刺史任上所得。岛上建有暖阁，水边泊着青板舫，园中养着杭州华亭鹤，水面上开着苏州白莲花。红菱角也是白居易的心爱之物，特地从苏州带往洛阳。

白居易为池上家园收集的心爱之物还有：酿造美酒的方法，声音清澈的崔琴，曲谱《秋思》的演奏方法，可坐可卧，方长平滑的三块青石板。

从刑部侍郎位上卸任时，白居易运往池上的有“粟米千斛，书一车”。更为奢靡的是，白居易还搜罗了上百人的音乐歌舞班，养在他的池上家园。

这是白居易积他的三任官员所得，四个朋友的赠与，耗费时日，劳心劳力地去营建的池上家园。他的大宅院融儒释道精神和自然风光入人造园林，他建造的，是历代中国文人理想的梦幻家园。

据说白居易从杭州离任前，将一笔官俸留在州库之中作为基金，以供后来治理杭州的官员公务上的周转。另有一说是白居易买履道里大宅时，因钱不够，曾以两匹马补不足。

尽管如此，我还是忍不住要问：这还是那个写《红线毯》和《卖炭翁》的诗人白居易吗？白居易一直羡慕陶渊明文章旷达，这是他为自己营造的真实版“桃花源”？不知白乐天官俸几何，致仕后尚可养歌妓百人？

三

大和三年夏，白居易五十八岁的时候，终于因病以太子宾客的身份，回到池上养老。此时，白居易这一“不才之身”，最终也成了池中之物。

池中岁月看起来是完美的：“有书有酒，有歌有弦”；池中陈列的“灵鹊怪石，紫菱白莲”都是白居易心爱之物，“皆吾所好，尽在我前”；白居易自己对池中生活也是满意的：“优哉游哉，吾将老乎其间。”

白居易“息躬于池上”，他的池上家园也就成了他与朋友的聚会之所。每于春风秋月，水香莲开，白居易与友人坐在弘农杨贞一送的青石板上，举起颍川陈孝仙酿酒法酿造的美酒，拿出博陵崔晦叔所赠之琴，弹着蜀客姜发所授《秋思》，对酒当歌，沉浸其中，不知其他。

白居易的《小台晚坐忆梦德》就是回忆与好友刘禹锡在池边小台之上饮酒唱和之诗：

汲泉洒小台，台上无纤尘。

解带面西坐，轻襟随风开。
晚凉闲兴动，忆同倾一杯。
月明候柴户，藜杖何时来。

白居易具有极高的音乐修养。他喜欢琴曲《秋思》，自己能够演奏，并指出《秋思》的演奏要求是“声甚淡”。此时的白居易已不同于江州的白居易，浔阳江头的琵琶女“低眉信手续续弹，说尽心中无限事”是抒情，“座中泣下谁最多，江州司马青衫湿”也是抒情。但喜欢《秋思》的白居易，只求天然之声，不求人情表达，在无味无情的“声甚淡”中寻求超脱。

《秋思》是喝酒时演奏的曲子。于“酒酣琴罢”之时，欲听合奏，白居易追求的是世外仙乐一般的声音表现效果。他命演奏之人于中岛亭上合奏《霓裳散序》，隔水听“无拍”之《霓裳散序》的演奏，声音随风散落于水面林竹之中，或断或续，或凝或聚，一曲未终，白乐天已于青石板上睡着了。

有音乐不可没有歌舞，凡素和小蛮是白居易池上家园著名的歌舞妓。

白居易如此描述樊素、小蛮的美貌：

樱桃樊素口，杨柳小蛮腰。
黛青描画眉，凝脂若雪肤。
回眸一笑过，倾国倾人城。

樊素善歌，小蛮善舞。樊素的樱桃小口唱什么？据白居易描述唱的是杨柳枝：

素兮素兮！
为我歌杨柳枝。
我姑酌彼金缶，
我与尔归醉乡去来。

小蛮的纤纤细腰舞姿如何？我猜想亦如风摆杨柳。且看白居易的诗《杨柳枝》：

一树春风千万枝，嫩于金色软于丝。
永丰西角荒园里，尽日无人属阿谁？

此时的池上，歌美、舞美、人美，依红偎翠，风光旖旎。除了小蛮、樊素，还有菱角、谷儿、红绡、紫绡，均为白居易池上家园的家妓，见白居易诗《小庭亦有月》：

小庭亦有月，小院亦有花。
可怜好风景，不解嫌贫家。
菱角报笙簧，谷儿抹琵琶。
红绡信手舞，紫绡随意歌。
[菱、谷、紫、红皆小臧获名也。]
村歌与社舞，客哂主人夸。
但问乐不乐，岂在钟鼓多。
客告暮将归，主称日未斜。
请客稍深酌，愿见朱颜酡。

客知主意厚，分数随后加。
堂上烛未秉，座中冠已峨。
左顾短红袖，右命小青娥。
长跪谢贵客，蓬门劳见过。
客散有余兴，醉卧独吟哦。
幕天而席地，谁奈刘伶何。

唐代文人狎妓是社会风尚，白居易未能免俗。但是他还是清楚他的得与舍。他能够辞疾不拜官，也能够在自己六十八岁中风卧床之际卖马，放妓，遣散凡素、小蛮：

骆骆尔勿嘶，素素尔勿啼；
骆返庙，素返闺。
吾疾虽作，年虽颓，
幸未及项籍之将死，
何必一日之内弃骓兮而别虞姬！

另有《别柳枝》一首，写尽了卧病诗人的依依惜别之情：

两枝杨柳小楼中，袅娜多年伴醉翁，
明日放归归去后，世间应不要春风。

病中的白居易能够“自色入空”，“栖心释梵，浪迹老庄”，唯“吟咏兴来，亦不能遏”，终究没有背弃他“穷则独善其身”的人生哲学。

饥渴孤独挚爱成就了不朽

我正在读小说，我已经很多年没有读小说了。我归咎于艰难的生活：要生存、要吃饭、要培养孩子。

我曾经饥肠辘辘地走过街头烤红薯的炉子，温暖的又甜又香的烤红薯的味道追逐着我，我的眼前出现了童话般的幻觉。想起家中的孩子，才刚刚半岁，想起为省下研究生的生活费寄给我们，不吃早饭，却告诉我们他吃得太多需要减肥的孩子爸，我舍不得买一个烤红薯。

那时候我在教书，教大学语文和应用写作两门课，收入不算太低，但是还是负担不起孩子的生活费和保姆费，饥饿和疲惫时时伴随着我。我写过一篇对街头的烤红薯有着美妙遐想的文章，收到了很多同情，一个老同学对我说："以后有什么事说一声，再也不要一个人挨饿，早就过了那个年代了。"我黯然泪下。

我想说的是饥饿。

北美的一个老朋友李航刚刚发来一封电邮，他是个环保科学家，他对饥饿见解独到，我一字不改地照录如下：

> 几分钟前，李安捧走了《Life of Pi》的最佳导演奥斯卡小金人。他的感悟和天才令人折服。看到生活的第一要义是"吃饭的哲学"（李泽厚语），联想到前些天看了根据马尔克

斯的小说改编的电影《爱在霍乱蔓延时》（Love in the Time of Cholera by Nobel Prize winning Colombian author Gabriel Garcia Marquez），不由又想到了莫言，前不久，把莫言的《丰乳肥臀》、《檀香刑》等小说翻了一遍。与其说莫言受了魔幻现实主义的影响，写了《丰乳肥臀》，是从马尔克斯的《百年孤独》找到灵感，不如说饥饿和孤独造就了他。2012世界末日的喧嚣还不如饥饿来的直接，《一九四二》，饥饿赤裸裸地直面苍生，当《丰乳肥臀》对另一场饥饿欲言又止时，莫言登上了斯德哥尔摩的领奖台。

《少年Pi漂流记》在北美横扫票房4亿美元，面对各种提问，李安笑而不答。翻出几年前小侄女儿买的加拿大作家Yann Martel 的原著《Life of Pi》（2002），扉页上赫然写着“This book was born as I was hungry”。这世界怎么啦？Pi同时信仰印度教、基督教和伊斯兰教（谢天谢地，还没有加上佛教），然而最终肉体都被吃掉了，信仰也消失了。从肉体的生存饥饿，到信仰的缺失饥饿，佛教可以幸免吗？看如今庙寺，香火鼎盛，然而大多数人都是临时抱佛脚，祈福消灾尚无可厚非，求功名利禄则与佛教的“四大皆空”背道而驰。回到《爱在霍乱蔓延时》，男女主角二十岁时一见钟情，男主角一贫如洗，女主角嫁给了富有的医生，五十三年七个月零四天后，医生死了。男主角终生未娶，终于等到了这一天，向女主角求婚，在一艘挂着黄黑两色旗（船上有霍乱病人，沿岸不可停靠）的船上度了蜜月。如果故事仅仅如此，也就罢了，然而女主角一生富足，并无移情别恋，男主角同622个各种女人同床共枕，逢场作戏，五十三年后居然恋恋不忘初衷，这爱得真是刻骨铭心，又荒诞无稽。思绪的饥渴，诞生了文人，孤独的耕耘，创造了作品，挚爱的执著，成就了不朽。

从生存饥饿，到信仰缺失饥饿，饥饿赤裸裸地直面苍生。朋友对文学艺术敏锐的触觉恰如他对环境保护科学的敏锐：饥渴、孤独、挚爱，成就了不朽。

人生如寄

自从读过《古诗十九首》，人生如寄的忧伤就一直跟着我：那是一块寂寥之地，无边无际，空旷而又浩茫。

我想起曹孟德“慨当以慷，忧思难忘。何以解忧？唯有杜康。”

可是在这种空旷之处，哪里会有“杏帘在望”？

我明白“悲歌可以当泣”，可是在这种寂寥之地，连声音都没有。

我又回到《古诗十九首》。

诗中虽有“人生忽如寄，寿无金石固”，也有“生年不满百，长怀千岁忧。昼短苦夜长，何不秉烛游”。

我不敢及时行乐，那是对“生年不满百”的打劫，对“昼短苦夜长”的背叛。我只取“何不秉烛游”的天真烂漫。

偶尔有人问我，你在干什么？我回答说：“秉烛游”。问话的人一脸茫然，我心中亦是一片茫然。

我说着可说可不说之话，做着可做可不做之事。

说是证明我还能说，做是证明我还在做。

人生如寄，是真理。明白了人生如寄，就会有一种无法排解的愁绪。

初唐四杰的文与人

“初唐四杰”指王勃、杨炯、卢照邻、骆宾王四位初唐诗人。四杰“以文章齐名天下”，王勃的《滕王阁序》，杨炯的《从军行》，卢照邻的《长安古意》，骆宾王的《讨武曌檄》均是脍炙人口的名篇。但王杨卢骆志向远大，地位低下，仕途坎坷，不得施展平生抱负，这恐怕是我从文学史著作中得到的印象。

读《旧唐书》卷十五中王杨卢骆的传记，于无意间发现王杨卢骆的“位”如何“卑”，为什么“卑”。

王勃为沛王府修撰，因为观斗鸡，作《檄英王鸡文》为高宗免职，后任虢州参军。杨炯官至右卫将军、崇文馆学士。卢照邻为邓王府典签，新都尉，因染风疾去官。骆宾王曾为长安主簿，因涉及贪污被贬为临海县丞。

四人均为少年才子，年轻时就各有建树，自四子起，风骨兼备的唐诗风格开始形成。但仕途上他们因种种原因不见容于官场而未能升迁。

王勃藏犯罪官奴，后因怕泄露而杀人灭口；杨炯“为政残酷，人吏动不如意，则榜杀之”；卢照邻因炼丹服药病重，不堪其苦而投颍水自尽；骆宾王做官贪赃，弃官后加入徐敬业军中做文书机要。

以文章齐名天下的四杰，为人与为文的差别之大令人惊讶。杜甫的论诗绝句：“王杨卢骆当时体，轻薄为文哂未休。尔曹身与名俱灭，不废江河万古流。”是杜甫对四杰的高度褒奖，亦能看出当时文坛曾经有过的论争。

《旧唐书·文苑上》载吏部侍郎裴行俭的评价：“士之致远，先器识而后文艺。勃等虽有文才，而浮躁浅露，岂享爵禄之器耶！”

现代的中国文学史对初唐四杰的评价则一面倒：出身低下，仕途坎坷，肩负时代的使命。好像作家诗人的作品好就一切都好，对其人格缺点不指出不分析。其实，文学史的编写，如果真正能够借鉴古人提倡的“不虚美，不隐恶”的春秋笔法，写出的文学史可能会更有价值，更有看头。

妓女十三钗和女学生十三钗

我不太喜欢看张艺谋的电影。看了《金陵十三钗》，觉得拍得很讲究，演员演得也很到位，不过很难一次看完整个电影：堆砌细节，夸张，煽情，不可信（哪怕是真有其事），结果是，很难打动人。

在结尾的地方，有一抹亮色，身着灰布旗袍的妓女们唱起了从民歌《无锡景》改编的《秦淮景》。

张艺谋借力打力在此处成功，他借的是中国民间艺术精华之力。在十二个秦淮商女和一个男扮女装的大男孩准备代替十三个女学生慷慨赴死（也许是心灵和肉体受尽凌辱后的生不如死）的时候，这首优美的民歌恰到好处的展示了金陵妓女的才艺，把这些活色生香的江南女子的娇媚演绎到了极致，让我震撼。

听完这首“英雄末路的垓下歌”，接下来的问题是：女学生们的生命贞操需要救赎，商女们如此美丽的生命难道就可以舍弃？妓女十三钗和女学生十三钗的生命孰重孰轻？一部电影，怎么横看竖看都是杀人？日本人在杀人，大导演的贞操道德观也在杀人！

情是何物

“问世间情是何物，直教生死相许？”

今天，听到邻居老太太帕蒂的一句话，我想起了元好问的这首词。

邻居老太太黯然神伤，对我描述她生病的朋友：“她不想在这个世界上多待一天，她想早一点去见她的丈夫，他们已经分别得太久了。”

我被这句话惊呆了。人怎么可以不留恋这充满生机的世界，蓝天白云，绿草红花？更何况她有宽敞的房屋，舒适的生活，儿孙绕膝。是什么样的感情能够让死亡变得温暖，令人向往？竟是一个在天堂重逢的梦幻？

一整天我都在想这句话。我想象，至少，那位寡居的八十多岁的英国老妇人有过刻骨铭心的爱情和美满的婚姻，这段姻缘给予她的温暖是任何情感都代替不了的。在晚年的孤寂之中，对丈夫的思念给她带来光亮，这种梦幻之光引领着她，光明而又温暖，以致她宁愿舍弃生命，去寻求温暖。

尽管我感觉凄凉，觉得这个老人的希望就像卖火柴的小女孩划着的火柴，但是老人是幸福的，她拥有人间最美好的感情。

看似平凡的人间婚姻竟有如此魔力，教人赞叹。

受到触动，想写几句对婚姻和爱情的感受，一时竟“无语凝咽”。“情是何物”真的“不可说，又不能不说”？

婚姻是现实的，爱情是魔法师。

婚姻合理合法，符合秩序人伦，维系家族的繁衍生息。传统婚姻选择的对象最好是门当户对，郎才女貌。这八个字包含了很多内容，经济地位，社会地位，人品才学。婚姻是有条件的。

一纸婚书是契约，其中有责任有义务。现在的结婚誓言中常有类似的话："无论是贫穷还是富贵，健康还是疾病，我将永远陪伴着你，不离不弃。"婚姻是承诺。

经历了几十年风风雨雨的夫妻，拥有太多共同的回忆，如同元代管道升的《我侬词》中所描绘的"把一块泥，捻一个你，塑一个我。将咱俩个，一齐打碎，用水调和。再捻一个你，再塑一个我。我泥中有你，你泥中有我"。这时候的夫妻情爱已经变成亲情，亲情是斩不断的情义。

夫妻之间，除了亲情还有恩情。"恩爱夫妻"这个词，把"恩"字放在首位，非常有道理。为了这个目标，人们前赴后继，"得成比目何辞死，顾作鸳鸯不羡仙。"

婚姻中有爱情，爱情不等于婚姻。什么是爱情？

费尔巴哈说："爱就是成为一个人。"

瓦西列夫说："爱情是人类精神的一种最深沉的冲动。"

孔夫子也对情爱发过议论，除了说过："饮食男女，人之大欲存焉。"他在评价《诗经》的时候说："诗三百，一言以蔽之，曰：思无邪。"而《关雎》是《诗经》开宗明义第一篇。不管这首诗是否寓有别的什么意思，诗中男子对窈窕淑女的相思爱慕，率真炽热。从"寤寐求之"，到"求之不得，辗转反侧"，又想办法以"琴瑟友之"，"钟鼓乐之"，道出了人类对爱情的渴求。

人生百味，爱情不是唯一，却是最重要的一味。爱情能够创造美，能够照亮人生，生活因为有了爱情而美好，生活也常常因为爱情而痛苦。

最近广为流传的六千多级的爱情天梯的故事非常感人：“农家青年刘国江爱上了大他十岁的俏寡妇许朝清，为了躲避世人的流言，他们携手私奔至深山老林。为让徐朝清出行安全，刘国江一辈子都忙着在悬崖峭壁上凿石梯通向外界，如今已有6000多级，被称为爱情天梯。”

感动之余，我为这对痴男怨女叹息。五六十年的离群索居，在悬崖峭壁上开凿六千多级天梯，在这个时候爱情是什么？是痴，是迷，是幻，是超越，甚至是毒。如果避世的原因仅仅是为了躲避世人的流言，这个爱情里还有愚。

也许这就是爱情的真实，是天堂也是地狱，有甜蜜也有痛苦。没有理智，没有对错。最终无论是疯是癫，是美是残忍，都随着两位主人公去了，留下来六千级爱情天梯和一个凄美的爱情故事，任人评说。

情为何物？从古到今，从东方到西方，说不清，道不明。

我的“归田思想”

归田思想，本来与我无关。近日读《晋书》，至列传之六十四《陶潜》，觉得生动有趣，便有了一些想法。

这篇传记以陶渊明的《归去来兮辞》为主干，以《五柳先生传》的自我介绍为开端，在写法上已与今日修志有所不同。今人写入志书之人物传，一般只能简介生平，主要事迹或成就，所以略显呆板，倒不如古人的文采飞扬。

小传写陶渊明“不营生业，家务悉委之儿仆”，这与我想象中的情景差不多。写陶潜好酒：“惟遇酒则饮”，“其亲朋好事，或载酒肴而往，潜亦无所辞焉”，我好像也闻到了酒香，想充当一次“好事之徒”。写陶潜称疾不见刺史王弘，王弘则备酒等在陶潜去庐山的途中，“潜既遇酒，便引酌野亭，欣然忘进”。可见陶公虽然不愿见官吏，有酒便忘了。写抚琴一节，更见其真性情：“性不解音，而蓄素琴一张，弦徽不具，每朋酒之会，则抚而和之，曰：‘但识琴中趣，何劳弦上声。’”读到此处，不由我不笑。

这真是能让我愉快的事。

陶渊明归田，是从世俗回归自然，“少无适俗韵，性本爱丘山”；我辈归田，是从世俗回归书本，只要让我有饭吃，有好书读，就无比快乐。

这样一来我也就有了“归田思想”了。我的“桃花源”是一个可以让我愉快地生活和读书的地方，并不是真的到农村种地，那是我的弱项。

最近知青到农村的话题又被提起来了，那些被送到农村去的城市孩子好像并没有陶渊明“久在樊笼里，复得返自然”的感受。我曾经听一个管理知青的基层干部回忆说，他最怕在每次的招工回城指标确定后访问知青点。一天晚上，他路过一个村子，想去看看住在那里的几个上海知青。他听到了拉二胡的声音，那二胡拉的是《江河水》，琴声幽幽咽咽，如泣如诉。听了一会儿，他推开门，看到拉二胡的上海知青边拉边哭。他说：“我的眼泪忍不住流了下来，这是一个资本家的孩子，招工名额太少，我帮不了他。”

这就是知青的“琴中趣”，与陶渊明的“琴中趣”相距太远。

因此，我的“归田思想”，首先排除了到农村种地。这种决绝，跟知青的经历有关，却与历代中国文人寻找世外桃源的理想相违背。

中国古代是农耕社会。从唐代开始确立的科举取士，让天下的读书人不分富贵贫贱，都能通过考试获取功名。“这种制度使乡村的才干之士，不断向城市移入”（林语堂），更重要的是因为“统治阶级不独来自农村，他们且复归于农村，因为乡村的典型生活，常被视为最理想的优美生活”（林语堂）。

原以为文人宣扬归隐，复归田园，是为自己安排官场不得意时的抽身退步之所，如果是“被视为最理想的优美生活”，则应该是经磨历劫后的回归，此时的回归之人早已不是刚出道之人了。

看来以接近自然来保持身心健康，是中国人血脉里就有的东西。久居城市的人常常会被朴素的农夫感动，久在官场的人也会想念乡村的简单、平静。

可是我明白自己是个靠着城市才能生存的人，因为只有在城市里我才能挣到吃饭的钱。如果有一天我能够不为“五斗米”费力劳神，我会彻底地、愉快地复归我的精神田园。

我不止一次地幻想过我的“田园居”：

假如有一小块绿地，我又有钱把它买下来，我会在上面盖一座木头房子。房前屋后无需栽花种柳，有青草满坡就行。厨房饭厅要大，三五个好友聚会，自己做的拿手菜，干净，可以美其名曰：“会所菜”。居室要简洁舒适，两间自住，另外客房一间，书房一间。书房最好宽敞明亮，常用的书、朋友们写的书和自己写的书摆在架子上，可以随时翻阅。门厅有钢琴一架，不是高手也能够弹得很好听；起居室有烧柴火的壁炉，“卖火柴的小女孩”亦可以进来取暖。如果乘车，半小时可观沧海；弃车步行，十分钟能到植物园。图书馆内有咖啡可喝，小饭店里卖南北美食。征战杀伐，只在棋盘之上；读书论文，尽在师友之间。

鉴于此，我的“归田思想”可以总结为：有钱盖房（或买房），有闲读书。如果再能写一点于己于人都有益的文字，也就不枉人生百年。

方块字无可替代

前几年，有个跟我一起学英文的姑娘劝我用英文写作，要我把我们的生活和感觉写出来，给那些说英语的“老外”看看。我告诉她，我能够用英文写应用文就不错了，不像汉语、汉字，是我胎里带来的东西，是融化在我的血液里的文字。尽管我用得不好，写得不好，但是在文字之中有亲情在里头，就会有感觉，就会不一样。

最近，读了几个港台人和大陆人的汉字繁简体之争的文章，得出的结论是：汉字繁简之争，没有多大必要，简体字如今已经普及，为大陆的民众所用，但并不妨碍书法家与汉字专家们继续研究繁体字并使之一代代薪火相传。看来虽有争执，但普天下的中国人对汉字的感情跟我一样是血脉相连。

瑞典汉学家高本汉的“汉字贵妇论”是外国人对中国方块字的热爱。80多年前高本汉在《中国语与中国文》中写道：“中国地方对于文字特别的敬爱，有时西洋人是不能理会的。中国文字有了丰富悦目的形式，使人能发生无穷的想象，不像西洋文字那样多有误区，所以对于中国文字的敬爱，更是增进。中国文字是一个美丽可爱的贵妇，西洋文字好像一个有用而不美的贱婢。中国文字很多时候因为艺术上的目的而写作。书法学是绘画术之母，而两者常有密切的关系，专门的书法家在中国为一般人所重视，正和第一流的画家一样。”

虽然高本汉对中国文字的偏爱有一种梦的追求在其中，但是他的汉字贵妇论抓住了汉字美的本质。汉字之所以贵，之所以美，在于丰富悦目的形式以及由这种形式所包含的内蕴引发的无穷想象。

这种想象于造字之初就有所表现。据《淮南子·本经》记载："昔者仓颉作书，而天雨粟，鬼夜哭。"仓颉是长着四只眼睛的神话人物，相传为黄帝的史官，是汉字的发明者，也是文字之神。造字之人或是文字的集大成之人被称为神，中国汉字从造字之初，业已与神话相连，与诗意相连。

几千年来汉字经过历代文化人和文字学家的增删、修改，在一笔一画之中渗透了人文精神和历史内涵。一个"一"字，哲学家、天文历算学家能写出洋洋数万字的文章，去探讨生命的价值和宇宙本源。

正是因为历朝历代的中国人对汉字心血的倾注和投入，才使得方块字之美，美到了极致。其结构，无论简洁还是复杂，都对称和谐，中正稳健。我不懂书法，我从甲骨文、金文，篆、隶、楷、行、草中看到感觉到，它们或古朴秀美、或圆润端正、或流水行云、或笔走龙蛇，触动我的是汉字生命的飘逸灵动和沉稳厚重。

我对方块字的热爱，却不需要上述任何理由。只因为方块字无可替代，它们是我血管中的血，眼睛里的泪，是我赖以生存的家园。

谦卑的心

我曾经在一个海边小镇住过3年。

镇上的人大多数是熟人，走到哪里都有人打招呼，让我感觉我在这里住了很久，是小镇的重要成员。进商店买东西，要把家长里短说完了才直奔主题；到瓜田买瓜，卖瓜的小姑娘会把她新买的漂亮钱包拿给我看。刚来的时候，我们住得很局促，竟然有邀请我们去免费暂住的人家，其实他们比我们的居住状况好不到哪里去。

也有不愉快的时候，我们的东西有时会被人偷走，不过邻居们总是自告奋勇地帮我们追回来。我们感谢他们，他们只是简单地说“应该的”。

住久了，邻居小男孩对我说：“我爸爸告诉我，要想别人怎样对待你，你就怎样对待别人。”

我被这孩子口中朴素的道理感动了，这句话让我永远记住了这个小镇。

前几天看到的一则外国新闻，又让我想起了这个孩子的话。

有一个慈善团体提出，要对穷人有态度谦卑的同情。这个团体的发起人要求他们的义工在做善事的时候，只有同情心是不够的，要有谦卑的心，绝不可以像对待次等公民一样来对待这些急需要帮助和救济的穷人。

“想要人家怎样对待你，你就怎样对待人家，要用这样的心和态度做好提供饮食的工作。”这个发起人强调。

因此凡是到他们基金会去吃免费热食的人，都会得到像五星级饭店用餐一样的极有礼貌的待遇。

而这些学习用谦卑的心做慈善的义工大多数是中学生。

无独有偶，今年5月份在中国南京，一位网友拍了一张照片传上微博：一位外国小伙子和一位乞讨老太太一起坐在街边吃薯条。网友们纷纷转载，希望找到这位有爱心的外国人。

据老奶奶回忆，那个看着不像有钱人的外国小伙子，递给老奶奶一包薯条，说："给你的，吃吧。"老奶奶接过薯条，小伙子并没有走，而是坐在老奶奶边上陪她一起吃，这个举动感动了大家。

有记者报导，他是一个热爱公益事业的来自美国的留学生。其实，答案很简单，用谦卑的心帮助需要帮助的人，是对做公益事业的人的基本要求。

我们中国也有这样的传统教育，只是我们有时候热衷于尊卑有序，忙于教育我们的孩子学习拥有知识，学习拥有技能，学习拥有财富，长大了成为知识的巨人，财富的巨人。与此同时，我们忘了奶奶给我们讲过的故事：一个善待叫花子的人成了佛，因为那个叫花子是佛祖的化身。

我们需要重新学习用谦卑的心去对待需要帮助的人，我们的孩子也应该记住这句能够受益终身的话：要想别人怎样对待你，你就怎样对待别人。

漂泊之歌

看老电影，就像看从旧箱子里拿出来的陈年锦缎衣服，虽然华美，式样已经过时。但是看《马路天使》却没有这种感觉。这部当年被誉为影坛奇葩的电影，1937年由上海明星影片公司拍摄，赵丹和周旋用青春和天然（尤其是周旋，基本是本色表演）来诠释城市底层的小人物形象，生动鲜活。影片名为《马路天使》，创作者的意图很明显，讴歌吹鼓手、歌女、妓女、报贩、理发师这些生活在上海社会下层的人，赞美他们天使一般善良、纯真的心灵。

这部电影打动了当时的一代人，而且历经大半个世纪其艺术魅力不衰。

上个世纪三十年代的上海，是个漂泊者的城市。在这个城市讨生活的人，很多来自外乡，带着漂泊的情怀。影片描述的人世间的不公平，生活中的苦难以及在苦难中展现的正直、善良、忠贞、舍己为人的美德，感动了观众，触动了中下层甚至一些上层人士的漂泊情绪。影片雅俗共赏，取得了极大的成功。

这部电影的插曲，《四季歌》和《天涯歌女》，因为其婉转优美的江南民歌风格和金嗓子周旋的演唱，一经问世即迅速流传。

我喜欢这两首歌，尤其喜欢听周旋的演唱，那是天籁之音。没有受过系统音乐训练的周旋用她天生的嗓音和音乐感觉，准确的理解并表现了这两首由贺绿汀改编的有着新的独特江南韵味的民歌。

贺绿汀曾经回忆说："这两首插曲是由百代公司灌成唱片的。录音之前，我找周璇一起研究如何表现和唱法。她很灵，领悟力很强，学得也很快，对于作曲的意图和民谣的风格，稍经点拨，一下子就抓住了。试录一两遍就通过了，而且录得不错，唱得很有感情，很有味道。"

剧中的小红是美的化身。亡命他乡的歌女，可爱美丽的形象，凄凉的身世，苦难的遭遇，这一切都具有强烈的艺术感染力。周旋用她的天赋演活了小红，也唱红了《天涯歌女》和《四季歌》。

对比1931年创作的街头剧《放下你的鞭子》，剧中的那对从东北沦陷区逃亡出来的以卖唱为生的父女直接对日本侵华、家乡沦陷进行控诉，以激起观众的抗日救亡情绪，《马路天使》中的《四季歌》和《天涯歌女》两首插曲，以优美的民歌旋律包涵了这一严酷的主题。这两首由田汉作词的民歌同样是在东北沦陷之后揭示人民苦难的漂泊之歌。

影片设定的背景是1935年秋。歌女小红，妓女小云的故乡不在上海，而是在"青纱起高粱"的东北。日本人占领东三省以后，家破人亡的"姐妹"从东北漂泊至上海。

这个背景是通过小红在茶楼唱《四季歌》这个细节来表现的。《四季歌》随着小红在影片中的初次出场而出现，介绍了小红的身份，漂泊的身世和对家乡的思念。这首民歌用传统民歌常用的词汇：鸳鸯、情郎；用民间故事：孟姜女送寒衣；用民歌中常用比兴手法：春夏秋冬的景物四季交替；巧妙地传递了影片的时代信息：日本入侵，东北沦陷，人民背井离乡，四处流浪。

棒打鸳鸯的"无情棒"，传统民歌中拆撒鸳鸯的罪魁祸首，在影片镜头中切换为日本侵略者的炮火与残酷的杀戮。在战火中流离失所的东北姑娘对"青纱起高粱"的故乡的思念，对爹娘的思念，在歌曲最后一段转化为“寒衣做好送情郎”的行动。这里的“情郎”，很明显是指抗日好儿郎。至第三句“血肉筑出长城长”，歌词作者田汉已经在这里奏起了义勇军进行曲的旋律。

另一首插曲《天涯歌女》在影片中出现了两次，一次欢快，一次哀伤，均与影片故事情节的发展紧密相连。毋庸置疑，这是一首情歌，但是歌词的作者并没有忘记这首情歌也是一首漂泊之歌。歌曲的名字是《天涯歌女》，这是个飘零沧桑的名字，很容易使人联想起“天涯沦落人”。在第二段，歌词作者让“天涯歌女”唱出了“家山北望泪沾襟”，“患难之交恩爱深”，沦落天涯的歌女唱得是在漂泊中结成的患难情谊，是有家不能归的思乡之情。

包涵了上述时代背景的歌说到底，依然是婉转缠绵的情歌。歌中的江南风光秀丽柔媚：“绿满窗”、“柳丝长”、“荷花香”、“雪茫茫”，与主人公的情爱乡愁相映衬；“小妹妹唱歌郎奏琴”，“小妹妹是线郎是针”，是美好的愿望，是绵密的感情，是江南民歌中最美的意境。

由田汉作词，贺绿汀作曲，周旋演唱的《四季歌》和《天涯歌女》是经典组合。这个难得的经典组合使这两首民歌在表现美的同时拥有深厚的底蕴。它们是永远的漂泊之歌。创作者们在创作之初想要表现的抗击侵略者，爱生活爱故土的情怀，将随着这两首歌曲持久的艺术魅力永远留在中华民族的记忆之中。

病中吟

我不强壮，也不大生病。睡眠不好是常态，常态就不能算是病。除此以外，感冒咳嗽是常得的小病，夏天多喝点开水，冬天喝几碗葱白生姜汤也就好了，很少去医院。

这几天倒是真的生起病来了。先是喉咙疼，头痛，发冷发热，后来又咳嗽，茶水一杯一杯灌下去，只是不见好，我知道这是得了重感冒了。

一

直着脖子咳了半夜，不得不起来找药吃。两粒白色的药片吃下去了，还是咳得止不住。又喝了一杯热水，才略好一点。

这“直着脖子”四个字，躺在床上咳嗽的时候，才知道曹雪芹用得真切。

《红楼梦》中晴雯在临死前“直着脖子”叫了一夜，到早晨闭了眼，住了口。宝玉问小丫头叫的是谁？小丫头答，叫的是娘。

可怜晴雯，十岁被赖大家的领进贾府，并不记得家乡父母，是个不谙世事孤苦伶仃的小女孩。至十六岁离世时，身边还是没有一个知冷知热的人。直着脖子叫娘，叫的是人间真情，父母家乡。

晴雯自称是个“痴心傻意”的人。被撵出大观园后，宝玉去看她，她让宝玉倒茶给她喝。难为宝玉把有油膻气的碗洗了两遍，倒了半碗绛红的茶，看着不像，还在犹豫。她说“这就是茶了。那里比得咱们的茶。”我想到晴雯说的“咱们”二字，就觉得心酸。咱们的茶是那里的茶？是怡红院的茶。并没有私情密意勾引宝玉的晴雯，被人以狐狸精的名义从怡红院赶出去，依然认怡红院是自己的家。晴雯和宝玉是“咱们”，和怡红院里其他的人也是“咱们”（如第二十回她对麝月说：“我怎么磨牙了，咱们倒得说说。”）。她让宝玉“快把你的袄儿脱下来我穿。我将来在棺材内独自躺着，也就像还在怡红院的一样了”。宝玉的袄儿是她最后的归宿。看到这里，不能不为晴雯流泪。正是她不知算计，认为“大家横竖是在一块”，才被别人算计了去。“早知如此，我当日也另有个道理。”不过是她的一句赌气的话。晴雯真是个心比天高，只知“咱们”，不知等级高下，痴心傻意的丫头。晴雯之死，死于风流灵巧，也死于痴心傻意。

二

汪曾祺在《落魄》中写道：“扬州人养病，也像贾府上一样，以清饿为主。”汪曾祺是江苏高邮人，对扬州人养病像贾府，有真实感受。

养病，要有闲，要对症。我认为这些伤风感冒之类的病犯不着去养。只要不是流感，该做什么做什么。饿了吃，困了眠，不传染人就好。

《红楼梦》中人伤风感冒还真的要养，而且是以清饿为主。

第二十回袭人偶感风寒，头疼目胀。传医生开了药方，服了汤药躺着。发了汗以后，只“吃些米汤静养”。为此还招来宝玉的奶妈李嬷嬷的一顿责难，引得林黛玉为袭人说话：“那袭人也罢了，你妈妈再要认真排场他，可见老背晦了。”

还是在这一回里，林黛玉见宝玉脱了披风，叹道：“回来伤了风，又该饿着吵吃的了。”

“伤了风，又该饿着吵吃的”，也印证了贾府上养病，像伤风感冒之类，是以清饿为主。不仅丫环袭人是这样，贵公子宝玉也是这样。

我向我先生求证过这件事，他是扬州人。他说他小时候感冒发烧还真是这个程序，先吃药，再喝些米汤，吃几粒宝塔菜。米汤最好吃的是上面飘的一层米油。他小时候特能吃，饿得快，吵着嚷着，也只另掰一小块烧饼给他，再吵就没有了。病好了才能吃饭，第一顿饭还是菜饭。

扬州人生病还真生的像模像样。

我是百无禁忌。一个朋友送来刚出锅的粽子，蛋黄肉馅，我趁热吃了一个。发烧刚退，咳嗽未愈，吃了个广东大粽子，加上了胃疼，又折腾到天亮。

三

提到伤风感冒的那段话，是林黛玉和贾宝玉心心相印的一段对话（这句话有毛病，他们的哪一段对话不是心心相印呢？）。

贾宝玉在这一段话里说明白人、糊涂人，论“亲不间疏，先不僭后”，都是向林黛玉证明“岂有个为他（宝钗）疏你的”道理。黛玉听了急了，想都没想，心里话脱口而出：“我难道为叫你疏他？我成了个什么人了呢！我为的是我的心。”都说林黛玉“小性儿，行动爱恼”，原为的是心。贾宝玉无事忙，“看甚悲愁喜”，“说甚亲疏密”，为的何尝不是心！所以他才有接下来的一问：“难道你就知你的心，不知我的心不成？”

林黛玉和贾宝玉吵吵闹闹，为的是心的印证。

对宝玉的问题，“林黛玉听了，低头一语不发”。停了半日才说了一段打比方的话：“你只怨人行动嗔怪了你，你再不知道你自己怄人难受。就拿今日天气比，分明今儿冷的这样，你怎么倒反把个青肷披风脱了呢？”这句话也可以解成：你只怨人不知你的心，你再不知你的怄人之处，竟不明白“你好我自好”，“你失我自失”的道理？宝玉笑着回答：“何尝不穿着，见你一恼，我一炮燥就脱了。”宝玉说的是：“我何尝不明白？见你恼了，我就顾不得了。”

这个比方打得好。一段相爱相惜的心灵对白，不着痕迹地化成了对天气冷暖，衣服增减的关心。

百思不得其解的“郭沫若现象”

看纪念郭沫若逝世34周年图片，感慨系之。

郭沫若的诗歌中，我最喜欢的是《天上的街市》：“远远的街灯明了，好像闪着无数的明星。天上的明星现了，好像点着无数的街灯。我想那缥缈的空中，定然有美丽的街市。街市上陈列的一些物品，定然是世上没有的珍奇……”

多么美丽神奇，平和明净！我想写出如此感人诗句的诗人，一定拥有一双纯净的看星星的眼睛和一颗纯洁的追求美的心灵。

可是，当我读了他的《李白与杜甫》的时候，就开始疑惑他对杜甫，特别是对《茅屋为秋风所破歌》所做的阶级分析了。再加上后来知道了他的两个儿子在“文革”中的死，更觉得他的行为难以理解。

所以，我常常会朗诵他的另一首诗：“我是一只天狗呀，我把月来吞了，我把日来吞了，我把一切星球来吞了，我把全宇宙来吞了，我便是我了……”

下意识的，我朗诵这首诗的时候，有些开玩笑的意味，虽然这依然是一首好诗。不过我知道，郭沫若是个名人、才子，也是个懦弱可怜的人。

我想弄明白，郭沫若怎么了。

虽然我不想说郭沫若是个把灵魂抵押给魔鬼的人，但是他的人格的确有些问题，而且这些问题并不是始于文革。

从我能够接触到的材料来看，郭沫若的信仰，是他用来谋名利的工具；对朋友，他鲜有信用；他是第一任、第二任妻子眼里负心汉；对于立忱的死，他有推卸不了的责任；甚至，他是他的儿子心中的罪人；就连他自己也说，他是个“坏了的人”。

撇开五四时代宣扬个性解放，毁灭因袭的旧世界不谈，郭沫若有着文人的恶习，缺乏士人的风骨。他可以对家庭不负责任，对朋友背信弃义，只是为了满足他自己极度的“自由”和自私。但是在这个时期，他的个性是张扬的，他的创作的生命力是炽热的，正如他在《天狗》中所描述的：“我是全宇宙底Energy底总量！”

他是一个如此疯狂的吞月、吞日的天狗；他是月之光，日之光，星球之光；所以，他飞奔，他狂叫，他燃烧，如此疯狂的能量无处发泄，他剥自己的皮，食自己的肉，他要爆了！

他可以创造一切，他可以毁灭一切！

从上个世纪五十年代开始，这只拥有旺盛的生命力的天狗，以他敏锐的政治嗅觉，逐渐变成了一个见风使舵的可怜人。“文革”中他更是积极地写一些跟风文章和打油诗。著名的有：“亲爱的江青同志，你是我们学习的好榜样。你奋不顾身地在文艺战线上陷阵冲锋，使中国舞台充满了工农兵的英雄形象，我们要使世界舞台也充满工农兵的英雄形象。”

此时的郭沫若，早已不是写《天上的街市》、《天狗》的郭沫若，我从这首打油诗中读出来的，只有献媚和明哲保身。郭沫若的创作生命已经枯萎，留下的只是一具逢迎拍马的躯壳。

他虚伪，但是也真诚。他说着真诚的假话去左右逢源。

在“文革”中愿意烧掉自己所有作品的郭沫若，并不是在迎接500年一次的凤凰涅槃，而是害怕另一种可以吞月、吞日的力量。这种力量具有绑架并且胁迫人的灵魂的威力，这种比死亡更可怕的力量让他不由自主地随着音乐舞蹈。

我不明白这是一种什么现象。但在这种现象中，郭沫若的行为具有典型性。

作品是作者的儿子。郭沫若在诗歌、小说、戏剧、历史研究、甲骨文研究等方面著述颇丰，成就卓越。

通常，没有不爱儿子的父亲，无论这个父亲有什么样的人格缺陷。

但是郭沫若否定了自己的作品。

可悲的是他对自己的彻底否定并没有换来好的结局。

他成了一个身居高位，却不敢为被绑架的爱子说话的父亲。儿子死了，他所能做的只是抄写儿子留下的日记，这是一个他为自己写的悲剧。这时候，这个懦弱的，惶恐的，只能够歌功颂德的父亲，他的假面具下掩藏的，不仅仅是适者生存，而且是深深的绝望和恐惧。

让我来读他的另一首诗：

……
鸡鸣
夕潮涨了
夕潮涨了，
死了的光明更生了。
春潮张了，
春潮涨了
死了的宇宙更生了。
生潮涨了，
生潮涨了，
死了的凤凰更生了……

但愿郭沫若的诗人的灵魂在凤凰涅盘中欢唱更生！

爱美之心

很多年前读了一篇童话，大意是：一个女孩子爱漂亮，爱照镜子。天天照，越照脖子越长，后来不小心掉进河里，变成了一只大白鹅。这个小故事害得我很长时间不敢照镜子，后来想想，大白鹅也很漂亮，这才释然。

女孩子都爱美。古代替父从军的花木兰，回家后的第一件事就是“脱我战时袍，着我旧时裳。当窗理云鬓，对镜贴花黄”（《木兰辞》）。木兰不再是个大将军，她是一个活泼爱美的小姑娘。

李白的诗句“云想衣裳花想容”也让我对杨贵妃的美展开了丰富的联想。极美的衣裳和极美的容貌，用绚丽的云彩和娇艳的花朵来形容也就罢了，偏偏用了两个“想”字，杨贵妃的美呈现给我的就不是一幅静态的美人卷轴，而是娇嗔的，“回头一笑百媚生”的“霓裳羽衣”舞者。

据林语堂考据，起源于唐代的中国女人缠过的小脚，“能产生一种极拘谨纤婉的步态”，“有如看走绳索的舞女，使人可望而不可即，撩起无限烦愁的心绪”。这真是一种让人不能接受的病态的时尚！虽然可以拿源自欧洲宫廷的优雅的足尖舞和现代女性钟爱的高跟鞋来解释，并找出为何会产生如此病态的审美的原因——追逐时尚，满足男人对三寸金莲的兴趣，嫁个好人家。但这种以自残为代价的美，会让每一个生活在现代的姑娘庆幸还好没有出生在那个时代。

上个世纪三、四十年代香烟盒子上的招贴画，大约是那个时期的人们认可的美女。娥眉、杏眼、红唇再加上卷发和旗袍，以当时的电影明星、歌女、舞女为模特，但神态是极为朴素、端庄、可爱的。这大概是得益于质朴的民间年画和泥塑。这些招贴画能让我感受到那个年代的气息：卖香烟的小贩，买烟的男人，穿着阴丹士林布旗袍的女人。画面有些陈旧发黄，勾起人淡淡的愁绪。

五十年代受苏联的影响，姑娘们流行梳两条大辫子和穿布拉吉。她们在公园柳树下或者是假山石前的留影，曾让我无比羡慕：青春、朝气、知性、边走边唱，还有周末舞会。六七十年代，最美的可能是那个“不爱红装爱武装”的女民兵，她的照片能够配上毛主席诗词，真是幸运。再就是从样板戏的女主角身上挖掘美，除了以怒目圆睁的表演程序来表现革命到底的决心外，演员的唱作念打都是一流的。

后来的美女，大抵是电影演员。当年的《大众电影》杂志亦是引领时装新潮流的时尚杂志。

近年，整容之风骤起。姑娘们不惜重金，忍受酷刑般的苦楚，只为了一张符合时下审美的锥子脸。我惋惜她们进入了审美误区。小脚女人忍受痛楚还有其实用的地方，女为悦己者容，她未来的夫婿欣赏她。我揣度当今男人的心，恐怕没人喜欢找一个人造美女，怕影响将来所生的孩子的容貌。当然，为挣钱整容不在议论之列，可能会归于敬业一类。

其实，牡丹有牡丹的美，兰草有兰草的香。李白的诗句“清水出芙蓉，天然去雕饰”是诗人对如何写诗的见解，用来评价真美人也是再合适不过。女孩子要珍惜自己，爱自己，自己天生的容貌是这个世界上的唯一，有什么比唯一更珍贵？唯一的真我，加上知识、情操、道德修养，想不做“美人”也难。

看　戏

晚上逛街，看见市中心的电影院贴出了关门告示：“本电影院于某日关门，感谢我们的顾客二十年的支持。”

取代了剧院的电影院尚且如此，剧院的命运又会如何？我决定，如果剧院还在，立即买票去看戏。

我爱看戏，五、六岁就跟着大孩子一起去蹭戏看。那时候住的地方离劳改工厂很近，劳改工厂的剧院每个周末都有演出，最大的好处是不要买票，早早去剧场里候着就行，而且演员都不是无名小辈，是角——正在劳改的名角。

那是个京剧团，演出的剧目很多，思凡、拾玉镯、打金枝、秦香莲、狸猫换太子，后来还有现代京剧。

我看戏，虽然看不懂，但是对演员的唱作念打，还是有些印象，看戏的时间久了，也有我“捧”的角，那个演小丫鬟的出来我就高兴，俏丽又活泼，小姐就文雅得多。看来我喜欢花旦，青衣次之，老旦的戏越短越好。

看完戏回家，我常常摆弄我的收藏品——那些便宜但是依然很漂亮的发卡和珠花，想象着我要是也装扮起来在舞台上唱该有多美。

再大一点我学着唱京戏，也能听出流派，辨别出韵味。但终归没有真的去唱戏，改欣赏戏文了。翻开汤显祖的牡丹亭，“可知我一生儿爱好是天然，恰三春好处无人见”，“原来姹紫嫣红开遍，似这般都付与断井颓垣”，都是些令人爱不释手的好句。

我爱看戏，开始是爱那些唱作念打俱佳的“角”在舞台上的美轮美奂，后来是爱戏剧艺术的深厚底蕴，平和中正，不浮躁，不浅薄。台上一分钟，台下十年功。一个好演员，一出好戏，无不经过“梅花香自苦寒来”的千锤百炼。

看戏，透着闲适优雅；演戏，讲究德艺双馨。所以我向自己许愿，无论多忙，也要抽空去剧院看戏。10多年来，鲜有如愿的时候。最喜欢的京剧，昆曲，只能在电脑里找些视频看看，虽然方便了很多，却失去了在剧院里看戏的味道。不过上网看戏，也不失为一种新形式的看蹭戏。

戏如人生也好，人生如戏也罢，舞台剧渐行渐远，我看戏已经是上个世纪的事了。

砌墙与拆墙

每天忙忙碌碌，一个小时一个小时的消耗生命，只为搬来一砖一瓦，砌那座梦幻家园之墙。

这几天我忽然有些觉悟，考虑人为什么砌墙。人为了安全砌墙，为了温暖砌墙，为了自己与家人的幸福砌墙，也为了自己的欲望砌墙。

努力工作，为了温暖幸福所砌之墙满足了人生存的基本需求。但是当人以自我为中心，占有的欲望无限膨胀的时候，情形就开始不一样了。自私和贪婪是砌墙的砖，欲望越多，牵扯越多，墙越高。

待在自己砌的欲望之墙中间的人终于被墙围得透不过气来，他已经不再是个透明的人。所以墙里的人怕是也希望与人交流，想穿透那堵墙。于是我想人能够砌墙也就能够拆墙。

如果自私和贪婪是人与生俱来的本性，抑制它们的方法，也就是“拆墙”的技艺，只有通过后天的修养才能获得。

龙应台在北大讲“礼义廉耻，国之四维”。礼义廉耻教育是不是教育人积极向上、抑制人的自私贪婪的有效方法？不知是不是因为我是在另一个环境中长大，说到礼义廉耻教育，我首先想到的是私塾先生拿着戒尺让小孩子背书，其次是它的实用性。我认为礼义廉耻教育有胜于无，但是讲礼义廉耻只是表象。翻阅几千年的文明史，无数的事例证明礼义廉耻可以是美德，也可以是面具。

比较礼义廉耻教育，更简单有效的方法应该是讲诚信。人无信不立，诚信是个人品格的灵魂，是契约的基础，人应当把诚信看得比生命还重要。

诚信大约能够拆除人与人之间的墙。

但是，世界的荒谬在于，人明白拆墙的重要，为了生存的理由，又不得不砌墙，砌墙与拆墙便成了人生的一个悖论。

至于我自己，在写这味同嚼蜡的拆墙教化文字时，我明白了我的梦幻世界里其实没有墙。

自然的呼唤

看老同学的文章，有这样一句话：“总觉得人该像树，应受得了冷，经得起热。生命该是自然的一部分，该伴随大自然的吐纳更新，风雨轮回。”

一句话让我思索了很久。

人与自然的关系是与生俱来的亲密关系，我感觉我的生命像树上的叶子，草上的露珠，河里的一滴水，海滩上的一粒沙。

不知是不是很久以前玩累了会在河边草地上睡着的缘故，我从自然中获益良多。对亲情、乡情的依恋，对文学艺术的好恶取舍，无不来自于本真天然。

自然教会我直率，教会我简单，教会我跟着我的真心走，走到今天。

我站在草地和蓝天白云之间，这里是离天堂最近的地方，是阿凡达的故乡。赤着脚，披着长头发的人在我身边舞蹈，戴着他们神秘的图腾。他们的心亦如他们赤裸的双脚，坦诚、粗糙而又热忱，我见惯了他们憨厚的笑容。

这里拓荒者的后代们欢乐自信，善良真诚。在我遭遇不幸的时候，鲜花、卡片、礼物全都来自这些不相识的人。

是我心中的自然之神把我带到这个最天然的地方，我不再忧伤。风霜雨雪，是自然的吐纳更新，花开花落，是生命的必然轮回。

我坐在草地上，河水从我眼前流过，微风从我耳边吹过。一个声音告诉我，如果你想拥有，你将一无所有；如果你一无所有，你将拥有宇宙。我知道，这是我一定会跟随的自然的呼唤。

顺应自然

曾经有一段时间，我相信人定胜天，这个信念帮助我度过了很多艰难岁月。“人定”，在我的心里是内心的定力、意志力，“天”，是困境。那个时候年纪小，我没有办法违拗的环境，被我认为是“天”。

查《辞海》，“人定胜天”的解释为“人定，犹言人谋。谓人的意志和力量可以战胜自然”。知道了“天”为自然之后，我就渐渐地对“人定胜天”有些怀疑，“人定”能够“胜天”吗？

人生活在天地之间，衣食住行，必然要向自然索取；自然界的灾异，洪荒猛兽，也一定会给人类带来伤害。人定胜天，是人类要生存，要发展的本能使然。于是我们围海造田，兴修水利，建拦河坝，造水电站。在我看过的童话故事里，小鲤鱼跳过了“龙门”，看到夜晚灯火通明，以为是星星，怀疑自己到了天堂。这是人把天上的星星摘下来了，把传说中的夜明珠捧回来了。多美的童话！

现实好像没有童话这般美妙。我编过《电力志》，看到在水库星罗棋布的省份水电的发电量仅占总发电量的百分之二十，我非常吃惊。我是外行，我希望水库系统的灌溉功能一定大过它的发电功能。但是我不能不质疑，在主要河道上建大坝，建电站，是造福于民的好方法吗？

我本来有机会问问专家。我先生的祖父、父亲，毕生致力于水利建设，设计修建了很多拦河坝和水电站。但是看到他们常年在工地生活形成的沉重的脚步，疲惫的眼神和脸上深深的皱纹，我把我这外行的质疑放在了心里。

读《魏书》卷六《张骏传》，又让我想起了我的疑问。

凉州牧张骏拥有陇西之地，兵马强盛，于是在武威城南建谦光殿，以金玉和五色图画装饰。在谦光殿的四面又以青、赤、白、黑四色各建一殿，各殿的服饰器物皆按颜色配备，张骏于春夏秋冬四季分别居住。其骄奢淫逸如此，民声怨沸。

张骏的宫殿建成后，又想移石造田，对于这种战天斗地的行为，参军索孚说了一段掷地有声的话：

> 凡为治者，动不逆天机，作不破地德，昔后稷之播百谷，不垦盘石，禹决江河，不逆流势。今欲徙石为田，运土殖谷，计所损用，亩盈百石，所收不过三石而已，窃所未安。
>
> 骏怒，出孚为伊吾都尉。有石陨于破湖，焦而碎，声如击鼓，闻七百里。其处气上黑如烟，烟首如赤飙。

索孚认为人要治理国家，屯田种粮，必须顺应自然之利，“动不逆天机，作不破地德”。他举后稷播种和大禹治水为例进一步说明顺应自然的道理：后稷播种百谷，顺应地势而作，不移石造田；大禹在治理水患的时候，顺应江河的流势，用疏导的方法，不用堵截的方法。如今想要迁徙石头造田，运来土壤种谷物，计算一下所需费用，每亩地要花费百石粮食的工本，收获不过三石而已，得不偿失。索孚的想法，有理有据，简单明了，但是张骏接受不了，大怒，贬索孚到边远的伊吾去作都尉。

张骏的做法逆天而行，招来天的报复，落陨石于破湖，其形状焦黑破碎，声音如击鼓，响彻七百里。在陨石坠落之处，有黑气如烟，在黑气之首，还有赤色的狂飙。

老子说：“人法地，地法天，天法道，道法自然。”古人认为人和自然是相通的，天象与执政者的行为政绩有关系，所以传记作者把陨石的坠落与张骏的行为联系起来，认为这是上天对张骏骄奢淫逸，行为不顺应天地的警示。

我对“天象”之类的说法不全信。我相信人生天地间，是天地万物的组成部分，人与自然息息相通，人应该与自然和谐相处。而我们却太过执着于人定胜天，总是热衷于征服自然，改造自然，为此我们已经付出了太大的代价。

顺应自然，“动不逆天机，作不破地德”，才能够山常绿，水常清，才不会招致自然的报复。人定不能也不需要胜天。

读书的痴与悟

这首散文诗点亮了一盏闪耀着极柔和的母爱光芒的灯。灯光下我以敬畏的心，去看妈妈和妈妈的孩子。寂静的小山村，小油灯下，孩子在读课本。

《红楼梦》是曹雪芹的殉情之作

今天收到了孩子从北京寄来的《乾隆甲戌脂砚斋重评石头记》，宣纸线装的善本书，高兴极了。

在林冠夫撰写的《序言》之后，《脂砚斋重评石头记凡例》之前，有一插页，上书“字字看来都是血，十年辛苦不寻常”两行诗句，又有“甲戌本曹雪芹自题诗”一句，旁边有一方鲜红的胡适之印。

我看着胡适的笔迹发呆。1927年胡适购得此书，轻易不肯示人。胡适去世前，将此书存放在美国康奈尔大学图书馆，2005年被上海博物馆以重金购回。我收到的这套书是2008年由中国书店与三希堂藏书联袂出版的书。这个被称为最接近曹雪芹原著的版本，从乾隆甲戌年间开始经磨历劫，辗转数人之手，到我看到的这个影印本，也如下凡历劫的石头，经历过一番“风流总被雨打风吹去”的梦幻之后，又多了多少字迹印章在上面了。

在《凡例》结尾，有一首七律：“浮生着甚苦奔忙，盛席华宴终散场。悲喜千般同幻渺，古今一梦尽荒唐。谩言红袖啼痕重，更有情痴抱恨长。字字看来都是血，十年辛苦不寻常。”胡适引的两句诗就在其中。

曹雪芹看空一切，好就是了，了就是好。唯有这“情”字他非但看不空，反而为闺阁中人投入性命，“编述一记”。“念及当日所有之女子，一一细推了去，觉其行止见识皆出于我之上，何堂堂之须眉诚不若彼一干裙钗！”认为“万不可因我不肖则一并使其泯灭”。

七律诗中“红袖啼痕重”对“情痴抱恨长”。很显然是指绛珠草林黛玉为还灌溉之恩，泪尽而逝。“情痴”曹雪芹因此“抱恨”终身，以心血著书还泪，所以才有了“字字看来都是血，十年辛苦不寻常”的伟大著作《红楼梦》。

脂砚斋还有一段评论说到曹雪芹以泪著书。在第一章“满纸荒唐言，一把辛酸泪，都云作者痴，谁解其中味”这首标题诗左上方有一段文字：“能解者方有辛酸之泪，哭成此书，壬午除夕，书未成，芹为泪尽而逝。”

我一直在想把一切看得如此透彻的曹雪芹为什么会拼了性命去写《红楼梦》。当时写小说挣不到名利，赚不到吃饭钱，曹雪芹“举家食粥酒常赊”，十年血泪“哭成此书”，究其实质，曹雪芹写《红楼梦》的初衷原为殉情。尤三姐殉情，一剑殒命。曹雪芹却如同高僧写经一般用心血为墨来写《红楼梦》这部经，以致心血耗尽，“书未成，芹为泪尽而逝”。宝黛之恋，以血泪还血泪，至情至性，美到极致。曹雪芹写《红楼梦》所殉之情是对他心中的一干“极尊贵，极清静”行止见识皆出于须眉之上的闺中女儿的真心真情，是对“女儿”这两个字近似宗教般的敬畏之情。怨不得《红楼梦》又名《情僧录》，这情僧所录，原为“绝世情痴”曹雪芹用心血写成的经文。

狐女婴宁

翻开《山海经》，看到“九尾狐”一节：

> 又东三百里曰青丘之山。其阳多玉，其阴多青。有兽焉，其状如狐而九尾，其音如婴儿，能食人，食者不蛊。(《山海经·南山经》)

青丘之山的这只声音如同人类婴儿的九尾狐很可爱，虽然吃人，人也吃它，而且吃了它的肉可以辟邪。

蒲松龄在《聊斋》中把可爱的小狐女取名为“婴宁”，用“其声娇细”来描述这个半人半狐的娇憨女娃，想来婴宁的故乡是在青丘之山，与“其音如婴儿”的九尾狐有些渊源关系。

《聊斋》的狐鬼故事中，我印象最深的是《婴宁》。蒲松龄显然也是非常喜爱他笔下的小狐女婴宁，他给婴宁安排了人父，狐母，又在远离人世喧嚣的地方由鬼母抚养长大，婴宁的身上集中了人、狐、鬼、自然之灵性。自幼“少教训”的婴宁貌美如花，天真痴憨，爱花、爱笑，“年已十六，呆痴如婴儿”。

婴宁的“呆痴”，是她的“孜孜憨笑”，“嬉不知愁”的自然天性。婴宁出场，未见其人，先闻其笑声。王子服在鬼姨母处见婴宁，先是

“闻户外隐有笑声”，直至小丫鬟把婴宁推进门来，婴宁“犹掩其口，笑不可遏”。与王子服小园相遇更奇，婴宁爬在树上，看到王生过来，“狂笑欲堕”。王子服携婴宁回家后，婴宁憨笑依旧，“但闻室中嗤嗤，皆婴宁笑声”。甚至在良辰吉日，行新妇之礼时，婴宁因为大笑不能拜堂。

婴宁极痴憨，婴宁也极聪明。她的痴憨和聪明都是一派天然，毫无做作。

婴宁初见王子服，手持一枝梅花，见王子服痴痴地盯着她看，就把花扔在地上，明是斥责这小子目光似贼，实则以花为媒。这婴宁何尝痴呆，痴呆的恐怕是王生了。在鬼母家中捉弄王子服一节，更令人忍俊不禁。她知道母亲耳聋重听，故意在母亲面前说“大哥欲与我共寝”，令王生尴尬万分，急忙用眼睛瞪她，婴宁这才面带微笑，不再说下去了。婴宁的这个微笑，聪明狡黠，可爱至极。

临行之前，鬼母不放心在“乱树丛花”中长大的婴宁，嘱咐她“小学诗礼，亦好事翁姑”。到夫家后，聪明的婴宁不用学就懂得天刚亮就起来向婆母问早安，而且针线活做得极好。就是笑，也是“狂而不损其媚”。婆母生气烦恼的时候，只要婴宁来了，一笑即烟消云散。因此奴婢有了过错，都去求婴宁说情，天真善良的婴宁成了人人都喜欢的人。

墙下的恶作剧展示了婴宁性格中的另一面，她的“狐性”（也许还有人性）。在这一情节中，婴宁的杀伐决断，不亚于《红楼梦》中“毒设相思局”对付贾瑞的王熙凤。不同的是婴宁的行为出于不受侵犯的自然天性。纯净似水的婴宁，攀爬、摘花、爱笑，都是本性，起初并没有有意设局，连作者都认为这不过是一个恶作剧。由这场恶作剧引起的官司虽被化解，在婴宁身上影响很大，出于对夫家的维护，婴宁屈从于人类社会的伦理纲常，改变了她的自然天性，“由是竟不复笑”。

婴宁看似无忧无虑的笑声中隐藏着另一个婴宁，一个情感深沉的小狐女。当她看到丈夫和婆婆对她宠爱有加，没有外心，可以接受她的真实身份的时候，婴宁反笑为哭，对丈夫说出了真情：“妾本狐产。母临去，以妾托鬼母，相依十余年，始有今日。”并请求丈夫合葬她的父母。这是一个知恩图报的孝顺女儿，婴宁的哭泣和她的笑一样感人，无论是哭是笑，都是真情真性。

蒲松龄称小狐女为“我婴宁”，喜爱之情溢于言表。他在说完故事后评价说，一株名为“笑矣乎”的草，闻一闻就会笑个不停，能使合欢花、忘忧草相形见绌。蒲松龄的“笑矣乎”草，就是天然纯真、“孜孜憨笑，似全无心肝”却又聪明绝顶的小狐女婴宁。

《粉蝶》之《飓风操》与《天女谪降》

蒲松龄在《聊斋志异·粉蝶》中详细地写了两首琴曲。

第一首名为《飓风操》。

琼州人阳曰旦从他郡返乡，所乘之船在海上遭遇飓风，阳曰旦于大船即将倾覆之际跳上一条自风浪中飘来的小船，此时海风愈狂，阳生只能闭上眼睛，任风浪摆布。谁知海风引舟，睁开眼睛的时候，到了一个松竹掩映，蓓蕾满树的神仙岛，见到了年约十四五岁的婢女粉蝶，还有会弹琴的仙人宴生和十娘，论起来，宴生和十娘是阳曰旦从未谋面的姑父和姑姑。

十娘为阳曰旦弹琴，演奏之前有一句话："但随意命题，皆可成调。"命题可以随意，曲调亦可随心。十娘按阳曰旦的要求，即兴以"海风引舟"为题演奏一曲，按弦勾挑之时，似弹奏早已谱好的曲子，曲调激昂奔腾。阳曰旦静静体会意思，感觉仍在大海之上的小舟之中，摇晃颠簸，为飓风夹持摆布。如此演奏技巧，令阳生惊叹。

阳曰旦当即请求记录《飓风操》的曲谱，以便练习。十娘回答说："这个曲子没有琴谱，是以我心中的意象谱写而成。"原来好的曲调，是自由自在，随着情绪从心中流出，没有现成的琴谱，没有框框调调的约束，十娘弹琴，琴为心声。

阳曰旦学琴，也用同样的方法，学得初步的演奏方法，音节粗合之后，即以目视心，全神贯注，对着蜡烛独自练习，时间长了“顿得妙悟”，不觉手舞足蹈起来。

宋·严羽·在《沧浪诗话·诗辩》中说：“大抵禅道惟在妙悟，诗道亦在妙悟。”蒲松龄以“阳曰旦学琴”的故事在这里说：琴道亦如禅道、诗道，也需要“顿得妙悟”。

第二首曲子是《天女谪降》。

《天女谪降》为姑父宴生所教。此曲指法复杂，阳生学了三天，才能够大概演奏成调。宴生说，“你已经学了梗概，以后只要把这两首曲子弹熟了，就没有难以演奏的曲目了。”

这首《天女谪降》为艰深难以演奏之曲目，应该是为了达到一定的演奏水平而作的基本功练习。蒲松龄的琴道到此可见一斑：一为“但随意命题，皆可成调”。二为“此无文字，以意谱之”。三为习琴也需“顿得妙悟”，四为演奏“指法拗折”之曲，“肄熟可以臻妙”。

故事名为《粉蝶》，蒲松龄写这两首琴曲的目的是“醉翁之意不在酒”，在于由琴之境贯穿的两段“生死恋。”

第一段“生死恋”是十娘与宴生的苦恋，虽然蒲松龄交代在后，却是发生在前。

读《飓风操》，想“海风引舟”，我很自然地想起唐朝诗人白居易的《长恨歌》。唐明皇在杨玉环死后揪心长恨，“悠悠生死别经年，魂魄不曾来入梦”。于是道士、方士帮助唐玄宗上天入地寻找杨玉环的魂魄：

> 排空驭气奔如电，升天入地求之遍。上穷碧落下黄泉，两处茫茫皆不见。忽闻海上有仙山，山在虚无缥缈间。楼阁玲珑五云起，其中绰约多仙子。中有一人字太真，雪肤花貌参差是。

再看看蒲松龄的描述：阳曰旦在小舟中任飓风牵引，风定之时，“开眸忽见岛屿，舍宇连亘。”于是阳曰旦上得岛来，“见一门北向，松竹掩蔼。时已初冬，墙内不知何花，蓓蕾满树。心爱悦之，逡之遂入。”

时已初冬，墙内仍然蓓蕾满树，这个岛屿毫无疑问也是海外仙山。

阳曰旦在飓风中死里逃生来到神仙岛，实为缘分所牵引。据祖母回忆，姑姑十娘，生有神仙之姿，自幼许配给宴家，宴生十六岁入山未归，十娘苦苦等到二十来岁，无疾而终。并如杨玉环一般，虽然死去，却是“不见玉颜空死处”。十娘因情而死，又因情而生，在虚无缥缈的海上仙山得道成仙，与宴生琴瑟和谐，为一对神仙眷侣。

因此，蒲松龄的这首《飓风操》的另一层意思，就是在惊涛骇浪之中“上穷碧落下黄泉”的爱的追寻。这种发自内心的情爱最终能够得成正果，寄寓的是痴书生蒲松龄的爱情理想。

第二段“生死恋”是阳曰旦与粉蝶的爱情故事。

阳曰旦被飓风带到神仙岛后，第一个见到的人就是粉蝶。粉蝶“年约十四五，飘洒艳丽”。见到阳曰旦，并不履行婢女之职去询问姓甚名谁，家乡何处，而是做小女儿状，“返身遽入”。看见客人转身就往里跑，急着去告诉家里人，这是个不通世故，不食人间烟火，痴憨可爱的女儿形象。

阳生再见粉蝶，蒲松龄以“使婢以酒食饷客”一笔带过，虽着墨不多，但“鲜蔬香美”，可见粉蝶既能干又聪慧。

在阳曰旦演奏《飓风操》得其中三味，得意忘形之际，又见粉蝶，这是一段“飓风”情缘。在灯下等待移灯关门的粉蝶，比起白天，更是眼含秋水，“意态媚绝”。于是阳生有情，粉蝶有意，两心相悦。这种一见钟情的爱情故事，在《聊斋》中常见。我猜想一为作者写起来方便，不用长篇巨制，立见成效；二为当时的情境使然。在婚姻关系由父母之命，媒妁之言决定的宗法制社会中，青年男女在自然接触之中暗生情愫，一见钟情的情形常有，得成正果者鲜有。蒲松龄以此为基础编织的花妖狐媚与人的爱情故事，也就深入人心，真挚感人。

粉蝶是婢女，也是天女。这两个身份结合，决定了粉蝶有小女子的纯真，无奴婢的媚俗；有天女的高贵，无神仙的难以亲近。对阳曰旦的情挑，粉蝶先是“俯首含笑”，继而表明心迹。闻宴生呼唤，粉蝶知道私情败露，急奔而去。由此引发“天女谪降”。

十娘顾惜侄子没有家室，所以愿助一帆风，遣粉蝶下凡，送侄子回家。归家一年后阳曰旦迎娶“光艳绝代”的钱氏女荷生，就是转世之粉蝶。粉蝶被逐之日，即钱氏女降生之时。

《天女谪降》这支曲子指法拗折，需要“习之三日，始能成曲”，暗合“洞中才一日，世上已千年”的凡人遇仙的故事。待阳曰旦回到家中，再生之粉蝶已经一十六岁。只因为一个“彼此有心”，就可以死而重生以践前世之约，天女之纯情胜过世俗之人。

故事结尾，《天女谪降》再奏，对前世之事已经茫然不知的粉蝶，听到《天女谪降》这支预示她命运的曲子，却心有所动，“支颐凝想”，若梦中人。

《阿宝》之孙子楚：性痴则其志凝

《聊斋志异·阿宝》中的女主角阿宝生于大富大贵之家，且美貌绝伦，是大户人家子弟争相下聘的对象。名为阿宝，实为人心中的至宝。什么样的人能娶得绝色美女阿宝？蒲松龄笔下的夺“宝”者是人称孙痴的寒士孙子楚，这篇故事真正的主角。

蒲松龄为孙子楚定位为名士，却不是恃才放达、不拘小节之名士，而是生有枝指，性格迂讷不善言辞之人。

除了说话迟钝，孙子楚还有一个特点，“人诳之辄信为真”。而且怕喝花酒，“或值座有歌妓，则必遥望却走”。人知道他有这个毛病，把他骗来，让歌妓与他亲近，他就急得脸红脖子粗，大汗淋漓，因此为人耻笑。为状其呆，给他取了个外号叫“孙痴”。

这样的一个“痴人”如何能赢得美人归？

孙子楚的确“缺心眼”，他把别人的戏言当真话，而且非常认真地去实行。阿宝绝美，那些争相下聘的大家子弟，“皆不当翁意”。孙子楚听信“戏者言”，不思量自己的条件够不够，就遣媒人去阿宝家提亲。果然阿宝的父亲嫌其贫寒。媒婆离去之时，阿宝开玩笑说，“如果他把他的枝指去掉，我就嫁给他。”媒婆告诉了孙子楚，孙子楚说：“不难。”媒婆走了，孙子楚决然“以斧自断其指”。

孙子楚的六指与众不同，他可以留，可以去。为了阿宝的一句戏言，他“大痛彻心，血益倾注，滨死”而在所不惜。当阿宝再次开玩笑，“请再去其痴”，孙子楚听了，态度却与上次截然相反。他大声地为自己辩解，“自谓不痴”。

何为痴？孙子楚对痴的理解和众人的标准是不一样的。众人以为痴的，是孙子楚的本性，是孙子楚自认为不痴的地方。不会巧言令色不为痴；自性诚实，也从不怀疑别人的诚实不为痴；不与歌妓调笑，不变通从众，洁身自好，更不为痴。对阿宝的第二个戏言，孙子楚认为，原本不痴，所以无痴可去。想那阿宝也未必美如天人，为什么把自己看得如此之高？因此竟冷了往昔对美人的心。

这个孙子楚，不执着于外在之我，外在的枝指可以除去，对自己的本心却毫不犹豫地去守持。

时值清明，民间风俗妇女于这一天出游。同社学友邀孙子楚去见意中人阿宝，孙子楚知道同伙又在戏弄他，不过心中也真想见一见阿宝，于是便随众人去了。这一去，见到了娟丽无双的阿宝，孙子楚真的痴了，呆呆地站在那里，幻化出心魄与身体分离的痴到极致的爱情故事。

“痴心”的威力到底有多大？蒲松龄要让孙子楚这个“名士”切除了枝指之后还要做出些什么任性出格的事来？

1．可以离魂

见了美人，孙子楚心下不舍，身心一分为二。魂魄随着阿宝的衣襟而去，身体被人送回家躺在床上，终日不起，昏迷如醉。家人招呼他，他朦朦胧胧地说：“我在阿宝家。”

心魄不受身的束缚，才能够自由自在。孙子楚一介寒士，在现实中得不到向意中人剖白心迹的机会，却给予痴情的灵魂以极大的自由。可以不受任何礼法的约束，任情任性，恣意而为。他的魂魄与阿宝形影不离，三日后才被巫人召回。

2．可以附魂于鹦鹉鸟

招魂后的书生，“坐立凝思”神思恍惚。浴佛节在水月寺再次见到阿宝，回来就病了。在梦中呼唤阿宝的名字，只恨魂魄不能再近芳泽。这时家中养的一只鹦鹉忽然死去了，孙子楚自念：“倘得身为鹦鹉，振翼可达女室。”心里刚刚想着，就已经是一只翩然鹦鹉，向着阿宝的住所，疾飞而去。

这个鹦鹉得了孙子楚的魂魄，说着孙子楚的话语，再次与阿宝坐卧相依。“他人饲之不食，女自饲之则食。”为了心中的至情，孙子楚身为鹦鹉而在所不惜。他对阿宝说：“得近芳泽，于愿已足。”并不去考虑这个愿望以外的事情，就连“人禽异类”，不能再结姻缘之类的事也不在考虑之内。书生的痴情打动了阿宝，于是许他：“君能复为人，当誓死相从。”这只鹦鹉不仅能谈恋爱，行动也很果敢。在“侧目若有所思”之后，瞅见阿宝脱在床下的一双绣花鞋，疾飞而下，叼起绣花鞋就飞走了。

绣花鞋是旧时男女定情信物，所以这次是阿宝派人去孙子楚家中探视了。得了魂魄苏醒过来的书生对来人说：“这双绣花鞋是阿宝的信物，请你替我回她一句话，小生不敢忘记她的承诺。”阿宝果然一诺千金，想方设法说服父母，嫁给了虽有才名，“但有相如之贫”的孙子楚。

“痴人”孙子楚不在乎世俗眼光，听从自己内心指令，“断指”、“离魂”、“附魂”，意念所致，无所不能，凝思之极，物我两忘，是何等的放达飘逸！读至此，我印象中的具有“体质美和精神美”（冯友兰《中国哲学简史》），风流文雅的魏晋“名士”品格，才与迂讷的六指

“孙痴”联系起来了。

然而“醉翁之意不在酒”，蒲松龄的话到此并没有说完。美人阿宝是宝，学有所成，艺有所成，事有所成的理想境界又何尝不是宝？因此，意犹未尽的蒲松龄又写了因阿宝的痴情感动了冥王，死而复生的孙子楚；因痴得福，考了头名，中了进士，进了翰林院的孙子楚；龙颜大悦，受到了皇帝召见的孙子楚（“学成文武艺，货于帝王家”，这是蒲松龄的心结）。经过层层铺垫，蒲松龄最后得出的结论是：“性痴则其志凝，故书痴者文必工，艺痴者技必良。世之落拓而无成者，皆自谓不痴者也。”

性痴则其志凝，志凝则其事成。痴人不痴（非但不痴，还是有大智慧之人），聪明过头的人才是真正的痴人！

聂小倩：从鬼到仙的飞升

《聊斋志异·聂小倩》写了一个人鬼相恋的故事。读进去，读到书生的圣贤气，剑客的阳刚气，小女子的善良和悦之气，唯独不见森森鬼气。不仅故事中的人不认为聂小倩是鬼，读故事的人也不认为聂小倩是鬼。

事实上聂小倩不仅是鬼，而且还是一个被妖怪胁迫利用，以色相诱人的鬼。蒲松龄没有简单地给聂小倩贴上红颜祸水的标签，他笔下的聂小倩虽然助纣为虐，却是一个本性善良，在魔窟中阅人无数，明白是非曲直的美丽少女。

聂小倩出场，千呼万唤。

书生宁采臣客居荒庙，久不能寐。听到房子北面有说话的声音，就起来伏在北墙的石窗下察看。见两个妇人在月光下说话，一个四十余岁，一个老态龙钟。

“妇曰：‘小倩何久不来？’媪曰：‘殆好至矣。’妇曰：‘将无向姥姥有怨言否？’曰：‘不闻，但意似蹙蹙。’妇曰：‘婢子不宜好相识。’”

两个老妇人在等候聂小倩，她们的对话透露了几个信息：一、聂小倩不愿来，二、聂小倩对所作所为焦虑不安，三、聂小倩和她们不是同伙。

蒲松龄对聂小倩充满同情。人未出场，先行铺垫，让读者大概明白聂小倩是什么人。

聂小倩不敢不来。一个十七八岁模样好像很美的女孩子进来了，老妇人夸其貌美，这个夸奖点明了美貌的功用：“小娘子端好是画中人，遮莫老身是男子，也被摄去。”小倩明白她的意思，但是不得不虚与委蛇：“姥姥不相誉，更阿谁道好？”

聂小倩的这句话蓄满了眼泪，也道明了她的处境。一个十七八岁花朵般的女子，遇见吃人恶魔，陷入苦海，即使作恶，也是无可奈何，并不是自甘堕落。

这个故事的开头颇似《楞严经》的引子。《楞严经》中，如来的弟子阿难行乞城中，途遇摩登伽女，遭遇大魔法，落在情波欲海之中，几乎毁了持戒之体。蒲松龄的故事中，书生宁采臣去金华办事，住在一座寺庙里，遇见女鬼聂小倩。先以色诱，后诱之以黄金，书生信义刚直，严加斥责，女孩羞愧而出（有羞愧之心，天良未泯），并自言自语说：“此汉当是铁石。”

在寺庙中连死两人之后，小倩告诉宁采臣实情。小倩姓聂，十八岁早夭，葬在寺侧。被妖物胁迫，以女色诱人，用锥刺人脚底，摄血供妖精饮用。那黄金却是罗刹鬼骨，留下它能够截取人的心肝。美女黄金，都是人们最爱之物（三百年后此时尚竟然没变），欲取人性命，投其所好罢了。做这样的事没脸见人，但实非所愿。并告诉宁采臣与奇人燕生同室，可免一死。临别哭着说：“我坠入苦海之中，求岸不得。郎君义气干云，必能拔生救苦。若能把我的骨头移到清静的地方安葬，恩同再造。”宁采臣答应了她。

这是蒲松龄为聂小倩脱离苦海安排的第一条重生之路，求助义干云天的圣贤之人宁采臣。

宁采臣回家后将聂小倩的坟墓建在书斋外（可见是有情有义之人）。建好后，他祭祀说：“可怜你孤苦伶仃，把你葬在这里，你的悲欢我都能听见，希望你今后不会再被欺负。”祭祀完毕他正准备回家，忽然听见身后有人喊，回头一看，竟是小倩。聂小倩笑着感谢宁采臣，并请求一同回去拜见母亲，就是做个丫头小妾也心甘情愿。宁采臣细细打量她，只见小倩肌映流霞，娇丽尤绝（当然喜欢）。回家后母亲因其绰约可爱，又怜惜她心诚，竟被收容。

下面的故事中两次提到聂小倩读《楞严经》，看似闲笔，却寓意深长。

第一次是聂小倩问宁采臣：“夜读否？妾少诵《楞严经》，今强半遗忘。浼求一卷，夜暇，就兄正之。”宁诺。

第二次是写聂小倩黄昏从母亲处告退，路过书斋，“就烛诵经”，直至深夜。

这是蒲松龄给聂小倩安排的第二条重生之路，求助《楞严经》，除去心魔。

> 楞严一辞，纯系译音，具有颠扑不破，坚固不坏，自性本来清净，常在定中之意。由此则见楞严全经之所指者，无非是直指人心，见性成佛法门。（南怀瑾《楞严大义今释》）

《楞严经》从破魔始，至破魔终。如来知道弟子阿难遭了摩登伽女的魔法，宣说神咒破魔。佛说：“阿难。若有众生。能诵此经。能持此咒。如我广说。穷劫不尽。依我教言。如教行道。直成菩提。无复魔业。”所以聂小倩在得到宁采臣的顾怜脱离苦海之后，白天尽心侍奉母亲，晚上就着蜡烛持诵《楞严经》。渐渐地从不能吃饭到能喝稀粥。又得到婆婆的喜爱，竟忘了她是鬼。

在被妖物胁迫，色诱杀人的时候，聂小倩的确是鬼。寓于荒庙东厢的兰溪一主一仆，“至夜暴亡。足心有小孔，如锥刺者，细细有血出”。应该是出自聂小倩之手。“历役贱务”的聂小倩，心中的罪恶感让她“腆颜向人”。蒲松龄对聂小倩杀人这件事的交待是小倩本性善良，被妖怪胁迫，她的行为不能受自己支配。况且“魔自心生”，如果不是贪财好色之人，魔法也很难加害于他。对宁采臣这样不贪财不好色的“铁石”之人，聂小倩由羞愧到敬重到爱慕，才会去救他的性命。

聂小倩也的确善良且善解人意。初至宁采臣家，她白天操持家务，为母亲分忧；到了晚上，母亲却有些怕她，想让她回去，就不给她铺设床褥。小倩明白母亲的意思，立即走了。但是当她面对心上人，却默然相向，二更将尽，不言去。宁采臣催促她，她惨然说：“异域孤魂，殊怯荒墓。”宁采臣说，既然是兄妹相称，就应该避嫌疑。小倩站起来，“眉颦蹙而欲啼”，万般不情愿地走了。宁采臣心里怜惜她。

就这样每夜诵经一年有余。到了与宁采臣结婚时候，聂小倩“慨然华妆出”。这“慨然”二字，心底何其光明磊落！聂小倩再也不羞于见人。《楞严经》真是直指人心，见性成佛的法门。“若有众生，能诵此经。”“直成菩提，无复魔业。”在《楞严经》的提升之下，聂小倩盛装出见宾客，满堂皆大欢喜。众人不仅不疑她是鬼，反倒疑她是仙。从“腆颜向人”，到“慨然华妆出”，聂小倩借助《楞严经》明心见性，完成了从鬼到仙的飞升。

聂小倩善于画兰花梅花，于是用画酬谢前来祝贺的亲友。兰花梅花为花中君子，以兰花、梅花的高洁品质誉聂小倩的品行，可见作者对聂小倩喜爱之深。聂小倩幸运地得到了丈夫的怜爱，婆母的疼爱，亲友的喜爱，集万千宠爱于一身（这是何等的不容易）。此时此刻，鬼也罢，仙也罢，都是蒲松龄笔下可爱少女的生命存在形式。

宁采臣有剑客行侠仗义、路见不平拔刀相助的气概，他熟读圣贤书，又熟读佛经。所以他的身上应该具备某种“神威”。最后收服妖怪的是宁采臣和剑仙燕生赠给他的革囊。妖怪这次是以真面目示人，不再是老妇人形象（老妇人形象到底还是和妖怪联系紧密），而是“电目血舌”的夜叉。夜叉最终不敌剑仙的革囊，革囊中“恍惚有鬼物突出半身，揪夜叉入（想象神奇）”。妖怪化为清水数斗，从此聂小倩再无忧愁。

故事是大团圆结局，这个结局好像是寒儒的理想所在。宁采臣金榜题名，高中进士，洞房花烛，一妻一妾（蒲松龄怕是想起了《孟子》“齐人有一妻一妾”）。故事开头宣称“生平无二色”的宁采臣在金榜题名后纳妾，这是蒲松龄极力称赞聂小倩贤惠的笔墨。不但妻贤，而且子孝。聂小倩生二子，妾生一子，三子皆读书上进，声名远扬。

蒲松龄一辈子没有金榜题名，他痴情地让他故事中的人生活在他的理想国中。聂小倩的可爱之处在于她对美好生活的执着眷恋，她的闺中小女儿态。无论是笑、是哭、是喜、是忧，是“就烛诵经”，是“曲承母志”，均呼之欲出。大团圆的结局却让这个灵动的少女进入了“秩序”的轨道，无法想象劝夫纳妾的聂小倩还是仙女。

胭脂：洁白之情人

《史记·匈奴列传》有歌云："失我焉支山，使我妇女无颜色。""焉支"即为胭脂，古代妇女的主要化妆品。

蒲松龄的《聊斋志异·胭脂》写了一个冤中有冤，错中有错公案故事，故事的主角是一个名叫胭脂的女子。胭脂聪慧貌美，其父爱如珍宝，想与书香门第结亲，无奈世家大户嫌其家境寒贱，至十五六岁尚未许配人家。胭脂有一闺中谈友王氏，知道胭脂爱恋美少年鄂秋隼，便答应为胭脂做媒，却并没有当真。胭脂因相思得病，王氏劝其邀鄂生前来一聚，胭脂不同意私会，但求明媒正娶。

王氏把胭脂的心事当笑话说与情夫宿介，宿介因贪慕胭脂美色，假冒鄂秋隼前去私会，遭胭脂拒绝，强脱绣花鞋一只作为信物。市井无赖毛大捡到宿介不小心丢掉的绣花鞋，于王氏窗下偷听了事情的来龙去脉，也想得到胭脂。几天后翻墙入室，被胭脂的父亲发现，毛大急无所逃，夺刀杀死了胭脂的老父。

杀人命案告上官府，数官三断奇案，悬念不在于谁是杀人凶手，而在于案件的审判过程中父母官如何对待这个复杂案件。"纵能知李代为冤，谁复思桃僵亦屈？"在明镜高悬的公堂之上，真假案犯命悬一线。

初断其案，木讷的书生鄂秋隼屈打成招，被定成死罪。再断其案，济南府的知府吴南岱发现此案有漏洞，鄂秋隼冤案得以昭雪。登徒子宿介因受刑不过，承认自己杀人，只待秋后处决。宿介虽行为不端，确实不是杀人凶手，倒是个山东才子，因此一张状纸送到学使施愚山那里，语言悲怆，为自己鸣冤。三断其案，学使施愚山在暗昧的连环错案中看到事实真相，借助鬼神，使用心理战术，找到了真凶，又动用刑法，让凶犯说了实话，案情至此大白。

胭脂因一缕情丝，引来群魔，老父被杀，原本是个备受争议的形象。蒲松龄却借助学使施愚山的判词，还"情"以清白，还胭脂以清白，称胭脂为"洁白之情人"。

胭脂秉性善良。她非但不疑人，而且勇于担当责任。对这个事件中穿针引线的王氏，她从一开始就替她掩饰。父亲被杀后，母亲在现场发现了胭脂的绣花鞋，逼迫之下，胭脂哭着告诉母亲实情，因为不忍贻累王氏，就说是鄂生自己来的，省去了求王氏做媒一节。当知府吴南岱发现鄂秋隼不像凶手进一步审问胭脂，胭脂在恐惧之中仍然为王氏辩护："虽有王氏，与彼实无关涉。"王氏却在官府呼冤说："冤哉！淫婢自思男子，我虽有媒合之言，特戏之耳。彼自引奸夫入院，我何知焉！"在王氏招供，知府盛怒之下，胭脂才哭着说出缘由："自己不肖，致父惨死，讼结不知何年，又累他人，诚不忍耳。"只几句话，胭脂的善良与王氏的刁滑在生命攸关的审讯中立见。

王氏的这句话相当重要。杀人案的真凶找出后，该悔过的悔过，该斩首的斩首。唯有胭脂，这个牛医的女儿，纵然在公堂之上判她无罪，道德法庭也放她不过。这个时候尽管你美若天仙，也是害死老父的祸水，没有人再认你是个可爱的女子。王氏给胭脂定性为"淫婢"，罪行是"自思男子"，"自引奸夫入院"，还有一句潜台词是"老父因你而死"。这句话事实上代表了当时社会对胭脂的看法，民间舆论对胭脂这样的女子的审判。就是出了监狱，在这种舆论下胭脂也活不下去。

胭脂却得到了本应属于她的一块“无瑕白璧”。

施润章（号愚山）做过山东学政，是清初著名诗人。他对胭脂的判词，是这个故事中的珍珠。尽管曲折的故事引人入胜，如果没有夜明珠的照耀，也不过是个歌颂清官的普通公案故事。这段判词让胭脂的人性光华尽显。胭脂的形象是作者对《诗经·关雎》中“窈窕淑女”的解读，对儒家“发乎情，止乎礼”诠释，这一点在判词中说得非常明确。

> 胭脂；身犹未字，岁已及笄。以月殿之仙人，自应有郎似玉；原霓裳之旧队，何愁贮屋无金？而乃感关雎而念好逑，竟绕春婆之梦；怨摽梅而思吉士，遂离倩女之魂。为因一线缠萦，致使群魔交至。争妇女之颜色，恐失‘胭脂’；惹鸷鸟之纷飞，并托‘秋隼’。莲钩摘去，难保一瓣之香；铁限敲来，几破连城之玉。嵌红豆于骰子，相思骨竟作厉阶；丧乔木于斧斤，可憎才真成祸水！葳蕤自守，幸白璧之无瑕；缧绁苦争，喜锦衾之可覆。嘉其入门之拒，犹洁白之情人；遂其掷果之心，亦风流之雅事。仰彼邑令，作尔冰人。案既结，遐迩传颂焉。

这段话非常有意思，可以从中看出施学使判断是非曲直的道德标准，看到诗人对生活在社会底层的胭脂的悲悯之心。首先他肯定胭脂想找一个“如玉郎君”没有错。他笔下的胭脂不是身份微贱的牛医之女，而是月宫仙人，霓裳羽衣舞中的人物，理应金屋储之。与“世族鄙其寒贱，不屑缔盟”的观念相比，一个天上一个地下。从品德上看，一，胭脂已是成年人，尚未许配人家，心中思念情人，应是无邪之念；二，一个弱女子，在群魔交至之时，能够守身如玉，白璧无瑕，值得庆幸；三，在监狱中苦苦煎熬，为父申冤，勉强可以折赎犯下的过错；四，对自己日夜思念的人，仍然能够拒绝苟合，品质可嘉。

《毛诗序》说："《关雎》，后妃之德也，风之始也，所以风天下而正夫妇也。"也就是说《关雎》这首诗是以周文王夫妇为榜样的儒家处理夫妻关系的道德准则。胭脂"感关雎而念好逑"，她的所作所为符合"窈窕淑女"贞专善良的道德标准，符合"发乎情，止乎礼"的道德标准，以此为前提，施愚山认为胭脂是一个冰清玉洁的有情人，判定"红豆"不同于"骰子"，"情"不同于"色"。

这样的判断在当时非常了不起。不说王氏认为胭脂是"淫婢"，胭脂对自己也有一句判词："自己不肖，致父惨死。"施愚山却从胭脂的行为中看到了胭脂本性的美好善良。他的判词洗净了蒙在胭脂这块"无瑕白璧"上的污垢，冲破了当时社会普遍承认的伦理秩序、道德规范，还胭脂以清白，还"情"以清白，并且给了胭脂"洁白之情人"的美誉。

胭脂与鄂秋隼"不打不相识"，一个知道冤枉了鄂生，有"痛惜之词"，却讲不出来。一个被胭脂的眷恋之情感动，"爱慕殊切"，但是又想到胭脂出身微贱，在公堂之上被"千人所窥指"，娶了她怕人笑话。又是学使施愚山，认为遂了胭脂对鄂生的"掷果之心"，是一桩风流雅事。于是责成东昌县令做媒人，一对历尽劫难的小儿女终成佳偶。

蒲松龄最后说，"听讼之不可以不慎也！"在那个时代，民间冤情、百姓疾苦，实在需要仰仗关心民瘼的清官。胭脂一案因施愚山的介入，找到了真凶，因为施愚山的见识，成就了一段遐迩传颂的佳话。因此蒲松龄称赞他的老师"真宣圣（宣圣，孔圣人）之护法，不止一代宗匠"。

读《苍鹰三题》

读刘再复先生的散文诗《苍鹰三题》，很想写点什么，但十来年没用过的笔已经生涩。想了想，还是用简省的办法，写出我读文章时的意识流，这对我是个讨巧的方法，但下笔时还是很犹豫，不知道是不是可以这样做。

一

“两只苍鹰站立着”，为什么是两只苍鹰？我不解，看了又看，我的眼前出现了两只苍鹰的纪念碑，黑色的铸铁的颜色，思想者的颜色。奇怪的是两只苍鹰一只虚一点，一只实一点。忽而又有了变幻，是两只，也是一只；是一只，也是两只，倔强地屹立在山顶上。

这是一座什么样的山啊，没有生命，没有花草，没有虫蚁，这是一座被天火和地火烧焦了火焰山，满眼是黄沙。

这又是一个多么干净的地方啊，说它干净，正因为没有虫蚁，没有花草，连被太阳烤黑的鸡冠花也没有（太阳烤黑的鸡冠花不属于鹰，因为鹰和鸡，在刘再复先生的散文中是两个对立的概念）。远离了鸡和枭(争吃尸体的枭比鸡更令人厌恶）的聒噪，在只有地火，只见黄沙的岩顶上（这岩顶只属于鹰），鹰高傲地沉默着，在沉默中积聚力量。

现在我切实地看到了两只鹰：一只是人称代词“他”，另一只是人称代词“我”。“我”注视着铸铁般的站立已久的鹰，见“他”的铁钩般的爪紧紧地嵌在岩缝中，不惧地火的煅烧。“我”担心了，“默默”地唤“他”起飞，为什么用“默默”二字？我猜想是因为“他”，站立之鹰，本来就是和“我”，另一只苍鹰互为过去和现在或者说是互为内宇宙与外宇宙。读这首散文诗，我常常分不清过去和现在，也分不清什么是内，什么是外。

因为这两只苍鹰，我看到了在荒寂的被生命遗忘的岩石顶上积蓄着的强大的生命磁场。

二

现在，“他”真的孤独了（虽然依然可以找到“我”的联翩浮想）。“他”，站立之鹰，孤独地置身于天火和地火之间，固守着这一片“漠漠黄沙”。虽然“他”可以飞，可以闪电般地冲上蓝天作他的“云端翔舞”，可是“他”决绝地选择了站立，因为“他”的爪已经深深地嵌入了岩石的缝隙之中。

我看到天火在烧，我看到地火在烧，鹰的生命力在烈火的锻造中愈发强大了。你仔细看那“黄森森”的鹰的眼神，分明在诉说着对干旱荒凉炎热的蔑视。我还看到了孤傲的鹰以自己在烈火中燃烧的身躯，铸就了火焰山上生命的凯旋门，这是不死之鹰的精神凯旋。

三

“她”，飞翔之鹰，是站立之鹰的另一种生命形式。

长途飞翔后的鹰倦了，她的羽翼需要整理，她的灵魂需要栖息，百转千回，她用干涩的眼去寻找生命的绿地。她呼唤黄河，黄河寂寥；她呼唤山林，烟尘飞扬。她问风，她问雨，“羽翼的家园，你在哪里？”

当灵魂栖息的森林已经缺失，天涯海角的绿洲无处可寻，日复一日的寻找中，鹰倦了。她的羽毛有时会脱落，她的声音有时会黯哑，但是鹰到底是鹰啊，我听见了她对自己呼喊：“不要寻找栖息，只管飞翔”！这是“她”对自己下的战书，不过真的什么地方都可以去吗？真的什么地方都可以落脚吗？在“灼热的沙漠”中，在“冰封的河川”上？我有些担心，但是我又看到了那双“钢铁锻打出来的双脚”。

我感觉这篇散文诗太像一个预言，我分不清时间和空间。我试着去寻找这篇散文诗发表的时间，只发现了大约是1989年以前（我住的地方真的是天涯海角啊）。无论如何，飞翔之鹰的“不要寻找栖息，只管飞翔”的宣言神奇地预示了刘再复先生第二人生的漂泊之旅。

我认为评论刘再复先生的文章最贴切最中肯的人应该是他的女儿刘剑梅。所以，还是用刘剑梅教授的话来收尾：“我读父亲的散文诗，总是被这种生命的力度所感染。因为有了这种力度，他永远都在寻找，永远都不停息，不惧怕望不见顶的高山，也不惧怕深不见底的幽谷。”

我想，这就是《苍鹰三题》的精神内核吧。

精神上的维纳斯
——读刘再复先生关于母亲的散文两篇

一、读《为什么灯火更明亮了？》

这首散文诗点亮了一盏闪耀着极柔和的母爱光芒的灯。

灯光下我以敬畏的心，去看妈妈和妈妈的孩子。

寂静的小山村，小油灯下，孩子在读课本。

为什么灯火更明亮了？

为了这点光明，妈妈把自己的心，揉成了灯芯草；为了这点光明，妈妈用自己的生命，点燃了灯芯草。

明亮的灯火照亮了孩子的课本。

这本书里的天空多蓝啊，土地绿意绵绵，山峦云雾缭绕，小河流水潺潺。

是妈妈把孩子奉献给了天空，奉献给了大地，奉献给了河流山川，于是，孩子成了天的孩子，地的孩子，山川河流的孩子。

没有人能够伤害妈妈的孩子，这被洁白的灯芯草照亮的孩子，这高举着生命火炬的孩子，这永远攀登、永无止境的孩子！

二、读《慈母颂》

1

多么像一幅画啊，美丽端庄的母亲。您微笑着，温柔含蓄，像蒙娜妮莎；您沉思着，平静优雅，像安详的圣母。

您是圣母，您是摇篮边的圣母。优美朦胧的歌声，是您对婴儿的祝福，明亮微笑的眼睛，是照亮摇篮中婴儿的光明。

您温存地抱着您的婴儿，用洁白的乳汁喂养他，以圣洁的生命哺育他。您抚摸着婴儿的头发，指尖的阳光构筑了您怀抱中的婴儿的第一个天堂，原始的，神秘的，亘古常新的天堂。

2

您把刚刚学步的孩子领到草地上，告诉他，小花小草是大地的微笑。于是，孩子听懂了小花小草的歌，那些思念阳光的歌，渴望雨水的歌。孩子的眼泪滴在小草上，化成了晶莹的露珠。

在翡翠色的草地的歌谣中，在鹅黄色的花朵的歌谣中，您教孩子什么是爱，宽恕的爱，对自然的爱，把沙漠变成绿洲的爱，为了谴责无爱的爱。

3

您寂寞地承担了所有的苦难，那是一个女子能够承担的万苦之苦，万难之难。

您的头上长出了丝丝白发，您的手上有着比树皮还多的皱纹，可是您的心灵却洋溢着难以名状的美丽，流淌着古老深奥的歌声：

“不要说报答，我并没有施恩。因为爱孩子，我才感觉到自己是母亲。

不要说造福于人，不要说为别人牺牲，成就他人就是成就自身。”

4

您静静地，静静地注视着孩子，美丽得像秋日的太阳。

无论是美是丑，您都会爱他；无论在天堂在地狱，您都能照亮他；无论欢乐与忧伤，希望与失望，动荡与歌哭，您都能够容纳他。

这就是母亲，流着汗水流着眼泪的母亲，承受苦难却不需要桂冠的母亲。

这就是母亲本来的样子，平静、慈爱的母亲。

5

您带着檀香般芬芳的爱，太阳般温暖的爱，越过家的门坎，故乡的门坎，世界上所有的门坎，把爱播向人世间。

您教孩子去爱地上的灯火，天上的星辰，近处的兄弟，远处的姐妹，四海之内的人。

比海洋更深广的母爱啊，游子热爱家乡，因为家乡有母亲；游子眷念故土，因为故土是母亲。

6

面对人世间的邪恶，您怅惘、痛苦，但更多的是悲悯。您的眼泪一颗一颗地落下，神奇地唤醒了迷途的孩子，重新拾起了您教给他的歌，低声地唱，大声地唱。您听见了吗？那些唱给宇宙星光的歌，那些唱给中华的歌，唱给母亲的歌。

走不出的雨巷

伴着潇潇春雨，我听见空洞的脚步声回响在寂寥而又悠长的雨巷。

小时候读《雨巷》，我注意到的是那把油纸伞。江南绵绵的春雨，淅淅沥沥地打在油纸伞上。斜风细雨中，那把伞的颜色不太鲜活，是模糊陈旧的颜色，小雨点在上面跳跃，稍一旋转，就珠玉四溅。

有意无意，我绕着远道经过那间做伞的铺子。一楼是能够卸下来的木头门，二楼是雕花的木头窗。那些没有完工的伞，有些是白胚，有些已经上好了色，油亮亮的，都撑起来，摆在青砖地上。也有挂起来的伞，能看到伞骨子连接的地方，缠着密密的彩线，一根迭着一根，像蚕儿吐的丝。

长大了读《雨巷》，我看到的是丁香一样结着愁怨的姑娘。

江南的春雨模糊了姑娘的面容。那个打着油纸伞的姑娘带着雨的朦胧飘然而至，一声太息，吹皱了我心中的一池春水。

那个姑娘是谁？

是住在凤尾森森，龙吟细细的潇湘馆里，长叹一声，无意中说出“每日家情思睡昏昏”的林黛玉？

是凄凉的箫声中郁郁寡欢的梅表姐？

是可人的邻家小妹吧。她撑着油纸伞的身影，在期盼中走来，又在期盼中逝去，惊鸿一瞥，留下了莫名的惆怅。

现在读《雨巷》，我读到了深深的寂寥。我撑开油纸伞，撑不开无边的怅惘。

面对着拂不去的雨丝，流不尽的珠泪，我明白，红胜火的春花会谢，绿如兰的江水会浊，邻家小妹会老去，雨中的愁绪无处捕捉。

默默地，我目送丁香一样的姑娘，消失了身影，消失了芬芳，消失了太息般的目光，只留下空空的雨巷。

读经笔记

读《心经》，见“照见五蕴皆空”。

五蕴，是佛教用以总括世间万法的词，即色蕴、受蕴、想蕴、行蕴、识蕴，它代表世间“有”的一切，如果对这个“有”不能正确认识，人就会烦恼和痛苦。

色蕴，意即障碍，与物质之意相似，但更为广泛；受蕴，对外境的感受；想蕴，因感受到的印象去想；行蕴，由想引起的对外境之行动；识蕴，内心对外境的识别。色蕴是物质，受、想、行、识四蕴是精神现象。

李叔同认为，五蕴中最难理解为空者，是色蕴。因为色蕴有阻碍，有物质，凡夫迷之，以为实有，其实是空。他举了两个例子，一为“色”无常，时时变动。如今天的我，非昨天的我，此一息的我，非前一息的我。二为“色”因时因人不同，如外境之景色，人高兴的时候，天地皆春，人忧愁的时候，景物悲惨。从这些变动，能够知道色即是空。

李叔同举事物变化无常为例子，来说明外境之色，是我识妄识，不是真实。从这个角度看，《红楼梦》中的《好了歌》，是对“色即是空，空即是色”的最为形象的注解。

世人都晓神仙好，惟有功名忘不了！古今将相在何方，荒冢一堆草没了。

世人都晓神仙好，只有金银忘不了！终朝只恨聚无多，及到多时眼闭了。

世人都晓神仙好，只有娇妻忘不了！君生日日说恩情，君死又随人去了。

世人都晓神仙好，只有儿孙忘不了！痴心父母古来多，孝顺儿孙谁见了。

可以看到，《好了歌》从好到了的过程，就是从有到无的过程，从执着到幻灭的过程。功名、财富、情感是人生看不破的执着，这些人类的最爱偏偏最是变化无常，因其变化无常，故而是空，是我识妄识。

初读“照见五蕴皆空”六字，感觉寒澈心扉。真正五蕴皆空的人，是彻头彻尾的冷面冷心之人。读了又读，才能体会“一轮圆月耀天心”的明净，领悟放弃执着，保持清净心，平常心的重要。

读书的愉悦

我爱读书，但不求甚解。这或许和小时候养成的读书习惯有关。

感谢我的父母，在我刚会走路时就把漂亮的童话故事画册放到我的手里。《小朋友》期刊也是我的玩伴。刚进小学，字还认不得多少，就开始看大人的书。不分古今中外，只要能拿到手的，一律照单全收，生吞活剥。读书的速度是一目十行，是否理解，甚至是否认得字，全不在我的考虑之中。

我的父母也不太管我的学习成绩，对我爱读书很是支持。除了供给我他们能得到的书，还特地告诉图书管理员，只要我想借的书，只管借给我，不要因为我是孩子不借。

寒暑假，学校图书馆不开门，我就去城市的公共图书馆，有时候是新华书店看书。有一段时间，新华书店里卖的书数量、品种少得可怜，我就看医学科普书，藏在角落里，一看大半天。我以为售货员没有注意到我，现在想想，我是遇到好人了。

我的童年，没有人管学习如何，还有大量的时间去看书，真的很幸福。最重要的是书读得轻松，连读书心得都不要写。所以，读书对我如同吃饭般自然，没饭吃了肚子会饿，没书读了精神会饿。如果边读书边吃饭，那么，吃几个馒头都不知道。

读书时间长了，自然有些感觉，有些收获。比如上课写作文的时候从来不打草稿，两堂课只用一堂课去写，还有一半时间去做其他作业。不是用功，而是省下时间去玩，去读闲书。

读书的闲适让人愉悦。我常常一个人发呆，别人说什么我听不见，别人做什么我看不见。有时聪明，有时痴呆。呆的时候会想些呆问题，诸如：我的感觉组成了我的世界，我是我的感觉世界的中心，那么别人呢，他们的世界是什么样子？还有就是，我活着，我能触摸这个世界，我能听，我能看。春天的花，秋天的月，路边的草，树下的蚂蚁，这大自然的一切，都能被我感知。我死了呢，那时候我还能感知这个世界吗？考虑了很久，才得出这样的结论：我死后的感觉，应该是和我出生前一样。细想想，中国几千年的历史，不都是在没有我的时候，轰轰烈烈的进行么，我却什么都没有感觉出来。这样想着，小孩子的心未免有些落寞。那时候，我大约九岁。

其实，读书最大的收获是我遭受挫折，经历艰难困苦的时候，我的信念，我的勇气，无不来自于书本。几十年的风风雨雨，始终不渝的好朋友，莫过于书了。

用心灵或是用生命写出来的书，是能传递出一种感觉和能量的，那是作者的心血和生命发出的能量。我常常能在读书的时候读出作者文字的气场。前一段时间读杨绛的《我们仨》，透过优美的文字，我读出了聪颖要强的老人写出女儿、丈夫来陪伴自己的彻骨的凄凉。如果读者读她的书，理解她的故事能够给她一些宽慰，我愿意多读几遍，多读几本。不过我想，她也许并不在意。她的忧伤，她对亲人的思恋，已经在她的文字中得到了诠释。

因为生存的需要，我学了几年英语。也能领悟到一些英国语言文学的韵律和美。但那毕竟是别人的家，别人的园子。对于我，用中国方块字垒成的文章，写成的书（包括翻译成中国文字的外国书），才是精神的家园。每天日常工作结束之后，如果能有时间读点文章，翻几页书，写点可有可无的感想，对于我，是奢侈和享受。读方块字写成的书，是回家。家是我遮风避雨的地方，家中有我的亲人，我的朋友，有滋养我长大的河流山川。读书就像回家，也就轻松愉快，没有负担。

毛利神话——创世纪

最初的世界一片混沌，没有光、没有物体、没有形状、甚至没有没有，只是一片空无。天神伊奥在“无”的世界里创造了生命，黑暗中抽出了草叶的幼芽，长出了蕨类和藤蔓，空无中有了生命的呼吸，最初的高级生命是天父朗依和地母帕帕。

朗依和帕帕相亲相爱，他们在无边无际的黑暗里紧紧地拥抱在一起。他们生了七十个儿子，这七十个儿子都是天神，其中有六个是领袖人物。这六个儿子依次是海神唐伽诺、红薯神龙郭、蕨根神哈弥亚、林神坦尼、风神塔威里和战神图。

六兄弟在父母的怀抱中长大了，渐渐地，他们对狭小的生存空间与什么都看不见的黑暗状况产生了不满。他们渴望空间，渴望能够自由活动，那样才能感到舒畅。于是，六兄弟合计要分开父母为自己争取生存空间。他们为用什么方法分开父母争吵不休。战神图是六兄弟中最野蛮的神，他主张杀死父母解放自己，林神坦尼不同意，他主张靠兄弟的力量把父母分开，让父亲高高在上关注着大家，众兄弟仍然生活在母亲身边，接受母亲的养育。

众兄弟接受了这个意见，尝试强行分开父母。红薯神龙郭首先站出来，试图用双手把朗依举上高空，他用尽力气没有成功。海神、蕨根神和战神依次尝试，也都败下阵来。接着，这四兄弟一起用力把朗依往上举，但朗依纹丝不动。最后，林神坦尼说他来试试，他像其他兄弟一样用双手托着朗依的胸膛向上推举，也失败了。他思考了一下，换了个倒立的方式，躺在地上，用背抵着帕帕的胸膛，双脚使劲地向上蹬着朗依的身体。朗依与帕帕本来身体相连，被坦尼强行分开，巨痛与惶惑使朗依与帕帕嚎啕大哭，但他们敌不过坦尼的神力，被慢慢地分开了。

朗依离开了帕帕向空中上升，一直升到他现在所停留的位置。帕帕伸出双手，想拉住正在离去的朗依，可是无能为力。就在朗依被迫上升之际，大雨向地上倾泻，雾霭向天上蒸腾，这是朗依与帕帕的泪水。不断出现的大雨和雾霭，成了天父地母被孩子们强迫分开的永久悲痛的象征。

天地被坦尼分开之后，世界成了一个实体存在。头顶是天空，脚下是大地，天空覆盖着大地，天地之间宽广辽阔一片光明，众神兄弟得到了自由活动的空间，兴奋无比。风神塔威里孝顺父母，他看着父母被强迫分开所遭受的痛苦，愤怒极了。他向众兄弟发誓，从这时候起，他们将会尝到他的愤怒带来的后果。

风神飞上天空与父亲朗依相伴，他生育了很多后代，包括风暴雷霆、乌云旋风、大雨雷电、雾霭霜冻。风神的后代时常向风神兄弟们的后代宣战。他们疯狂地刮向树林，扫平大地，摧毁庄稼，带来虫害。风神的后代袭击海洋，卷起巨浪和漩涡。海洋神的后代——各种鱼类和两栖类动物在风暴面前颤抖，分别逃向海洋深处和密林之中。

风神的后代对红薯神与蕨根神的后代进行报复，红薯神与蕨根神的后代没有招架之力，每当风神降临，两兄弟相当害怕。地母帕帕决定保护这两个儿子及他们的子孙，把他们安全地藏在地下，因此风神找不到他们。

风神把怒火转向他的兄弟战神图，风神塔威竭尽全力，但战神图越战越勇，两兄弟谁也不能打败对方。最后，他们的怒火渐渐平息，世界得到了暂时的和平。但风神向众兄弟的挑战，引发了其他兄弟之间的矛盾。海神唐伽诺因为自己一部分懦弱的子孙被林神坦尼收入丛林而怪罪于林神，他用巨浪吞没独木舟，摧毁海边的房屋，以洪水扫平土地、把树木冲入大海。林神坦尼则提供独木舟、渔网、鱼钩，让人们不断捕捉海神的子孙。战神图不服气林神坦尼的强大，设下了捕鸟网，捕捉坦尼的子孙——各种禽鸟，鸟儿从此不能自由地飞翔和栖息。图用树皮制成渔网捕捉海神的子孙——海洋中的各种鱼类和贝类。图挖掘大地，四处寻找为躲避风神而躲藏在母亲胸口的红薯神和蕨根神，他凭借红薯神和蕨根神留在地面的头发找到他们，把他们挖出来盛在筐子里当作食物。只有风神不在乎战神图，常常在战神与其他兄弟激战之时，以龙卷风和大风暴把双方冲刷得丢兵弃甲。

朗依和帕帕一直为彼此的分开而悲伤，朗依的泪水不断地向帕帕淌去，表达出他对帕帕的无尽的爱。帕帕时常高耸着山峰去接近她的爱人，但每次都是徒劳。只有雾霭从树林中升起，为朗依叹息。她的叹息一直飘到空中，与朗依的泪水汇成激流，新的世界就面临大洪水泛滥。天神伊奥告诫坦尼，叫他把帕帕翻个身，让朗依与帕帕不能见面，他们就会停止哭泣。当坦尼和其他兄弟计划这项工作时，帕帕怀中响起了抗议的声音，那是他们最小的弟弟诺乌莫科，他还在吃奶，他不想被翻在地下，但兄长们拒绝把他抱出来，因为他还需要母亲照料。为了让小弟弟在地下不受寒凉，兄长们在土壤下的岩床上生了火，诺乌莫科四周又暗又热，他感觉很不舒服，当他感觉特别烦躁时，就从地下用脚向上蹬，以表达他对地面上兄长们的抗议，这时，大地就出现了可怕的地震。

坦尼深深感到对父母的歉意，总想做点儿什么去补偿。他用最美丽的绿衣服装扮帕帕，用透明的湖泊在绿色的裙裾上镶嵌钻石亮片，在亮片之间点缀五颜六色的鲜花。他决不让帕帕穿旧衣裳。新的一年，新的季节，他总是为珀珀及时裁剪出最新最美的服装，珀珀不但感觉暖和，而且更加漂亮。坦尼为朗依寻找适当的衣服蔽体，他把红色的斗篷抛给朗依，朗依不喜欢红色，把它放在一边，因此，只有当太阳升起和落山时，我们才能看到天边露出一截红色。他又为朗依抛去蓝色的斗篷，朗依喜欢蓝色，把它整天披在身上。坦尼把林中的星星抛向向天空，朗依的衣裳缀满钻石，他又把月亮与太阳抛向空中，朗依的胸口戴上了耀眼的佩章。于是，朗依看起来相当英俊潇洒。

编译

毛利神话——坦尼造人

天父朗依和地母帕帕一共生育了七十个儿子，没有一个女儿。众神讨论，怎样才能创造出一个人类世界？他们觉得，诸神都是男性，只有创造出一个女性，才能生产子息，繁衍后代。

林神坦尼对他的兄弟们说："这世界光有众神是不够的，我们需要男人和女人在我的树下行走，听我的鸟儿唱歌，驾驶着独木舟在我兄弟唐伽诺的大海上航行，向众神唱赞美诗。"兄弟们都赞成他的意见。于是，坦尼从地母帕帕身上取来红土，按照神的模样造人。坦尼的三十六个兄弟也纷纷仿效，但是都没有成功。

坦尼经过很多次尝试，捏出了一个漂亮的少女。坦尼向她的鼻孔中吹进的气息，泥土做成的人就有了生命。坦尼为她取名西尼，西尼成了坦尼的妻子。

坦尼与西尼生活在一起，过着甜蜜的生活。他们生了一个女儿，给女儿取名叫西尼·提塔玛。西尼·提塔玛长大了，她非常美丽。坦尼不再照管林中的植物和鸟类，也不屑再与战神打仗，成天和女儿在开满鲜花的林间空地上玩耍。玩累了，他们就躺在松茸铺就的草地上休息。

没多久，坦尼和西尼·提塔玛生了一个女儿。

西尼·提塔玛很爱坦尼，也很爱自己的女儿。可是她不知道自己的父亲是谁。有一天，当坦尼带着女儿去林中听鸟儿唱歌的时候，提塔玛追问母亲谁是自己的父亲，西尼只好说了实话。

西尼·提塔玛得知自己的丈夫原来就是自己的父亲，她觉得再也没有颜面见人，于是她逃避光明，从这个世界消失。

林神坦尼回家后，不见了提塔玛，就四处寻找。他在通向地下灵魂世界的入口处追到了提塔玛，一把拉住她，要她跟自己回家。可是提塔玛制止了他。她对坦尼说："坦尼，回去吧，事已至此，我不怪你。你回去养大我们的女儿，管好你林中的事务，做好你自己的事情。"

"那么，你在这儿干什么呢？这里是灵魂世界，是人死了以后去的地方，你不能待在这里。"

"我以后的位置就在这里，"提塔玛对坦尼说，"从现在起，我要把所有离开人间的灵魂都领到温暖舒适的地方去，我不想让离开身体的灵魂感到孤独。"

从此，西尼·提塔玛把自己改名为西尼·努依·提·波，她成了灵魂世界的引路人，在无边的黑暗里张开双臂，把所有离开身体的灵魂包括男人的灵魂都揽入怀中，让他们不再孤独恐惧。

编译

毛利神话——天地间的孩子玛威

玛威的诞生

玛威的父母是天父朗依与地母帕帕的后代，他的妈妈塔兰伽一共生了五个儿子，玛威是最小的一个。

玛威生下来不哭不闹没有呼吸，是个死婴。死神西尼从灵魂世界来到凡间迎接死婴的灵魂，塔兰伽不忍心看到死神把孩子带走，就剪下自己头顶的发髻，把小玛威包裹起来，在发髻上插了木梳，放进大海。

海神唐伽诺的儿女们发现了黑头发包裹着的婴儿，围着他玩耍。太阳神拉担心玛威会淹死，他从水母的手中夺回婴儿，把他带到天上神的世界，用阳光温暖玛威。死神西尼觉得太阳神这样做很妥当，便允许太阳神把玛威当儿子领回家抚养。

在太阳神的宫殿里，拉把只有神才拥有的本领传授给玛威。他教玛威吟诵并使用大祭师的咒语和法术，把自己的武器，石棒珀突交给玛威使用。玛威从太阳神那里学了很多本领。玛威长大了，他很想念妈妈，太阳神虽然舍不得玛威，但还是同意他去人间寻找母亲。

玛威回到人间，他在村口遇到四个年轻人在做游戏，从他们互相称呼的名字，他知道这四个人是他的哥哥。他在母亲的腹中时，就常常听到妈妈用这些名字称呼他的哥哥。玛威加入游戏，想与哥哥相认。因为不懂游戏规则，哥哥们觉得这个小孩子很讨厌，痛打了他一顿。

玛威坐在树下想了很久，想好办法之后，又回到玩游戏的兄弟当中。他把自己变成了一只鸽子，向哥哥们扇翅膀。一个哥哥来捉鸽子，他又变成一只鹰，几乎要啄到捉鸟者的眼睛。他一边在哥哥们头上转着圈飞，一边依次叫着哥哥的名字，哥哥们以为遇到了妖怪，非常害怕，玛威恢复了原状，站在兄长面前。

“你怎么知道我的名字？”一个哥哥问他。

“我知道，因为你小时候玩到天黑也不回家，妈妈总要到村边的大树下叫你回家。”玛威回答。

“那你是怎么知道我的名字的呢？”另一个哥哥问。

“我知道，因为妈妈教你用亚麻叶子搓钓鱼线的时候，常常要叫你的名字。”

“那你是谁呢？”

“我是你们的小弟弟，所以我才知道你们。”

兄长们相信了他的话，便带他一起做游戏。天黑了，他跟着哥哥们去村里的会堂跳舞。当他们的妈妈塔兰伽来到会堂时，玛威躲在一个哥哥的身体后边，塔兰伽数着自己的儿子，

“一，是玛威·塔卡，二，是玛威·若塔，三，是玛威·派依，四，是玛威·瓦胡，五，咦？这第五个小孩儿是谁家的？”

“妈妈，我也是你的儿子。”玛威说。

玛威的妈妈又重新数过自己的孩子，她很奇怪，自己只有四个儿子，今天怎么会多出来一个呢？她生气了，对小玛威叫道，“你不是我的孩子，你是别人家的，别闹了，快回自己的家去吧。”

玛威说：“你不认识我，可我就是你的儿子，我生下来就被放进了

大海。”接着，他讲述了自己在大海中，如何受到海神的儿女的救助，如何被伟大的太阳神带回家养大，如何回到人间来找自己的家。他从怀中拿出妈妈的发髻和木梳，他的妈妈一眼就认出了自己的东西，惊喜地大声叫道：“我亲爱的儿子，你真的是我的小儿子，你的完整的名字叫玛威·提基提基·阿·塔兰伽，意思就是‘受塔兰伽头发庇护的玛威。’”

玛威跟着妈妈回到家中，妈妈让小儿子睡在她的身边，不断地亲着他。他的哥哥们嫉妒了，因为他们小时候，单独睡在妈妈为他们织的软席子上，妈妈没有带他们睡。从此，玛威的哥哥们因为嫉妒，对失而复得的小弟弟并不友好。

玛威的大鱼

玛威回到了母亲身边，但兄长们跟他并不亲近，出海钓鱼也不带上他。每当兄长们从海上回来，他都要问：“下一次你们能带我去吗？”

他的兄长总是找一些借口搪塞他：“不，你太小，还不能去，我们的独木舟要留下更多的空间装鱼。”

“你长得这么瘦，我们会把你当作鱼饵扔到水里喂鱼的。”

玛威受到蔑视，很不开心，他对自己说：“我要教训他们，让他们知道我能做什么。”

晚上，大家都在会堂里做游戏，玛威没去参加游戏，他在家里用亚麻搓鱼线。玛威一边搓，一边吟诵着钓鱼的咒语，把神威渗进了亚麻纤维。他搓好鱼线，又把老祖母送他的神奇的下颚骨拿出来，做成了一个有魔力的鱼钩。第二天，在兄长们驾船出海之前，他带上准备好的东西，悄悄地上了独木舟，躲藏在船头的炉灶下边。没一会儿，兄长们说说笑笑地拉起了独木舟的船锚，驾船出海了。

过了很长时间，玛威听到兄长们把锚下到了水底，他知道独木舟已经到了钓鱼的地方，兄长们不会赶他回家了，便从舱板下跳出来，突然出现在兄长面前。兄长们大吃一惊，生气地责怪他，说因为他的影响，今天可能会钓不到鱼了。玛威并不生气，当兄长们把鱼钩投进海中时，为了让兄长们开心，他吟诵咒语，使鱼儿争着上钩。兄长们钓到了很多鱼，一会儿船舱就装满了。他们非常得意，坐下来休息。

“现在该轮到我来钓鱼了。”玛威一边说，一边从包里拿出鱼线鱼钩。他没有鱼饵，便请求兄长们给他一点，兄长们不但拒绝给他，还嘲笑他说：

“玛威，你只要把钩放下去就会钓到东西的，不过不是鱼，是一根水草。”

“不是水草，你会钓到更大的东西，是一截枯树枝。”

“哈哈……”兄长们开心地笑了。

玛威没有鱼饵，他捏紧拳头，用力砸在自己的鼻子上，鼻血淌了出来。他用自己的鼻血涂满鱼钩，站在船头，念动咒语，把鱼线用力抛向大海。鱼钩沉到了很深的水中，一直沉到海神唐伽诺海底王国的中心。过了一会儿，玛威的鱼线突然抖动起来，接着绷紧了，越绷越紧，独木舟晃动起来，显然有大鱼咬钩了。兄长们停止了嘲笑，紧紧地握住船舷。独木舟抖动得更厉害了，兄长们央求玛威把鱼线割断，放弃大鱼，保住独木舟。玛威用力地往回拽鱼线，他让兄长们稳住独木舟。渐渐地，一条大鱼的鱼鳍浮出了水面，这是人们从未见过的大鱼，兄长们激动地上前帮忙。

兄弟们和大鱼僵持着，一直到傍晚，才把大鱼拖到船边。玛威用绳子把大鱼在独木舟的船舷上捆好，对兄长们说："老祖母说过，钓到的大鱼是神送给我们大家的礼物。帮我看好大鱼，我回去叫大家一起来分享。"

玛威离开独木舟后，兄长们开始拼命砍鱼，他们想在全村人来到之前，为自己砍下一块最好的鱼肉。当玛威领着众人来到独木舟边上时，大家都被玛威的大鱼惊呆了，人们从来没有钓到过这么大的鱼。玛威的兄长们还在不停地砍鱼肉，他们的贪婪激怒了神，神施用法力，让大鱼在海里不停地翻滚挣扎，一会儿功夫，大鱼的身体变成了坚硬的土地，兄长们在鱼身上的刀砍之处变成了深沟和山脉。

又过了几百年几千年，这些深沟与山脉，成了新西兰今天的样子。玛威的故乡夏威基的人们，带着鸟儿、植物和动物，纷纷移居到玛威钓到的大鱼身上居住。玛威钓到的大鱼，变成了新西兰的北岛；他的独木舟变成了新西兰的南岛；他的船锚变成了南岛南端的斯图亚特岛。

玛威把火种带到人间

一天晚上，玛威躺在火堆边上盯着火苗出神，火种是怎样产生的呢？村子里做饭与取暖的火种，是从火神老祖母那里要来的。所以，不做饭的时候，村民们就用灰烬盖着木柴，堆成好几堆，保存火种。

"如果大雨把火种浇熄了，或者老祖母不愿意再给火种了，村民们怎么过日子呢？"玛威决定，他要弄明白，从哪儿才能得到火种。

半夜，当人们都进入梦乡之后，玛威悄悄起身，从一个村庄走向另一个村庄，所到之处，他弄熄了所有的火种，直到四处黑暗一片，才回到家中。

第二天早上，村子里骚动了。

"我怎么做饭呢？"一位母亲焦急地说。

“我的孩子们怎么取暖呢？”另一位母亲叫了起来。

村民们非常害怕，他们不能没有火，大家纷纷去问酋长怎么办。酋长问大家，谁愿意去见火神玛惠卡，向她索要火种？没有人愿意去。他们听说玛惠卡住在烧焦的山上，脾气特别坏，一不顺心，就会把去见她的人烧伤。玛威告诉酋长，他愿意去见玛惠卡，酋长同意玛威前行，告诉了他去玛惠卡家的路。玛威的妈妈叫他见到火神要小心说话，虽然玛威是火神玛惠卡的重孙子，但如果不小心得罪了火神，火神也会对他不客气。玛威向妈妈保证，“我一定会找到伟大的祖先玛惠卡，把火种带回来。”

按照酋长指的路，玛威走了一整天，都快穿过半个岛了，才看见一座烧焦的大山，山坡是红色的，热浪蒸腾。玛威在山脚下转了一会，发现了一个岩洞，洞口冒出炽热的火苗，他知道，玛惠卡一定住在里边。玛威吟诵了一段特别的咒语保护自己，然后走进了岩洞。岩洞很大，有四个会堂那么大，岩洞的地上有很多缝隙，缝隙里喷着火苗，发出呼呼的声音。玛威正在观察地缝中的火焰，火神玛惠卡已经出现在他的面前。她身上的每一个毛孔都燃着火，她的长发是一大蓬火苗，她的胳膊向前伸着，每个手掌上跃动着五根笔直的火舌。她大概太老了，原先两只明亮的眼睛，现在是两个黑洞。她嗅着空气问：

“是哪个不怕死的人进了我的房间？”

玛威鼓足勇气回答：“是我，酋长的儿子玛威。”

“噢，你就是酋长的小儿子玛威·提基提基·塔兰伽吗？好吧，我的重孙子，欢迎你来到火焰之乡。那么，你来这儿干什么呢？”

玛惠卡向玛威走近一步，玛威几乎忍受不了玛惠卡身上发出来的灼热，但他还是平静地说：“村子里的火种都熄了，我来向你求火种。”

玛惠卡听了玛威的请求，笑了。她从燃烧的手指上拔下一根指甲递给玛威，说：“把这个火种当作我的礼物带给你们村的人，记住，要像尊敬我一样尊敬它。”

玛威带着燃烧着的指甲离开了玛惠卡的家，他边走边想，“如果玛惠卡的火种全用完了，她再从哪里得到火种呢？”

玛威止不住好奇心，他把燃烧的指甲扔进河里，然后回到岩洞，对玛惠卡说：“我跌了一跤，把火种弄丢了，你能不能再给我一根？”

玛惠卡这天的态度很好，她很久没有和人说话了，对这个重孙子印象不错，于是又给了玛威一根燃烧的指甲。玛威出门后又弄熄了指甲，再次回到玛惠卡家里，说出另一个借口：“我过河的时候，一条鱼跃出水面，浪花溅起来，熄灭了我的火种。”

玛惠卡毫不怀疑玛威的话，又给了他一根燃烧的指甲。

这一天，玛惠卡把所有的指甲都给了玛威，而玛威把所有的指甲都丢掉了。当他再次回到玛惠卡家的时候，玛惠卡发脾气了。她明白玛威在捉弄她，就用周身的大火追得玛威在岩洞里团团转。玛威找个机会，冲出了岩洞，但是火焰山上的火向他排山倒海地扑过来。玛威无处逃避，情急之下，他变成一只苍鹰，冲向高空，但火焰升腾，一直燃烧到他双翅下的羽毛。玛威又变成一条鱼，潜入河底，希望在深水中躲避火焰，但大火让河水开始沸腾。玛威绝望了，跃出水面，冲向树林。一边寻找可以藏身的大树，一边向风神塔威里祷告求救。他的祷告起了作用，一大片乌云瞬间聚集在空中，暴雨如注，扑灭了火焰。

玛惠卡的力量耗尽了，她的火焰山不再发热，但她的愤怒还没有消失。她拿出最后一根脚指甲投向玛威，燃烧的脚指甲没有砸中玛威，而是扔进了森林。于是，火种被种进了树丛，枯干的大树接受了火种，认为这是一个天降礼物。

玛威回到村子里，他的手上并没有捧着村民们期盼的火种，而是拿着一段烧焦的树干。村民们围上来，询问他是否找到了火种，他举着焦木块，教村民们用摩擦树木的方法获得火种。村民们欢欣鼓舞，他们又可以用火做饭，用火取暖了。他们从此不再害怕火种熄灭，随时都可以用摩擦木头的方法来生火。虽然玛威为了寻找火种几乎送命，但他发现了火的起源，给人们带来了永远的火种。直到今天，在新西兰的天空中盘旋的雄鹰，翅膀下边的羽毛还是烧焦的红色，它提醒人们，玛威为人间盗火，几乎送了性命。

编译

走向心灵深处的宝玉
——读刘再复先生《贾宝玉论》（上篇）

一

《红楼梦》是我最爱读的书，也是对我影响最大的书。十六七岁下放农村没书读的时候，《红楼梦》是留在我手中唯一的一部长达两年的书。每天晚上在煤油灯下翻看，借来的新书翻卷了边，但是从未想过是否真正读懂了《红楼梦》。

读刘再复先生的《贾宝玉论》（上篇），我的感觉是又睁开了一只眼睛。我看到了从来没有看到过的《红楼梦》，看到了从来没有看到过的贾宝玉。这个贾宝玉是如此真实，对比之下，我以前对贾宝玉的认识，仅仅是表象。

此文对我的震撼可谓惊心动魄。文章读起来没有一点障碍，看似平易，却处处是文眼，句句是悟语。这是一种历尽繁华之后的平易，是生命过程、学术生涯历尽繁华终于走向心灵深处的大彻大悟。这种大彻大悟彻底扬弃了所有有碍于心灵呈现的形式。处于生命本真状态的作者"自歌自舞，自语自说"。我猜想这种写作状态接近曹雪芹《红楼梦》的写作状态，因此作者才会如此真切地呈现给读者一个无比丰富的贾宝玉的"婴儿宇宙"。

读起来顺畅不等于理解起来容易，我感觉到所有的文眼、悟语后面都有内涵丰富的文化底蕴作支撑。认真去思考这篇《贾宝玉论》（上篇），我如入宝山，目不暇接。我想捡起宝藏，却力不从心。退出来，又看到“星”光灿烂。我终于明白，读这篇文章，我面对的不仅是文字和学问，而是广阔的宇宙，活生生的心灵。感悟到了“人间一切金光玉彩，都不如一颗至真至善之心所具有的无量价值和无量辉煌”（《贾宝玉论》上篇）。

二

贾宝玉这个文学形象所蕴含的巨大精神内涵，可以给身处不同文化背景的读者以千百重暗示和无数个联想。贾宝玉是什么人？每个人都有自己的解读。我看到的贾宝玉是一块通了灵的石头，是个衔玉而生的贵族公子，是林黛玉的知心人，是个痴情人，是个不要人怕的人，是个怕读文章的人，是个富贵闲人，是个于家于国无望的人。如果要我从上述概念中再选一个去描述我心中的贾宝玉，我会认定贾宝玉是个痴情人。

对于“贾宝玉是什么”这个问题，刘再复先生在《贾宝玉论》（上篇）中断然回答：“贾宝玉是一颗心。贾宝玉是人类文学史上最纯粹的一颗心。”

尽管我读《红楼梦》读卷了书页，对贾宝玉这颗“人类文学史上最纯粹的一颗心”却视若无睹，浑然不知。我看到贾宝玉是贾府的“凤凰”，大观园中的“赤子”，因为是顽石所化，所以具有顽石的秉性，混沌不开窍；我也看到贾宝玉无等级之分，无势利之心，但从未究其本质；我认为贾宝玉是个丰富感人的文学形象但不是崇拜的偶像。潜意识中我钻了只有建功立业才是英雄的牛角尖。

为什么一个“心”字即可表述内涵丰富的贾宝玉？刘再复先生认为：“我一直把心灵视为和外宇宙并存的‘内宇宙’，它同样没有时空的边界。贾宝玉这个‘人’所拥有的这颗‘心’，其第一特征，恰恰是它的无限包容性。它天人无分，物我无分，内外无分。它爱一切人，宽恕一切人，接纳一切人。在他的心目中，既没有敌人，也没有坏人。”“贾宝玉的心，近乎释迦牟尼之心。说到底是一颗大慈悲之心”（《贾宝玉论》上篇）。

贾宝玉对晴雯、鸳鸯的尊重是无分别心，对贵为王妃的姐姐他有一颗平常心，对把蜡烛油泼到他的脸上的贾环他有宽恕之心，对用魔法害他的赵姨娘他没有怨恨之心。他的心接纳一切人，无论和什么人在一起，从王爷到戏子，不变的是贾宝玉那颗本真和毫无势利之心。

从“心”的角度去看贾宝玉，那些不为人理解的似傻如狂，顽劣憨痴都一一能解。这种心的纯粹是人性中最纯真最完美的部分，它超越了世俗功利，超越了时空界限，因此，贾宝玉这一罕见的文学形象就有了永恒的意义。

三

刘再复先生认为中国文学中国文化最大的宝藏就在《红楼梦》中。他在《红楼梦悟》序言中说：“《红楼梦》禅味弥漫，没有禅宗就没有红楼梦。”在这篇《贾宝玉论》中他进一步阐述：“《红楼梦》是一部心灵大书”，是“曹雪芹以文学形式展示的诗意心学”。“从哲学上说，《红楼梦》是王阳明之后中国最伟大的一部心学，但它不是《传习录》似的思辨性心学，而是意象性、形象性的心学。”

在“中国大文化史上，可说有三次‘心学’高潮。第一次是唐代慧能（《六祖坛经》）以宗教形式出现的自性心学；第二次是明代的王阳明（《传习录》）以哲学方式呈现的良知心学；第三次便是清代曹雪芹以文学形式展示的诗意心学”（刘再复《贾宝玉论》上篇）。把慧能（《六祖坛经》）以宗教形式出现的自性心学，王阳明（《传习录》）以哲学方式呈现的良知心学，曹雪芹（《红楼梦》）以文学形式展示的诗意心学合起来称为中国大文化史上三大心学，是这篇《贾宝玉论》中的“石破天惊”之语。

南宗六祖慧能的两首著名的偈语“菩提本无树，明镜亦非台，本来无一物，何处染尘埃”与“风也不动，幡也不动，是人心自动”均强调本心，强调大千世界“本来无一物”，风动、幡动，都是心动。王阳明在《传习录》中问他的学生：“心即理也。天下有心外之事，心外之理乎？”又说：“夫心之体，性也；性之原，天也。”认为：“心外无物，心外无理。”《红楼梦》中的贾宝玉，“无故寻愁觅恨，有时似傻如狂”。但如果从心灵的角度去看，他的所作所为无不出自本心。三者比较起来，虽然形式不同，载体不同，均为万象归一，心灵一元。

《传习录》被称作“精一之学”，《六祖坛经》以“心”为本为“精一”，这个“一”，便是心。而《红楼梦》的“精一”形象，就是贾宝玉的心灵。王阳明以逻辑思辨的方式，把天理良知、真情真性统一凝聚于心，《红楼梦》则借助于对贾宝玉心灵的描写，“为世界文学之林提供了一颗前所未有的最丰富、最纯粹的心灵意象”（《贾宝玉论》上篇）。

刘再复先生以“诗意心学”为切入点，成功地把这部不朽经典的最深刻的内核展示给了读者。

四

林黛玉曾经向贾宝玉提过一个问题："宝玉，我问你：至贵者是'宝'，至坚者是'玉'。尔有何贵？尔有何坚？"宝玉竟不能答。

对于这个"林黛玉问题"，刘再复先生说："《红楼梦》是一本心灵大书，《红楼梦》全书回答的也是这个'林黛玉问题'。其答案也正是说，人间的至贵者、至坚者并非权力、财富与功名，而是那颗至柔但又至真至美至善的心灵。"

"林黛玉问题"是心灵的叩问。在《红楼梦》第二十二回中，贾宝玉"竟不能答"，到了第一一七回，宝玉出家之前说："我已经有了心了，要那玉何用？"从自发到自觉，贾宝玉完成了从玉到心的飞升。

对贾宝玉的这一生命历程，刘再复先生说："经过林黛玉泪水的洗礼和生活沧桑的启迪，他终于走向心灵深处，意识到心外无物，心外无玉，心外无天。我说《红楼梦》是一部伟大的心史，就是贾宝玉所呈现的这种由石到玉、由玉到心、两度通灵的心灵史。"

我从没想过，一个看似简单的问题，竟然拎起了《红楼梦》的主旨，人生的本末。人生之本是什么？人间的至贵者、至坚者是什么？是"生命的本真本然，心灵的质朴状态"（《共悟红楼》）。"陋室空堂，当年笏满床。衰草枯杨，曾为歌舞场。"世人忘不了的权力、财富、功名是末不是本。

五

绝美的宝黛恋情，还泪的林妹妹，痴情的宝哥哥，恰似一曲《枉凝眉》，如怨如慕，如泣如诉。每一个爱读《红楼梦》的人都能从中找到最能触动自己的那一缕情丝，甚至能够不分文化层次地去欣赏这种纯精神恋爱。

宝黛之恋为什么具有销魂摄魄的美感？我不只一次地问过自己，也不只一次地否定了自己的答案。因为无论用什么词都太一般，都无法涵盖我从中体会到的无比丰富的内涵。

刘再复先生在这篇《贾宝玉论》中说："因为宝玉的'本质'是一颗'心'，所以他的恋情也是一种不同凡响的心恋。我曾说他与林黛玉的恋情乃是'天国之恋'（不是和薛宝钗的那种世俗之恋）。所谓天国之恋，除了指前世在灵河岸边三生石畔的神瑛侍者与绛珠仙草的天界恋情之外，还有另一层意思是地上的心灵之恋。"

写宝黛爱情的文章不少，强调情，强调悲剧、闹剧，都有道理。然而最能说明宝黛恋情实质的，还是这篇文章中提到的"心灵之恋"。

宝玉在情榜上的考语是"情不情"，这正是一颗至真至善至美的心灵所具有的特征。把爱推向一切人，一切物，以致"天人无分，物我无分，内外无分"。然而在心灵深处，贾宝玉还是"情情"，他"只钟情于一个知己，一个知音人，一个知心人，也只爱一个人，专爱一个人，这个人就是林黛玉"（《贾宝玉论》上篇）。宝玉本性的"情不情"和心灵深处的"情情"都是心灵的真实。

柏拉图所说的精神恋爱曾被称为虚构的爱情。"两千多年后的东方大文学家曹雪芹，倒是真的创造出一双精神恋爱的诗意形象，从而把精神之恋推上美的巅峰"（《贾宝玉论》上篇）。

六

刘再复先生在这篇文章的开头和结尾写了一个感人至深的故事。

《贾宝玉论》是聂绀弩老人像春蚕一样不吐出来就死不瞑目的最后一缕丝，写出《贾宝玉论》是二十六年前老人紧紧抓住小床不愿去医院时表述的最后心愿。我惊讶地看到，在聂绀弩老人心中酝酿已久的这缕丝，与他的生命、心灵、血脉紧紧相连的这缕丝，在作者的情感深处竟然也酝酿了二十六年。这是一个围绕着《红楼梦》的报答知遇之恩的故事，让人理解什么是人间真性情的故事。就像这篇《贾宝玉论》所昭示的，为完成老人未尽的心愿，作者捧出的是至真至善至美的心灵。

七

刘再复先生用生命阅读感悟《红楼梦》，他的“释之宝玉”佛光四射。他对贾宝玉的阐释我读起来有“不知是庄周梦蝶还是蝶梦庄周”的感觉。在阅读的时候我尝试去跟随作者的思想轨迹，却仿佛看到了作者投入的生命意象,看到了作者的心路历程中曾经面临的重大选择——是重桂冠还是重人，重“玉”还是重“心”的选择。二十年前，在作者的第一人生向第二人生转折之际，他丢了“玉”，却得到了“心”。

在这篇《贾宝玉论》中刘再复先生虔诚地写下了贾宝玉的形象对自己的启迪：“这一启迪就是对待自己的祖国也应像贾宝玉对待父亲那样，不管祖国如何对待我，我都应当永远敬爱祖国、热爱祖国。因为祖国如何对待我，那是祖国的事，而如何对待祖国，则是我的事，我的品格。”读至此，我的眼前出现了贾宝玉被父亲打得伤筋动骨仍然毫无怨言的画面，出现了在小说末尾贾宝玉身披大红猩猩毡斗篷在雪影中向父亲叩首的画面，感慨系之。

理想人格的追寻
——读刘再复先生《浑沌儿的赞歌》（《贾宝玉论》续篇）

一

读了刘再复先生《贾宝玉论》上篇，又读了他的《浑沌儿的赞歌》（《贾宝玉论》续篇），感觉到这篇《贾宝玉论》似乎有一种力量，让人不读明白就不能罢手（以我的“功力”，想真正读明白不是一件容易的事）。不过这时候如果有人问我什么是参禅悟道，我的回答一定是读《贾宝玉论》。第一篇刘再复先生用佛家文化视角看宝玉，称释之宝玉是一颗心；第二篇从道家文化视角看宝玉，说道之宝玉是自然，是真人。这两篇文章都是刘再复先生“明心见性的直觉之悟”，但是读起来感觉还是有所不同，第一篇禅味弥漫，应该是慧能式的禅悟；第二篇汪洋恣肆，大约是庄子式的觉悟。

贾宝玉既是庄，又是禅，是庄、禅交融而成的日常生活化的“真人”。我在试图理解贾宝玉这颗人类文学史上最纯粹的一颗心和贾宝玉呈现的理想人格的同时，心里一直想着一个问题，即：贾宝玉是曹雪芹的人格化身，灵魂投影，是曹雪芹的第一梦中人。那么，贾宝玉所呈现的人格理想是否也是作者（刘再复）多年来唱着“寻找的悲歌”去求索去追寻的理想人格？

二

读《红楼梦》，最难读懂的人就是主人公贾宝玉。我从未把衔玉而生的贵族公子贾宝玉看成偶像，当成英雄。读这篇《浑沌儿的赞歌》，我去除了只有建功立业才是英雄这一“障碍”，开始去考虑，人生超越功名利禄、成败得失之上的境界是什么。

在《红楼梦》第三回中，王夫人对初次见面的黛玉说：“我有一个孽根祸胎，是家里的‘混世魔王’。”又告诉黛玉“他嘴里一时甜言蜜语，一时有天无日，一时又疯疯癫癫，只休信他。”王夫人对黛玉说的是实话，对宝玉的描述也极传神。这样的一个“顽劣异常，极恶读书”的“混世魔王”，自然很难成为读者心中以建功立业为标准的英雄。

读了《混沌儿的赞歌》（《贾宝玉论》续篇）之后，很明显，我阅读《红楼梦》的视角发生了变化。对贾宝玉的认识，从几乎是停留在《红楼梦》第三回里的两首《西江月》之上，也就是停留在“天下无能第一，古今不肖无双”的认知之上，到透过表象，看到这个文学形象所呈现的“真人”内核，我受到的启迪是巨大的。

仅举几例：

1. 对贾宝玉是个“丈八的灯台”的理解。

在《红楼梦》第十九回中，宝玉的奶母李嬷嬷说宝玉是个“丈八的灯台，照见人家，照不见自家的”。这句话很形象地道出了很多读者眼中的贾宝玉。我印象中的贾宝玉就是这样一个有些混沌不开窍的贵族公子。这块温柔富贵乡的宝玉，集万千宠爱于一身，是贾府振兴家族，光宗耀祖的期望所在，却偏偏是个“行为偏僻性乖张”，“于国于家无望”

的“逆子”，是个不开窍的浑沌儿。

刘再复先生说：“读《红楼梦》可以有千百种读法，此时我们把它读作‘浑沌’的赞歌，给‘不开窍’给予一种积极的理解，那么贾宝玉这个形象的精神内涵就会更深刻地展现出来。”

对“浑沌”状态他作如下阐释：

> 所谓“保持自然天性”，在庄子的“道眼”里，便是保持一种本真本然的浑朴状态，也就是“浑沌”状态。庄子用一个著名的故事说明这一思想：“南海之帝为儵，北海之帝为忽，中央之帝为浑沌。儵与忽时相与遇于浑沌之地，浑沌待之甚善。儵与忽谋报浑沌之德，曰：‘人皆有七窍以视听食息。此独无有，尝试凿之。’日凿一窍，七日而浑沌死。”（刘再复《浑沌儿的赞歌》）

曹雪芹笔下的贾宝玉正是这样一个“保持自然天性”、愚鲁、不开窍的浑沌儿。对贾宝玉“丈八的灯台”的譬喻，出自不招人待见的李嬷嬷之口，可见在世俗之人的眼中，丈八的灯台大而无当，是个无用之物（虽然在李嬷嬷眼中，丈八灯台无用，但贾宝玉还是有大用）。贾宝玉生于大富大贵之家，在贾府“外面的架子虽未甚倒，内囊却也尽上来了”之时，作为贾府众望所归的接班人，他偏偏视“仕途经济”为混账话，斥“读书做官”之人是“国贼禄蠹”，浑沌至极，不开窍至极，也无用至极。难怪冷眼旁观者冷子兴在《红楼梦》第二回中评说：“更有一件大事：谁知这样钟鸣鼎食之家，翰墨诗书之族，如今的儿孙，竟一代不如一代了！”但是从超越世俗的视角来看，从庄子的“道眼”来看，无用正是大用，“丈八的灯台”这个譬喻倒是形象得很。贾宝玉的浑沌和愚鲁恰恰因为他是个“丈八的灯台”，“照不见自家”，这个“照不见自家”的状态就是浑沌不开窍状态，就是无功利、无谋略、无计算等状态。处于这种状态的宝玉，无论如何引导，如何开凿，终归还是浑沌不开窍。正因为如此，贾宝玉这一形象又从超越的视角“照见人家”：他的至真、至纯、至诚、至善的本性，他的天真天籁的赤子之心所昭示的无量价值和无量辉煌，“使人能够超越社会的污浊与人世的黑暗，也使人不会在功利活动中愈陷越深而迷失，遗忘自由、自在、逍遥的价值”（刘再复《浑沌儿的赞歌》）。

2. 对“若真也葬花，可谓‘东施效颦’”的解读。

《红楼梦》第三十回中有这么一段：

“如今五月之际，那蔷薇正是花叶茂盛之际，宝玉便悄悄的隔着篱笆洞儿一看，只见一个女孩子蹲在花下，手里拿着根绾头的簪子在地下抠土，一面悄悄的流泪。宝玉心中想道：‘难道这也是个痴丫头，又像颦儿来葬花不成？’因又自叹道：‘若真也葬花，可谓‘东施效颦’，不但不为新特，且更可厌了。’”

对于这一段，我原来的理解是宝玉因为对林黛玉爱之深，才会把想象中学黛玉葬花之人不分青红皂白归为“东施效颦”。黛玉葬花之时，“感花伤己”，作葬花辞，宝玉听了“不觉痴倒”。学黛玉葬花的女孩子，也“一面悄悄的流泪”，何以被宝玉斥为“不但不为新特，且更可厌了”？况且“可厌”二字，被宝玉用在一个正在流泪的美丽的女孩子身上，似乎不合情理。

反复阅读刘再复先生在这篇文章中阐述的庄子的“真人”定义与贾宝玉的“真”、“至”人格，细细品味“在庄子的定义里，‘真人’最重要的特征乃是‘自然’，不是‘意志’；是‘顺应’，不是‘强求’；不是‘有为’，而是‘无为’。”就会明白这“可厌”二字，看似不合情理，不符合贾宝玉敬重、怜惜女孩子的性格特征，却符合庄子真人的自然天性，也符合贾宝玉的自然天性。这里的“自”，是自身，“然”，是如此这般。“东施效颦”，是《庄子·天运》中的故事：美女西施因病而皱着眉头，益增其美；邻居丑女见了觉得很美，就学西施也皱起眉头，结果显得更丑。以致邻里的有钱人看见了，紧闭家门而不出；穷人看见了，带着妻子儿女跑开。东施被人厌恶是因为她只知道西施皱着眉头好看却不知道好看的原因，不知道自然率性是美，人为矫饰是丑的道理。贾宝玉明白黛玉葬花，是黛玉的自然天性，特意学着黛玉去葬花，则有悖于自身的自然天性，是人为矫饰，这就是“东施效颦”。这种违背自然本性的行为“不但不为新特，且更可厌了。”贾宝玉对“龄官画蔷”的误解引起“东施效颦”的评说，精彩极了，使人能够从中看到贾宝玉敬的是什么，厌的是什么。这是他真人性格的自然流露。正如刘再复先生所说：“贾宝玉无需求道，他本身就是道，就是自然。”

3．对“何事文武立朝纲，不及闺中林四娘”的理解。

《红楼梦》第七十八回，贾宝玉去晴雯灵前祭拜扑了个空，“正在不知所以之际”，被父亲找去作《姽婳词》，命题作诗，表彰前朝林四娘“殒身为王”的忠义。对贾宝玉在《姽婳词》中提出的“何事文武立朝纲，不及闺中林四娘”这一问题，我原是用诗中的“不期忠义明闺阁，愤起恒王得意人”来回答。后来又想到，这一问题的回答并不是这么简单。

虽为命题作诗，连序言都拟好了，仍然难掩贾宝玉飞扬的人格光芒。他对“立朝纲”的文臣武将的叩问，反叛倾向是明显的。这与他对

“文死谏，武死战”的嘲讽一脉相承。虽然我不认为在这里贾宝玉的批判矛头所指是封建王朝，却找不到合适的答案。读了《浑沌儿的赞歌》之后，我恍然大悟，解答这个问题的钥匙应该是庄子体系的核心思想“不为物役”。让我直接领悟这个道理的是下面这段话：

> 更为难得的是，贾宝玉不仅不为狭义之物所役，而且更不为广义之物所役。他对广义之物即身外的社会存在一直保持很高的警觉。贾宝玉嘲讽朝廷中那些“文死谏”“武死战”的文臣武将，嘲讽的便是这些人自以为“忠君爱国”却不知自己被“君”“国”“皇权”“皇统”这些漂亮而沉重的外物所役。历代文人与百姓也将那些敢于“死谏死战”、为皇帝皇家牺牲卖命的文臣武将视为楷模，给予树碑立传，殊不知这些烈臣猛士完全没有个体生命存在的意识，完全没有独立人格与自由精神。他们完全是一些被帝王权威这种外物所统治、所支配、所奴役的异化生命。（刘再复《浑沌儿的赞歌》）

“人谁不死？只要死的好。”林四娘“誓盟生死报前王”，无任何功利目的，连“难预定”的胜负都不为，为的只是情义（这与朝廷表彰的“忠义”的含义又有不同）。贾宝玉在《姽婳词》的结尾为林四娘“长太息”，他叹息的是为爱、为情义而死的林四娘，与那些被功名利禄所役，被“朝纲”所役，被“君”“国”“皇权”“皇统”所役而去“死谏死战”的文臣武将有着根本的区别。

三

读《浑沌儿的赞歌》，庄子的“与天地独往来”的道家真人，曹雪芹的人格化身贾宝玉，刘再复的人格理想，相互交叠，难分彼此。我不得不去想此文开头的那个问题：贾宝玉是曹雪芹的人格化身，灵魂投影，是曹雪芹的第一梦中人。那么，贾宝玉所呈现的人格理想是否也是刘再复多年来追寻的理想人格？

读刘再复先生的文章，我注意到他的文章中有两条线：一条线是对为外物所役的警觉和拒绝，另一条线是对真我、对生命的本真本然状态的回归。我想进一步找一些材料支持我这个想法，才发现这两条线实为一件事，我中有你，你中有我。

1983年他出版了两本散文诗集：一本是《深海的追寻》，一本是《告别》。这两本散文诗集的名字好像与我的“感觉”——刘再复先生文章中的“拒绝”与“回归”巧合。因为“追寻”他“告别”，告别的是“幼稚”、“愚昧”、“狂热”、“迷信”；追寻的是“真的生命”和“新的觉醒”。

在1987年获金钥匙奖的《性格组合论》中，我看到刘再复先生对“自己心灵之外的各种压力”的拒绝，听到了他对“文学的灵魂”的呼唤。这种呼唤和拒绝，在他走出国门以后的“第二人生”的漂泊中从未停止过。

“自己心灵之外的各种压力”包括哪些？以我的理解，大约是政治权术、功名利禄，是“末”不是“本”，是“物”不是“人”。从《返回古典就是返回我的六經》这篇文章中我找到了刘再复先生自己的答案：

"在返回生命本真的路上，什么是真正的障碍呢？老子和庄子的回答是一样的：障碍就是那些人为制造出来的东西，不仅是技术和技术派生出来的兵器、战车，而且是概念和概念派生出来的巧智、心机和权术。"

读2010年出版的《双典批判》，我看到了刘再复先生对"你砍我杀，你死我活，布满心机权术的活地狱"的力透纸背地拒绝。他认为《红楼梦》是导引我们走向天国的"天国之门"，书中的贾宝玉、林黛玉们，都是把我们引向天国的诗意生命。而《水浒传》与《三国演义》却是中国人的"地狱之门"。这两部书，"一部是暴力崇拜，一部是权术崇拜"，是五百年来"危害中国的世道人心最大最广泛的文学作品。"

对巧智、心机和权术的彻底拒绝就是返回生命本真之路的凯旋。他"放下洞察古今的学者姿态"，睁着无遮拦的儿童的眼睛，欣喜地大喊："我要告诉所有的朋友，我要带给他们一个真实的讯息。我的童年的眼睛已经回到我的眼眶里。回来了，从母亲的摇篮里睁开的眼睛回来了"（刘再复《独语天涯》第120页）。

这双"复归于婴儿"的眼睛看到了《红楼梦》中有一个同样睁着一双亮晶晶的婴儿的眼睛的贾宝玉，发现了《红楼梦》是一部意象性的伟大"心学"。此时，道家率真、纯朴、混沌品格的真人，曹雪芹的理想人格贾宝玉，刘再复在他的"第二人生"中"返回童年，返回童心"的反向追求，血肉相连，交叠为一体。

四

我尝试从《混沌儿的赞歌》中贾宝玉的基本性格入手作一个简单比较。

1. 外不殊俗，内不失正。

何谓真人？"庄子中的《大宗师》篇用多种角度定义'真人'，这也正是庄子理想人格的核心内涵。在定义中，真人首先是具有一种不强求的立身态度，即‘不逆寡’（不反自然而行），‘不雄成’（不以强硬的方式去完成某个事项），‘不谟士’（不用心机待人处世）。把成败得失看得很淡，得而不喜，失而不悔，因此能‘登高不栗，入水不濡，入火不热’。而这，正是贾宝玉的基本性格”（刘再复《浑沌儿的赞歌》）。

与真人品格相仿佛的是刘再复先生的文章中不止一次出现的“外不殊俗，内不失正”八个字。他说：“嵇康有一句话：‘外不殊俗，内不失正。’‘俗’是世俗社会，外不殊俗，是说在外表上不拿架子，不持与世俗世界格格不入的姿态；但内心要坚持自己的原则，‘内不失正’”（刘再复：《中国贵族精神的命运》）。

贾宝玉正是身为贵族公子，却没有架子的人。他自然而然地和三教九流交朋友，而且非常真诚。更宝贵的是嬉笑作乐中，并不胡作非为，写诗作词也守持心灵原则。宝玉这番表现，正符合嵇康所说的“外不殊俗，内不失正”（刘再复《红楼悟语》第52条）。

他曾把这八个字抄赠给女儿刘剑梅（《共悟红楼》），刘剑梅回应她的父亲说：“您很喜欢嵇康所说的‘外不殊俗，内不失正’八个字。前面四个字是俗谛，后面四个字是真谛”（刘再复、刘剑梅《“红楼”真俗二谛的互补结构》）。

刘再复对胡适的评价从另一个侧面证明了他对“外不殊俗，内不失正”的肯定：“胡适没有霸气。有学识而没有霸气，便是美”（刘再复《书斋话题》第43条）。

“有学识而没有霸气”的人，是有赤子之心的人，这几个字可以用来评价刘再复先生本人。符合贾宝玉基本性格的“外不殊俗，内不失正”，也正是刘再复先生自己的立身态度。

2. 只重过程，不知目的。

老庄理想中的远古浑朴之人，是没有目的的幸福人。这种不知目的，是对“机心”的拒绝。贾宝玉天生不知目的，他“为生活而生活，为读书而读书，为诗歌而诗歌（即为艺术而艺术），为爱恋而爱恋”（刘再复《浑沌儿的赞歌》）。贾宝玉是个只知“过程”，不知“目的”，不知“结果”的浑沌儿。

与贾宝玉天然地扬弃“目的”相比，刘再复先生也是自发地，自然地只看重“手段”，不看重“目的”。他认为“‘手段’比‘目的’重要，‘过程’比‘结果’重要。我宁可让人生‘无目的’，‘无结果’，也不愿意使用黑暗的手段”（刘再复《“人生哲学”漫笔》）。

他用孩子的眼睛和成人的眼睛作对比，发现成人的眼里只有目的，只看到伟大的蓝图，伟大的目的常常被用来掩饰手段的黑暗。而孩子的眼睛“穿透不了目的，常常只看到手段，残暴的手段总是使他们惊恐尖叫”。因此，“孩子的眼睛比成人的眼睛更可靠”（刘再复《童心百说》第53条）。

在《双典批判》中刘再复先生对《水浒传》“智取生辰纲”模式的质疑，对以暴易暴，以不义对抗不义的质疑，也印证了他对“手段”的重视。即便是不义之财，以暴力抢劫的手段去解决财物的归属这一做法是否合法、合情、合理？他说：“文明社会之所以文明，恰恰在于避免用‘不义’对抗‘不义’，而是通过宗教、教育等办法特别是通过法律程序来消解‘不义’。”

读刘再复先生的文章，没有“隔”的感觉。那是因为在他的稿纸上，一个字一个字都是真实的生命。他的写作，特别是走出国门以后的写作，“是生命活下去、燃烧下去、思索下去的渴求”（刘再复《不为点缀而为自救的讲述》）。与贾宝玉为快乐而写诗相同，他的写作只重过程，不问目的；只重表达，只重心灵的呈现，而不是刻意去“立言”、“立功”、“立德”。

3．为胜利者鼓掌。

在大观园诗社的比诗中，贾宝玉常常被评为最后一名，但他仍然发自内心地赞扬评判者评得极公平，衷心地为胜利者鼓掌。刘再复先生的心中也有个大观园，也有个诗社，那就是他心中的文学理想国。他倾注自己的真情真性守护着这个理想国。1988年，刘再复应邀赴瑞典参加诺贝尔奖颁奖仪式,看到瑞典学院院士马悦然正在阅读高行健的长篇小说《灵山》，但因为是手写稿，读起来费力。刘再复从瑞典把《灵山》手稿背回北京，打印好了请瑞典驻华使馆文化参赞交给马悦然。1992年，刘再复先生在瑞典斯德哥尔摩大学任客座教授，他与妻子陈菲亚在复印机旁站了一夜，复印了莫言的《酒国》送给马悦然和罗多弼教授。莫言获诺贝尔奖以后，一些人指责莫言为“乡愿”，刘再复先生毫不犹豫地为莫言辩护。从上个世纪八十年代开始，为中国当代文坛“恢复人在文学中的主体性地位”，为推动中国文学走向世界,他倾心竭力，甘做神瑛侍者，发自内心地为优胜者鼓掌，为他人叫好。这是生命的本真本然之道，没有生命之真，哪有为艺术而艺术，为学术而学术的最高境界？

4．不争之德。

老子在《道德经》中提“不争之德”，“以其不争也，故天下莫能与之争”，他的“不争”带有策略性。贾宝玉也是从不与他人争辩，他不争权势、不争功名，不争是非，宠辱不惊。他的不争，是无“目的”的不争，无策略的不争。

对“不争之德”，我一直心存疑惑：不争，是不是要不明是非，不知善恶，不分美丑。读了这篇文章，从贾宝玉的“不争”中才明白，宝玉心中“不是没有是非（他心之明亮，贾府里无人可比），只是不屑于纠缠是非”。宝玉的不争之德是不求道而得道的本性，因此比老子的不争之德更纯粹、更彻底。

刘再复先生出国二十四年来一直守持不争之德。为了文学的沉浸状态，不屑于纠缠是非，对强加于自身的不实之词保持沉默。但是对德国人顾彬的中国当代文学垃圾论，他却无法再沉默，决定写文章与顾彬争一争（刘再复《驳顾彬》）。为自己可以不争，为了中国文学的赤子与中国当代文学的整体成就，他不得不言，不能不争。这个天才的诗人、文学评论家，睁着“直愣愣”的赤子的眼睛，守护着自己心中的理想国，“一个绝对不能让冒牌货踏进的美丽园地”。对顾斌的驳斥，是刘再复先生不能不说的真话，亦是出于本性对自己平生所求之道的守持。

五

不为物役也不役物，扬弃人为的东西，把自己置身于“无待”、“无立足境”状态，在刘再复先生的文章中，一个“重自然，重自由，重个体生命”，以自己的思想和智慧“与天地独往来”的理想人格形象脱颖而出。和贾宝玉呈现的理想人格相似，这个形象既是庄，又是禅；既是庄子的理想人格“真人”“至人”，又是慧能式的平常心、平常人。

现在我大约已经找出了“贾宝玉所呈现的人格理想是否也是刘再复多年来追寻的理想人格”这个问题的答案了。我的答案是“是”，又“不全是”。刘再复先生为文学而生，他倾注他的至情至爱于他喜爱的文学、文学作品、文学形象，却又不会被任何作品、任何文学形象所束缚，所限制，甚至不会被自身所限制。他的文章，他的作品具有强大的自身生命张力场，蕴含着天地的雄浑之气、自然之气、清奇之气，生长于“无立足境”，繁茂于“无何有之乡”，成荫于现实人生的土地上。

那是“自然”生长的文学生命，海一样深邃，天空般广阔，却又能自省、自洁。思索着、歌唱着，如一个正在玩耍的孩子，睁着亮晶晶的纯净的眼睛，发出天真天籁的声音。

人的解放的旗帜

——读刘再复先生《逆子、孝子、浪子、赤子》

（《贾宝玉论》再续篇）

一

刘再复先生在《贾宝玉论》上篇、续篇、再续篇中，分别从释、道、儒三种文化视角来审视和描述贾宝玉，这是作者为了分析的需要选取的文化视角。为什么是释、道、儒而不是儒、释、道？我想这个分析路径的选取，与《红楼梦》中贾宝玉这个文学形象所呈现的“重自然、重自由、重个体生命”，以老子、庄禅为灵魂的文化血脉相一致；亦与刘再复先生“厚重‘六经’（刘再复先生选择与界定的六经包括《山海经》、《道德经》、《南华经》、《六祖坛经》、《金刚经》和文化圣经《红楼梦》），不薄五经”，返回古典的精神之路相一致。

“满纸荒唐言，一把辛酸泪，都云作者痴，谁解其中味？”读《红楼梦》，“能解者方有辛酸之泪”（《脂砚斋重评石头记》甲戌眉批）。真正能解《红楼梦》的人，是与曹雪芹的人生大梦息息相通的人，是能够听到“千百万心灵的歌哭”的人。聂绀弩老人说《红楼梦》是“人书”，刘再复先生进一步阐释“‘人书’，乃是‘人的解放’之书”，“《红楼梦》这部‘人书’包含着西方文艺复兴的全部内涵，贾宝宝玉这个形象则暗示着‘人的解放’的全部要点”（《贾宝玉论》再续篇）。贾宝玉身上，蕴含着曹雪芹的梦想，聂绀弩的梦想，也蕴含着刘再复的梦想。这是心灵自然的梦想，以人的解放为旗帜的梦想。

阅读《贾宝玉论》，我想起刘再复先生评高行健的一句话，他说：“解读高行健，只要把《八月雪》读深读透就行了。《八月雪》里藏着一个真实的、内在的、得道的高行健”（刘再复《八月雪》：高行健的人格碑石）。读完《贾宝玉论》上篇、续篇、再续篇，我也想说，理解刘再复，只要把《贾宝玉论》读深读透就行了，《贾宝玉论》里有一个回归生命本真的、大彻大悟的、与贾宝玉心灵相通的刘再复。

二

从儒的视角去审视《红楼梦》中的第一主角贾宝玉，是大多数读者自觉不自觉地选取的评判视角。这个给人以千百重暗示、承载着曹雪芹的人生梦想的贾宝玉，常被人解作警世的逆子形象，主要原因还是贾宝玉不愿读正经书，不肯“留意于孔孟之间，委身于经济之道”，导致贾府后继无人，辜负天恩祖德。这个一边倒的评判深入人心，甚至已经进入了大多数读者的潜意识之中。也有人留意到贾宝玉对儒家经典《四书》的态度（如第三回，宝玉笑道：“除《四书》外，杜撰的太多。”第三十六回，“除四书外，竟将别的书焚了”），认定贾宝玉是个真儒家。

贾宝玉是拥儒还是反儒，是孝子还是逆子？刘再复先生在《贾宝玉论》再续篇的开头即给了读者一个新的视角，一个全新的回答：“从儒的视角上看，宝玉是拒绝表层儒（君臣秩序）而服膺深层儒（亲情）的赤子。这句话说得更完整一些应是：宝玉是拒绝与反抗表层儒的逆子与浪子，又是服膺深层儒、充满血缘之亲的孝子与赤子。”

刘再复先生说“关于表层儒与深层儒的划分，完全得益于李泽厚先生”：

> 所谓儒学的“表层”结构，指的便是孔门学说和自秦、汉以来的儒家政教体系、典章制度、伦理纲常、生活秩序、意识形态等等。它表现为社会文化现象，基本是一种理性形态的价值结构或知识／权力系统。所谓“深层”结构，则是“百姓日用而不知”的生活态度、思想定势、情感取向。（李泽厚《初拟儒学深层结构说》）

我还需要把刘再复先生关于原形文化和伪形文化的定义转述一遍：

> 原形文化是指一个民族的原汁原味文化，即其民族的本真本然文化；伪形文化则是指丧失本真本然的已经变形变质的文化。（刘再复《双典批判》）

“儒”经过表层和深层的划分，典籍经过原形和伪形的区分，再读红楼梦，再看贾宝玉，感觉就会不一样。在这里举例说明，也许更容易表述我对文化的表层和深层、典籍的原形和伪形的理解，以及从这个角度对贾宝玉的理解。

《红楼梦》第六十一回有一段宝玉瞒赃的情节，我原来只看到宝玉是个好人，替人瞒赃，保全人的贼名儿。读了《贾宝玉论》再续篇后，我看到了宝玉对孔子遗训的态度，对儒家原典的态度。

王夫人的丫头彩云禁不住赵姨娘央告，偷了太太的玫瑰露送给贾环，被玉钏儿发现。断案的平儿明知其中缘故，告失盗的就是贼，却怕又牵扯到赵姨娘，伤了探春的体面。宝玉说：“也罢，这件事我也应起来，就说是我唬他们玩的，悄悄的偷太太了的来了。两件事都完了。”

贾宝玉应的两件事中的第一件，是第五十八回，藕官烧纸祭死了的药官这件事。贾宝玉大病初愈，见园子里的杏树花已全落，不免伤心。却见山石那边发出火光，一个老婆子抓住烧纸的小丫頭藕官要“送官究办”。宝玉见了，忙谎言护庇，说是自己烦她烧的，救了藕官。后来又从芳官处得知藕官烧纸的原委，更是感叹称奇：“天既生这样人，又何用我这须眉浊物玷辱世界。”于是对芳官说有一句话要吩咐藕官，这句话明确地表明了贾宝玉对孔子遗训，也就是孔子原典的遵从。宝玉说：

> 以后断不可烧纸钱。这纸钱原是后人异端，不是孔子的遗训。以后逢时按节，只备一个炉，到日随便焚香，一心诚虔，就可感格了。愚人原不知，无论神佛死人，必要分出等例，各式各例的。殊不知只一“诚心”二字为主。即值仓皇流离之日，虽连香亦无，随便有土有草，只以洁净，便可为祭，不独死者享祭，便是神鬼也来享的。你瞧瞧我那案上，只设一炉，不论日期，时常焚香。他们皆不知原故，我心里却各有所因。随便有清茶便供一钟茶，有新水就供一盏水，或有鲜花，或有鲜果，甚至荤羹腥菜，只要心诚意洁，便是佛也都可来享，所以说，只在敬不在虚名。以后快命他不可再烧纸。

从这段话中我看到的第一层意思是贾宝玉身为贾府贵公子，他的心中只有须眉浊物和清净女儿之分，没有等级之分。“贾宝玉的心灵是创世纪第一个黎明出现的心灵”（《贾宝玉论》上篇），他的心性无比醇厚。他谎言护庇小丫头藕官，代人受过，是俗话所说的宅心仁厚。这个“仁”字，是儒家经典《论语》的思想核心。由仁而人，贾宝玉是个真仁人真君子。

第二层是在贾宝玉的眼里，孔子遗训需要遵从，后人异端断不可从。《论语·八佾》林放问礼之本。子曰：“大哉问！礼，与其奢也，宁俭；丧，与其易也，宁戚。”从孔子的回答中可以看出，礼节仪式，与其奢侈，宁可节俭；办丧事，与其治办周备，不如心中哀伤。其根本不在形式而在内心。贾宝玉认同孔子的“礼之本”，以“真情揆痴理”，请芳官传话于藕管，“纸钱原是后人异端，不是孔子的遗训”，已经变形变质，所以“以后断不可烧纸钱”。

第三层是贾宝玉对文化表层和深层的态度。刘再复先生说：“曹雪芹很了不起，他对儒、道、释等三大文化，均了解极深。对于三者的表层，他都有所保留与质疑，所以他才让其人格化身贾宝玉采取相似的态度”（《贾宝玉论》续篇）。贾宝玉认为，神佛死人也分等例，“各式各例的”（是秩序，表层），这是愚人所为，是愚人的不知不明之处，其关键只在内心（是情感，深层），“只一‘诚心’二字为主”。因此，“即值仓皇流离之日，虽连香亦无，随便有土有草，只以洁净，便可为祭”。贾宝玉重的是内心，“只在敬不在虚名”。

贾宝玉代人受过的第二件事，是前面提过的彩云偷玫瑰露送给贾环的案子。贾宝玉这个“特殊的生命”，“完全没有世俗的仇恨机能、嫉妒机能、猜忌机能、贪婪机能”（刘再复、刘剑梅：《“红楼”真俗二谛的互补结构》），对“每每暗中算计”他，用热油烫伤他的脸的贾环，对“常怀嫉妒之心”，施魔法想害死他的赵姨娘，他不但不记恨，反倒替他们遮掩瞒赃，保全别人的贼名儿。平儿投鼠忌器，怕审明案情牵扯到赵姨娘，伤了探春。贾宝玉出面代人受过，替人瞒赃，看似不合“法”，却合情合理，而且“理中有情，情中有理”（李泽厚《初拟儒学深层结构说》）。因为只有宝玉应了这件事，才能够息事宁人，大家无事。从这点来看，宝玉“确实以情为本体，把亲情看得很重，完全符合儒家‘亲亲’、‘尊尊’的要求”（《贾宝玉论》再续篇）。

三

《贾宝玉论》再续篇，我一读再读。给我以震撼的不仅是贾宝玉这个文学形象所承载的“人的解放”的全部内涵，更是刘再复先生“自己的生命和它的相应点”（《人总是要有点梦》）。追寻这些相应点，我看到了奇迹，“人如宝玉，人如黛玉，人如妙玉的奇迹”（《贾宝玉论》再续篇）。我感叹造化的神奇。这些相应点，表现为看不见的灵魂共振和心灵对话；又表现为看得见的书面语言和行为语言。正如刘再复先生自己所说：“此时我着笔说六经，是我注六经，而放下笔，无论是衣食住行，还是读书思想，又觉得六经注我”（《返回古典，就是返回我的“六经”》）。这六经，包括“文学圣经”《红楼梦》。

作者在《贾宝玉论》中悬搁符号概念之隔，以心发现心（刘再复《旧岁三件高兴事》），呈现了原不可视的心灵内宇宙，展示了无边无垠的大浑沌与大光明。这是贾宝玉的心灵之光，也是作者的心灵之光。与生命如此贴近，自然本真；又美妙神秘、遥不可及。

我发现写这篇读后感很费力，因为我自己读书有限，也因为有些感悟本来无证。不过我还是尝试把阅读时看到的相应点和一些感想记录如下：

1. 叛逆的性格核心

为了理解贾宝玉这个“性格多重走向”的文学形象，我翻开了刘再复先生的《性格组合论》。

> 贾宝玉的性格核心是叛逆性格，这种叛逆性格的表象却是非常复杂的。曹雪芹在核心与表象之间找到的中介，是贾宝玉的两项最根本的心理特征，即精神迷惘和对自由的饥渴。（《性格组合论》第298页）

看到这段话中的“叛逆性格”，其核心与表象之间的中介是“精神迷惘和对自由的饥渴”，我立即感觉到，这是刘再复与贾宝玉的性格或是人生的第一个相应点。

刘再复先生是一个思想者，在追求真理的路上，他是一个“永远的饥渴者甚至是永远的迷惘者”（《书斋话题》第757条）。1980年在《鲁迅美学思想论稿》跋中，刘再复先生即表露了他的饥渴和迷惘，他渴望“通过对一个真正的人的学习与研究，在动荡与手足无措的岁月中，排除莫名的寂寞与彷徨。”上个世纪八十年代，国家对他“宠爱有加”。41、42岁就当了政协委员，几年后就当了社会科学院文学研究所的所长，45岁以前破格提拔为研究员（刘再复《穿透知识，贴近真理》）。但是这个拥有桂冠、鲜花、掌声的赤子，仍然有大饥渴和大迷惘。这个“宠爱有加”与大饥渴和大迷惘，是他与贾府宠儿贾宝玉人生经历的一个非常重要的相应点，也是他二十多年前的出走之处。

从“对自由的饥渴”这个中介看两头，一头是性格的核心“叛逆”，另一头则是从概念中逃离，从功名利禄中逃离之后的生命回归；是风气之外、潮流之外的槛外人、局外人。“如果没有在上世纪80年代提出一些被视为‘异端’的理念，我可能就不会有漂泊的第二人生，这一因果是个事实”（《刘再复：一个启蒙者的期待》）。审视刘再复的第一人生和第二人生，可以看到，刘再复是个年年学习考第一的好孩子，是个居于文学的象牙之塔顶端的宠儿，是个漂泊多年仍然视中国护照为最后一片国土的孝子，是个对人生“只追求丰富，并不求功名与平稳”的逆子，是个把“思想自由视为最高价值”赤子。

2．原形与伪形，正典与伪典

刘再复与贾宝玉的第二个重要的相应点，是对原形文化与伪形文化泾渭分明的好恶态度。我感觉到这种好恶是一种与生俱来的心性，又是非常深刻的生命体验。

贾宝玉不喜欢读“正经书”，是因为这些“正经书”是为了引导后世的“须眉浊物”去沽名钓誉的书。但是他对儒家的正典《四书》不仅认同，而且尊重。第三回宝玉对探春说：“除《四书》外，杜撰的太多，偏只我是杜撰不成？”第十九回袭人说宝玉：“凡读书上进的人，你就起个名字叫作‘禄蠹’。又说只除‘明明德’外无书，都是前人不能解圣人之书，便另出己意，混编纂出来的。”第三十六回，宝钗等劝导宝玉，宝玉反生起气来，“除四书外，竟将别的书焚了。”

究其原因，刘再复先生说，“《论语》、《孟子》、《大学》、《中庸》，本是‘做人’的修养书，到了明清王朝时代，就变成八股更变成谋取功名利禄的器具。贾宝玉攻击《四书》之外全是‘杜撰’，从理论上说，他是忠实于原典，反叛任意扩张和变质的伪典，几乎是个‘原教旨主义者’”（《贾宝玉论》再续篇）。

刘再复先生对原形文化和伪形文化的态度更是泾渭分明。他在《双典批判》中说，四部古典名著中《红楼梦》与《西游记》属原形文化；《三国演义》与《水浒传》则属伪性文化。以红楼梦为坐标，《水浒传》、《三国演义》和它的区别可用“霄壤之别”与“天渊之别”来形容。对于中国人的人性之路而言，《红楼梦》可称为“天国之门”，而《水浒传》与《三国演义》却是中国人的“地狱之门”。

不是所有的人都能够意识到人性的“天国之门”与“地狱之门”的差异，更不用说去质疑文化的变形、变态、变质。这种能够分辨原形与伪形的特殊心性是什么？它的根在哪里？

从刘再复先生的书中找答案，我看到，《红楼梦》开篇就连着《山海经》，贾宝玉原是一块女娲补天淘汰的石头；刘再复先生描述的“中华文化的形象性原形原典”也连着《山海经》，《山海经》的故事说的是为人类造福的英雄。天如何能补？海本不可填，太阳怎么能追？这些不计功利、不知算计、不顾成败的补天者、填海者、逐日者，“他们做着聪明人嘲弄的事业，却走上聪明人无法企及的天地境界：在苍穹与大地之间展开彩虹般的自由羽翼”（刘再复《〈山海经〉的领悟》）。发现人性的天国之门与地狱之门，以一己之天真去质疑、挑战已经进入中国人潜意识的文化的变形、变态、变质，人性的变形、变态、变质，需要的是《山海经》中的英雄“知其不可为而为之的勇气”和“婴儿般质朴的内心”（《双典批判》第15页）。刘再复是这样的人，贾宝玉也是这样的人。他们的根连着《山海经》，他们的特殊心性的重要特征之一就是心灵的本真。

3．真君子真仁人

在儒家经典《论语》中，关于君子、仁人的描述比比皆是。刘再复先生特别提到孔子所言的一种君子特征，“即对任何人都不存在敌意的‘四海之内皆兄弟’的博大的情怀，这种情怀在宝玉身上可说是大放光彩。”关于“仁”，刘再复先生说：“孔子在《论语》中一再定义‘仁’，定义很多，但关键之处他又回答得极为简明且斩钉截铁。‘颜渊第十二’中，樊迟问仁，孔子曰：爱人。樊迟问知，子曰：知人。另一处又曰：‘弟子，入则孝，出则弟，谨而信，泛爱众，而亲仁’（学而第一）。倘若以‘爱人’、‘泛爱众’作为‘仁人’尺度，那么，我们把宝玉界定为‘仁人’极妥当”（《贾宝玉论》再续篇）。

无论是“四海之内皆兄弟”，还是“爱人”、“知人”、“泛爱众”，讲述的是如何做人，是君子仁人的修养和品格。这种品格在刘再复先生的作品中贯穿始终，呈现为自然天性。例如：

> 每个黎明，当晨曦降临大地，我便感到人类整体的光线辐射到我的书桌，并感到，在这一瞬间，四海之内的无数兄弟正和我共赴人生之旅。（《天涯独语》第298页）

> 从不对人说“我的心只属于你”，包括不对自己的爱人说，也不对自己的祖国说。我的心，不属于任何一个人，任何一个群体，任何一个国度，它隶属于人类史上那些伟大的灵魂，但也隶属于大地上最平常最质朴的灵魂。既属于长江黄河，也属于洛矶山与阿尔卑斯山，既属于活着的人，也属于死了的人。有许多死者，生前是我的导师和朋友，他们去世后，我心灵的一部分，显然也跟着走入另一个世界。（刘再复《面壁沉思录》第8页）

在刘再复先生的心中，“每一个个体生命都是重要的”（《一个启蒙者的期待》）。以《论语》中描述的君子仁人的标准，以“四海之内皆兄弟”与“爱人”、“知人”、“泛爱众”为尺度，说刘再复是真君子真仁人真是再恰当不过。

4. 表层儒与深层儒

“对于儒释道三大家，曹雪芹对其内在的深层的‘道’比较尊重，对其外在的表层的‘术’则有距离”（刘再复刘剑梅《文学文化大自在》）。对中国儒释道三大文化表层的质疑，深层的尊重，是刘再复与贾宝玉又一个相应点。

儒经过表层（君臣秩序）与深层（亲情）的划分，再看贾宝玉在第三十六回对“文死谏，武死战”的批驳，就能够很明显地看出，贾宝玉反的是“愚忠愚孝的表层儒，伪形儒”，他“并不反对深层儒，即不反对儒家的重亲情、重世情这种‘情本体’”（《刘再复、刘剑梅：“红楼”真俗二谛的互补结构》）。

与贾宝玉嘲讽“文死谏，武死战”同样精彩的是刘再复先生对“螺丝钉精神”的批判。他说：“要把人放到历史运动中的实践主体的地位上，即把实践的人看作历史运动的轴心，看作历史的主人，而不是把人看作物，看作政治或经济机器中的齿轮和螺丝钉，也不是把人看作阶级链条中的任人揉捏的一环”（刘再复《论文学的主体性》）。这个对“螺丝钉精神”的批驳发聋振聩、影响深远。螺丝钉精神当年几乎牵涉到每一个人，个体的人被“螺丝钉化”、被物化、异化而不自知。

刘再复先生是一个“重亲情、重世情”，“亲亲、尊尊”的孝子、赤子。以他对待祖国和故乡的态度为例，一方面，他是一个根深蒂固的爱国者：“东方那片土地埋着我的祖母、外婆，埋着我的父亲、母亲，生活着那么多爱我关怀我的兄弟姐妹，我能不爱吗？”这是人最本真的情感（儒家的深层内涵情本体）。另一方面，他又是一个“不断寻求高远境界的学人。这又必须时时超越故乡、故国”（刘再复《功利的教育需要诗意》）。这种寻求和超越，迫使他从功名利禄、概念秩序（表层儒）中转身，告别幻象，回归真实生命，从而赢得“大观的眼睛”，赢得“一种对世俗世界抽离的、超越的、审美的、冷静观照的态度”（刘再复《那是富有活力的年代》）。

5. 中道智慧

“中道智慧如何用很通俗的语言来表述？就是你不要走极端，应该感到相反的道理里面有共同的、中间的东西。西方哲学最高的水准应该是由康德来表现的。康德最了不得的地方是提出四大悖论，这个悖论就是中道”（刘再复《〈红楼梦〉的哲学要点》）。

在《贾宝玉论》再续篇中，刘再复先生尽管倾心于贾宝玉和林黛玉，对贾政也有理解的同情；尽管认为贾宝玉心灵极为纯粹，在“真谛”上是曹雪芹的“梦中人”，但在“俗谛”上即在现实生活中，又是一个贵族的纨绔子；“逆子、孝子、浪子、赤子”，虽然是从儒家的视角看宝玉，但是也能看到作者的另一个视角，就是中道智慧。

借助中道智慧，刘再复先生在“性格组合论”中，讲性格运动的悖论；感悟《红楼梦》，讲真俗二谛的互补；在生活中，打破我执和他执。他说，“中道即扬弃两极深渊的正直之道，也就是既尊重真谛也尊重俗谛的终极关怀之道”（《南天取经》）。这个“既尊重真谛也尊重俗谛的终极关怀之道”，其实质是一颗无分别无执着的大慈悲心。

贾宝玉也有一颗近似释迦牟尼之心。他的眼里没有坏人，心中没有仇恨；不分贵贱，与三教九流交朋友；代人受过，替人说好话。“贾宝玉本身是一个中道的载体”（《〈红楼梦〉的哲学要点》）。

就像贾宝玉望着星星月亮发呆，和燕子说话，和鱼说话一样，刘再复在他的散文中也是常常和草地说话，和树叶说话，视她们为“脚下与身旁的小精灵”。“当秋叶纷纷飘落的时候，我突然对着园里的秋草秋叶产生一种感激之情”(《独语天涯》)。我想这种感激之情就是贾宝玉把爱推向一切人，一切物的“情不情”，“天人合一，物我同一”的不二法门。

“红楼梦充满人间智慧，但最高的智慧是中道智慧”（《大洋彼岸说红楼》）。中道智慧是刘再复先生的立身态度（《南天取经》），也是贾宝玉无师自通的心性。中道智慧是刘再复与贾宝玉的又一个重要的相应点。

四

“梦对自己是一种期待，我在一个精神创造当中，不断地往前走，不断地寻找，一辈子都不停止这种寻找”（刘再复《人总要有点梦》）。刘再复是个寻梦的人。这个梦，是“人如宝玉，人如黛玉，人如妙玉”，人本身就是奇迹的梦；更是高举心灵的旗帜、人的解放的旗帜的梦。“人生而平等，人生而自由，人生而尊严，人生而多彩多姿。人生而不是奴隶，人生而不是牛马，人生而不是丫环，人生而不是小妾。人生而不应有家禽的恐惧，人生而不应有‘精神奴役的创伤’（胡风语），人生而不应有前世留下与今世强加的罪名，人生而不应充当权力、金钱、功名、概念、八股教条的囚徒与器具”（刘再复《贾宝玉论》再续篇）。这是“人等于人”的宣言，是《红楼梦》蕴含的人的解放的要点，也是刘再复先生立“红楼之心”的梦。

上个世纪八十年代，刘再复以《人物性格二重组合原理》、《论文学的主体性》、《性格组合论》等论著“重新确立个体生命的价值”（《刘再复：回望八十年代》），引领了一场围绕“个性的觉醒”的大论争，颠覆了统治中国文化界半个世纪之久的极左文艺理论体系。刘再复先生说："我在上世纪80年代写了那么多文章，说了那么多话，只是想证明'1=1'，即'人等于人'"（《一个启蒙者的期待》）。

"《红楼梦》正是一部人书，是高举个体生命的书"（《刘再复：我用心灵来悟证中国文化》）。书中的第一主角贾宝玉，是"人的解放的旗帜和符号"。"贾宝玉这个形象所负载的是千百万心灵的歌哭，所象征的又是千百万生灵的呼唤与期待"（《贾宝玉论》再续篇）。两百多年前，曹雪芹因"忏悔意识"哭成此书；两百多年后，刘再复因"活下去的需求"感悟此书。听从"灵魂的呼唤"，刘再复先生用心灵、用生命、用书面语言、用行为语言，向中国、向世界、向现在、向未来，解读了一部说不尽的红楼梦，诠释了一个永远的贾宝玉。

后 记

这本书收的是我近两年写的文章。虽然在大学里学的是中文专业，毕业后近二十年一直从事地方志编纂工作，但真正迫使我拿起笔写下这几十篇文字的，是远离故乡的失落和惆怅。这个故乡，是我的故土、亲人、朋友，更是养育了我的中国文化与文字。

能写出这些文字，我要感谢刘再复老师。我从他的书中学到了很多，包括没有功利目的，只说内心想说的话的写作态度。我还要感谢时代华文出版公司的左克诚总编辑，在纯文学作品出版难的商业时代，因为他的热情支持，这本小书才能够顺利与读者见面。

何静恒

2014年3月22日